Nadine Monfils

Magritte und Georgette

Nadine Monfils

Magritte & Georgette

Ein Brüssel Krimi

Aus dem Französischen
von Sabine Schwenk

EISELE

Besuchen Sie uns im Internet:
www.eisele-verlag.de

Das Zitat auf S. 97 stammt aus: Lewis Carroll,
»Alice hinter den Spiegeln«, Knesebeck 2015, S. 72.
Übersetzung: Gundula Müller-Wallraf.

Die Originalausgabe erschien 2021 unter dem Titel
Nom d'une pipe! bei Éditions Robert Laffont, S. A. S. Paris.

MIX
Papier
FSC FSC® C083411

Gesetzt aus der Aldus nova Pro
Layout und Satz: LVD GmbH, Berlin
Umschlagillustration: © François Roca
Umschlaggestaltung: FAVORITBUERO, München
Druck und Bindearbeiten: CPI books GmbH, Leck
ISBN 978-3-96161-254-3

»Jedes von Magrittes Gemälden ist eine Sichtweise, die auf das Rätselhafte hindeutet. Das Rätselhafte deutet nur auf sich selbst.«
Bernard Noël

»Es gibt nur eine Sache, die uns gelingt, und das sind unsere Träume.«
Jacques Brel

Für Philippe Di Folco, dem ich im La Midinette begegnet bin, unserem Bistro in Montmartre, und durch den ich meinen Verleger kennengelernt habe.

Für meinen Freund Alain Berenboom, ohne den diese Reihe nicht möglich gewesen wäre, und für meine kleine belgische Schwester Anne Gruwez.

Und schließlich für meinen lieben Freund Bernard Noël, der mich auf meinem Weg zur Melone geleitet hat.

1.

Wer hatte ihr bloß diesen Brief in die Handtasche gesteckt? Nachdenklich saß Madeleine auf der Terrasse des *Roy d'Espagne,* wo sie als Kellnerin arbeitete. Sie nutzte ihre einstündige Pause, um ein bisschen frische Luft zu schnappen, und konnte sich wie immer nicht satt sehen an der Grand-Place von Brüssel mit ihren Zunfthäusern. Der Architekt des Rathauses soll sich von der Spitze des Glockenturms gestürzt haben, als ihm klar wurde, dass dieser Turm nicht in der Mitte des Gebäudes emporragte.[1] Madeleine glaubte an solche Legenden. Sie mochte Geschichten, die den langweiligen Alltag vergessen ließen, der an ihrem Leben nagte wie eine kleine, gemeine Maus. Eine Maus, die sie mit ihrem Lächeln in die Falle gelockt hatte, dem Lächeln ihres Mannes, einem Büroangestellten, immer pünktlich und zuverlässig wie ein Schweizer Uhrwerk, dem sie nach einigen Jahren Ehe aber am liebsten die Zeiger ausgerissen hätte.

Zum x-ten Mal öffnete sie den feinen blauen Briefumschlag. Gelegenheiten zu träumen hatte sie nicht oft! Zwischen Arbeit und Haushalt blieb der Blick in die Sterne hoffnungslos auf der Strecke. Von ihrem Mann hatte sie sowieso noch nie einen Liebesbrief bekommen. Er war nett, das schon, aber kein bisschen

---

1 Die Asymmetrie des Rathauses ist gewollt. Die ganze Konzeption der Grand-Place beruht auf alchemistischen Symbolen, und die Statuen auf den Dächern verweisen auf die Freimaurer-Parks.

romantisch. Wenn im Fernsehen eine Liebesszene kam, brachte ihn das zum Lachen. Es war ein nervöses Lachen. Madeleine hatte ihn geheiratet, weil er mit zwanzig ziemlich gut aussah. Und auch wenn er inzwischen ein bisschen in die Breite gegangen war, hatte er immer noch einen gewissen Charme, war auf jeden Fall eine stattliche Erscheinung. Er mochte gut geschnittene Anzüge, in denen er weiterhin elegant aussah. Sie selbst hatte allerdings das Gefühl, im Lauf der Zeit unsichtbar geworden zu sein. Der Märchenprinz hatte sich in einen Frosch verwandelt, ohne jemals mit seiner Liebsten in einer Kutsche davonzufahren. Nur einmal in einem Auto mit stotterndem Motor an die Nordsee. Sie hatten dort ein Wochenende verbracht. Sie am Strand, er im Bistro.

Insofern war dieses Briefchen im blauen Umschlag eine wunderbare Überraschung, ein Genuss, der sie an die Madonnafiguren aus Mäusespeck erinnerte, die ihr als Mädchen so herrlich auf der Zunge zergingen, kurzum: ein Geschenk des Himmels! Zum ersten Mal seit Langem begann sie wieder zu träumen. Aber wer konnte ihr diese verführerischen Worte geschrieben haben, die wie ein kleines, wildes Teufelchen in Madeleines Kopf ihr Unwesen trieben? Sie wusste: Dieses Spiel war gefährlich. Doch es gefiel ihr, endlich kam ein bisschen Pfeffer in ihre faden Nächte.

Sie setzte nun häufig ein geheimnisvolles Lächeln auf, das ihren Kollegen nicht entging. »Oh, sie ist verliebt!«, feixten sie. Und Madeleine schwieg. Solch ein Geheimnis verleiht Schönheit und Charme.

Sie hatte begonnen, die Stammgäste und sogar die Kellner zu beobachten, und fragte sich, wer von ihnen ihr Verehrer sein könnte. Denn wer, wenn nicht einer von ihnen, hätte ihr das Briefchen überhaupt in die Handtasche stecken können? Vielleicht ein Fahrgast der Tram 33, mit der sie täglich zur Arbeit fuhr? Oder vielleicht doch ihr Mann … Nein, unmöglich! Diesen feisten Nichtstuer interessierte doch nur die eigene Bequemlichkeit. Wenn er von der Arbeit nach Hause kam, öffnete er als Erstes den Kühlschrank, nahm sich eine Flasche Bier, legte die Füße auf den Tisch und wartete vor dem plärrenden Fernseher darauf, bedient zu werden. Miteinander geschlafen hatten sie seit Ewigkeiten nicht mehr. Was Madeleine recht war. Sie hatte gar keine Lust mehr, seine schlaffen Pfoten an ihrem Körper zu spüren.

Seit sie vor ein paar Tagen dieses Briefchen bekommen hatte, war sie plötzlich wieder auf ihr Äußeres bedacht, so wie früher, als sie noch naiven Backfischträumen nachhing und ihre Tage mit Kleidern aus Vichy-Karo zum Leuchten brachte.

Ich beobachte dich schon eine Weile, doch ich fürchte, dass es bei meinen Liebeserklärungen bleiben wird, denn du bist ja verheiratet. Dabei würde ich dich so gern mitnehmen, weit weg, nach Amerika oder anderswohin. Du bist so hübsch, du bist mein ganzes Leben.

PS. Eines Tages werden wir zusammenkommen, wenn du es möchtest.

Wieder und wieder las Madeleine diese Worte aus der Feder eines Engels, der zu ihr herabgeschwebt war. Natürlich war ihr Leben keine Hölle, nein, es war schlimmer: Sie vegetierte an einem Ort, wo jedes Feuer erloschen war.

Sogar die Blumen auf ihrem Kleid waren verwelkt …

2.

Das Licht in den Straßen von Brüssel leuchtete wie buntes Laub. René Magritte dachte an den Geisterfriedhof, auf dem er als Kind so gern gespielt hatte, gemeinsam mit einem kleinen Mädchen, das ihm immer in Erinnerung geblieben war. Die beiden Kinder hatten sich damals einen Spaß daraus gemacht, die verrosteten Tore der Gruften aufzustoßen, um sie zu besichtigen. Als sie einmal aus der Finsternis wieder ins helle Licht traten, entdeckte René einen Künstler, der in einer besonders malerischen Allee Reihen von zerbrochenen Grabsteinen malte, die auf einem Teppich aus goldbraunem Herbstlaub lagen – den getrockneten Tränen der Bäume, die um den Frühling trauerten. Diese Szene auf dem stillgelegten Friedhof von Soignies war damals für Magritte wie eine Eingebung: die Erkenntnis, dass der Malerei eine Form von Magie innewohnen musste; dass der Maler also über eine höhere Macht verfügte.

Noch heute konnte er manchmal auf einer Wolke die kleinen roten Schuhe des Mädchens vom Friedhof ausmachen. Er mochte diese Stadt mit ihrem Kopfsteinpflaster und ihren Trams, die an jeder Haltestelle bimmelten, ihren Parks, in denen man die angenehmen Seiten des Lebens genoss, und ihren alten Cafés, an deren Tresen zwischen den Bierhumpen Brüsseler Akzent zu hören war, so köstlich wie eine mit Zucker gepuderte Waffel.

Magritte trug wie immer den dunklen Herrenanzug eines

gesetzten Mannes, die breiten Schultern leicht nach hinten gezogen, da begegnete ihm der Notar, der zügigen Schrittes auf dem Weg in seine Kanzlei war. Zum Gruß tippte Magritte kurz an seine Melone. Das musste reichen. Auch Damen ließ er bestenfalls ein »Guten Tag, Madame, was für ein Wetter heute!« zukommen. Plaudereien oder den Austausch von Höflichkeiten konnte er nicht leiden. Ungezwungen war er nur mit denen, die zu seiner Gruppe von Künstlerfreunden gehörten: Paul Colinet, Marcel Lecomte, Paul Nougé, der Komponist André Souris, Camille Goemans und sein Vertrauter Louis Scutenaire, kurz Scut[2] genannt. In ihrer Gesellschaft wurde er wieder der Pennäler von damals. Aber nicht nur das … Wenn die Gruppe an Sonntagen unter dem Namen *Société du Mystère* zusammenkam, erzählte René von seinen Ideen und von den Bildern in seinem Kopf, aus denen manchmal Gemälde wurden. Die anderen schlugen ihm dann Titel vor, die er oft, aber nicht immer übernahm.

Um sich mit ihnen zu treffen, war Magritte auf dem Weg zu ihrer Brüsseler Stammkneipe *La Fleur en Papier Doré*[3] unweit der Grand-Place und dank des schmiedeeisernen Astwerks an ihrer Fassade gut zu erkennen. Das Lokal, das eine Hochburg

---

2 Scutenaire starb auf den Tag genau zwanzig Jahre nach dem Tod von Magritte, während er sich im Fernsehen eine Hommage an seinen Freund ansah! Und er liegt – noch ein »Zufall« – auf derselben Parzelle des Friedhofs von Schaerbeek begraben. Man beachte, dass Magritte vom damaligen Friedhofsaufseher als *peinturlureur*, als Farbenkleckser bezeichnet wurde.

3 *La Fleur en Papier Doré* ist eine Institution (bei den Belgiern stehen manche Bistros unter Denkmalschutz!). Diesen unglaublichen Ort gibt es noch immer, Rue des Alexiens, Hausnummer 55, nur ein paar Schritte von der Grand-Place entfernt. Und wenn Sie genau hinschauen, werden Sie an einem Kleiderhaken vielleicht auch noch eine Melone entdecken.

der Surrealisten geworden war, hatte einen skurrilen Charme mit seinem alten Godin-Ofen, auf dem immer ein Wasserkessel stand, den Eichenholztischen mit ihrer Patina von all den Gästen, die dort ihre versoffenen Träume gelassen hatten, und nicht zuletzt dem Sammelsurium von Gemälden, Collagen und ausgefallenen Gegenständen. Diese Hochburg der *Zwanze*, des typischen Brüsseler Humors, wurde von Gérard Van Bruane geführt – auf Flämisch Geert –, der ein Spaßvogel und Anarchist war, Poet und Trödelhändler. Er war eine unverwechselbare Erscheinung, ein Foto zeigt ihn mit Schwert und einer Wanne auf dem Kopf! Dieses Kuriositätenkabinett, vollgestopft mit altem Plunder, hatte etwas vom Nachthemd einer Prostituierten im Rentenalter und weckte Erinnerungen an das Haus der Großmutter. Und da roch es so gut! Nach Großzügigkeit, Erinnerungen und am Tresen nach Zinnebier. Kleine Lämpchen verbreiteten ein gedämpftes Licht, das hier und da zu so erhellenden Gedanken führte wie: »Jeder Mensch hat das Recht auf vierundzwanzig Stunden Freiheit pro Tag.«

Wenn René unterwegs war, trug er seine Melone eigentlich selten – weiche Filzhüte waren ihm lieber. Die Melone setzte er nur hin und wieder auf, wenn ein Fotograf kam oder einfach aus Spaß, so wie heute. Er war bestens gelaunt und freute sich auf die Zeit mit seinen Freunden. Eine Partie Schach, ein paar Bierchen mit schöner Schaumkrone, und dann war da diese Idee, die er dringend mit jemandem teilen musste, eins dieser unerwarteten Bilder, die ihm nicht im Traum erschienen, sondern bei vollem Bewusstsein, meistens wenn er nachts oder frühmorgens wach wurde. Vermutlich war das auch der Grund, warum er gern spät aufstand. Das war bei ihm schon immer so gewesen. Wenn es also heißt »Die Zukunft gehört den Frühaufstehern«, ist das einfach nur dummes Zeug.

Die Freunde waren schon da und hatten bereits einen Zustand unschuldiger Bierseligkeit erreicht. Aber klaren Gedanken fehlt es nun mal an Poesie.

Magritte hängte seine Melone an den Kleiderhaken und nahm auf einem der wuchtigen Stühle Platz, von denen man sich bei einer Bistro-Schlägerei wünscht, dass sie einem nicht gegen den Schädel donnern. Er hatte Lust auf ein Trappistenbier, denn nichts geht über ein Klosterbier, um mit den Mönchen zu kommunizieren! Als Kirchengegner gab er ihnen spöttisch seinen Segen, denn dieses göttliche Gebräu schmeckte einfach unvergleichlich gut.

Er wartete darauf, dass ihn Geert, der gerade mit einem Gast herumflachste, endlich bediente, bevor er den Freunden von seiner Idee erzählen würde. »He, Geert, du Trödler, ich habe Durst!«, rief er.

Magritte war kein großer Trinker, aber hin und wieder hatte er nichts gegen ein gutes Bier einzuwenden. Für die Belgier gilt Bier im Übrigen nicht als Alkohol.

Der Wirt musste nicht fragen, was Magritte wollte, er kannte seine Schäfchen und brachte ihm ein Leffe.

Die anderen sahen ihn jetzt erwartungsvoll an und warteten auf den Moment, da er ihnen berichten würde, was er diesmal ausgebrütet hatte. Sie kannten ihn gut, sobald er durch die Tür kam, wussten sie, ob sich in seinem Pinselglas etwas anbahnte oder nicht. Magritte war eine Büchse der Pandora, in der es tüchtig brodelte.

»Heute Nachmittag habe ich in der prallen Sonne eine junge Frau gesehen, die in Begleitung ihres eigenen Körpers auf die Tram wartete.«

»Du willst also sagen, du hast zu viel getrunken und hast sie doppelt gesehen«, spottete Colinet.

»Nein, nein«, protestierte Magritte, »ich habe sie wirklich gesehen.«

»Hatte sie vielleicht eine jüngere Schwester dabei?«

»Nein, es war so, als stünde sie neben ihrem eigenen Phantom.«

»Na, bitte, jetzt hat er Visionen!«, amüsierte sich Scut.

»Sie hatte langes blondes Haar und trug ein Blumenkleid. Sie war so schön!«

»Bist du hin, um mit ihr zu reden?«

»Aber sicher doch! Ich konnte nicht anders. Sie hat mich aus großen grünen Augen angesehen und …«

»Was hat sie gesagt?«

»Nichts. Da kam die Tram.«

»Mensch, so ein Pech«, sagte Marcel Mariën.

»Nein, nein«, erwiderte Magritte. »So bleibt ihr ganzes Geheimnis bewahrt.«

3.

Während ihr Mann im Café saß, war Georgette Magritte in ihrem Haus in Schaerbeek, Rue des Mimosas, mit Putzen und Aufräumen beschäftigt. Gerade faltete sie ihre Wintersachen zusammen, um sie auf dem Speicher im Schrank zu verstauen. Der Frühling kündigte sich an, es duftete nach Osterglocken. Und weil seit fast zwanzig Jahren jeden Donnerstag ihre Putzfrau namens Carmen kam, musste alles picobello sein. Angesichts ihres Alters – die Rente rückte allmählich näher – war Carmen der Meinung, dass sie genug geleistet und es verdient hatte, ein bisschen kürzer zu treten. Ihr Auftrag bestand nun im Grunde darin, die durchgeführten Arbeiten zu kontrollieren. Sie war sozusagen befördert worden. Sobald sie auftauchte, inspizierte sie die Räumlichkeiten, fuhr mit dem Finger über die Möbel und wies Georgette streng zurecht, wenn auch nur das kleinste Bisschen Staub an ihrem Nagellack hängen blieb. Glücklicherweise bückte sie sich diesmal nicht, um auch unter die Möbel zu schauen. Zu anstrengend, davon kriegte man Muskelkater. Als ihr Kontrollgang beendet war, fläzte sie sich auf das Sofa, schaltete den Fernseher an und wartete auf ihren Nachmittagskaffee mitsamt den obligatorischen Plätzchen.

Madame Magritte war nicht ihre einzige Kundin. Carmen hatte also einiges zu erzählen und tratschte, was das Zeug hielt. Ein herrlicher Moment für Georgette, die auf diese Weise allerhand Ungebührliches über ihre nächsten und sogar die etwas entfernteren Nachbarn erfuhr, denn Carmen schöpfte gern aus dem Vollen.

Georgette liebte pikante Neuigkeiten, darin war sie nicht anders als ihr René, der sich schon als Kind für die amerikanischen Detektivgeschichten um Nat Pinkerton und Nick Carter begeistert hatte. So sehr, dass er in seiner Jugend unter dem Pseudonym »Renghis[4], Detektiv« selbst Kriminalromane geschrieben hatte. Auch die Figuren Fantômas und Zigomar faszinierten ihn. Sein Idol war Edgar Allan Poe, dessen geheimnisvolle Geschichten er verschlang.

Insofern blickte Georgette jedem Donnerstag gespannt entgegen. Sie genoss die Klatschgeschichten, die Carmen in blumiger Sprache zum Besten gab und auch Anzügliches nicht ausließ, denn sie sollten ja ihren Reiz haben. Es machte ihr Freude, auf diese Weise der Bourgeoisie das Fell über die Ohren zu ziehen, eine kleine Rache für ihr Leben in den Diensten dieser Leute, das Katzbuckeln und auch die eine oder andere Demütigung, denn in diesen Kreisen war es üblich, die Armen niederzumachen und voller Verachtung auf ihre Sonntagskleidung zu blicken, als käme sie direkt aus der Mülltonne. Kurzum, donnerstags schlug für Carmen die Stunde der Rache.

»In meinem Alter lass' ich mir doch nicht mehr auf den Nerven rumtrampeln«, war ihr lautstarkes Credo.

An diesem Donnerstag also stolperte Georgette, als sie ihre Wintersachen auf dem Speicher verstaute, über ein Foto, das irgendwie in einer Ecke des Schranks liegengeblieben war. Ein Foto des Cinéma Bleu, wo sie René kennengelernt hatte … Sie war damals zwölf, er fünfzehn. Wie ein einfaches Foto uns in die Vergangenheit katapultieren und uns wieder den Zauber

4 Renghis setzt sich aus Magrittes beiden Vornamen zusammen: René und Ghislain.

unserer ersten Liebe spüren lassen kann, mit allen Gefühlen, ganz so, wie es war … Georgette sah sich wieder als kleines Mädchen Hand in Hand mit René, begeistert von diesem flotten Kerl, der so witzig war, so aufsässig, und von dem sie damals nicht ahnte, dass er eines Tages ihr Ehemann sein würde, die Liebe ihres Lebens und dazu ein weltberühmter Maler! Er hatte es auch jetzt noch, dieses »geplagte Gesicht, nicht etwa das eines Asketen oder Romantikers, sondern das Gesicht eines dieser Chinesen auf den Porzellanvasen, alt, melancholisch, spitzbübisch, und es hat auch etwas von einem Märchendrachen«, wie ihr Freund Scutenaire so treffend geschrieben hatte.

Plötzlich waren alle Bilder des Cinéma Bleu, diesem »Wohnzimmerkarussell«, wieder da, sogar der Pferdekopf über dem Eingang. Als würde ein Film zurückgespult. Drinnen gab es um das Karussell herum Sitzecken, deren Polster mit Samt bezogen waren. Während die Kinder ihren Spaß hatten, tranken die Eltern dort ein Gläschen und sahen ihnen zu. Die jungen Männer wiederum führten ihre Verlobten ins Cinéma Bleu aus. Es war eine Attraktion, die zwar teuer war, aber großen Erfolg hatte. Georgette sah sich und René wieder vor sich, auf den Holzpferden, die sich in der Mitte eines blank gewienerten Eichenbodens hoben und senkten. In den Spiegeln ringsum konnte sie sich René anschauen. Schon damals hatte sie ihn bewundert. Seine Anziehungskraft hatte etwas Magisches, genauso wie später seine Bilder.

Georgette war eine außergewöhnliche Schönheit. Ihre fast durchsichtigen Augen waren wie Ozeane, in die man eintauchen wollte. Magritte war auf den ersten Blick darin versunken. Für immer. Vielleicht waren Georgettes Augen sogar das, was die Lust am Mysteriösen erst in ihm geweckt hatte, an diesen rätselhaften Geschichten, die jeden nach einer Antwort suchen ließen. Dabei hatte er selbst keine. Und hätte er eine, würde er sie in den Tiefen seines Unterbewusstseins verwahren, wo sich die schlimmsten Schmerzen verstecken. Jene Schmerzen, für die es keine Worte gibt.

In der Stille des Dachbodens hörte Georgette wieder die leiernde Musik der mechanischen Orgel, zu der ein Musiker Kornett spielte. Sie sah die Menschen, die sich mit Luftschlangen und Konfetti bewarfen, und auch der besondere Geruch dieses Karussells, das von einem Briketts schaufelnden Maschinisten mit Dampf angetrieben wurde, stieg ihr wieder in die Nase.

René mit seinem verschmitzten Blick, René, der immer einen Scherz auf den Lippen hatte. Wahrscheinlich um die Angst zu überspielen, dass er vielleicht zu romantisch war …

Als Georgette ihre Sachen eingeräumt hatte, ging sie hinunter ins Wohn-Esszimmer, in dem René auch malte. Er hätte den Dachboden zu seinem Atelier machen können, aber das interessierte ihn nicht. Bloß kein Ich-gehe-ins-Büro-Gefühl, als wäre er dazu gezwungen. Nein, das war nicht nach seinem Geschmack! Stattdessen hatte er seine Staffelei und seine Malutensilien zwischen Kamin und Fenster aufgebaut, in der Nähe des Wohnzimmertischs, von Pendeluhren umringt, die auch Georgette so liebte. Er brauchte Leben um sich herum. Wenn es an der Tür klopfte, ging er mit einem Lächeln hin. Er gehörte nicht zu den Künstlern, die niemand stören will aus Angst, sie aus ihrer Blase zu reißen, ihrer göttlichen, weltverändernden Inspiration. Im Gegenteil, die unerwarteten Dinge des Alltags waren Futter für seine Fantasie.

Plötzlich wurde Georgette auf eine Zeichnung aufmerksam, die Skizze einer jungen Frau mit langem blondem Haar, die offenbar auf ihre Tram wartete. Neben ihr eine Frau, die genauso aussah und das gleiche Blumenkleid trug.

Abgesehen vom Portrait der Tochter eines befreundeten Anwalts, einer Auftragsarbeit, war Georgette eigentlich immer sein einziges Modell gewesen.

Sie spürte einen Anflug von Eifersucht, den Wunsch, die Blumen dieser beiden Frühlingskleider zu zerpflücken und Grabkränze daraus zu machen.

Aber sie war zu schlau, um sich solche kindischen Reaktionen durchgehen zu lassen. Stattdessen setzte sie sich mit Jackie, ihrem Zwergspitz, auf das Sofa und tröstete sich damit, ihr das weiße Fell zu streicheln. Jackie war ihre Vertraute, das Kind, das sie mit René nicht hatte haben können.

4.

Magritte hatte die Tram 33 genommen, um nach Hause zu fahren, und hoffte insgeheim, die Frau mit dem Blumenkleid wiederzusehen. Er fragte sich, woher diese Visionen bei ihm kamen. Lag es an seiner Fantasie, die reagierte, sobald die Umstände geeignet waren? So wie in diesem magischen Moment, als sein Blick auf die Frau fiel, die wie eine wilde Veilchenblüte in pudriges Licht getaucht war, ihr flatterndes Frühlingskleid durchsichtig und irgendwie irreal? Oder war es ein Trugbild? Existierte diese Frau nur in seinem Kopf? Er hoffte, sie wiederzusehen. Um sich zu vergewissern, dass er nicht verrückt war. Vor Hellseherei und all diesen Dingen war er auf der Hut. Fragen, die unbeantwortet blieben, waren doch im Grunde das, was er mochte, ungeklärte Rätsel, das verschwommene Bild eines kurzen Moments der Verwirrung …

Beim Anblick dieser Frau hatte ihn ein seltsames Gefühl erfasst. Er glaubte zu spüren, dass sie in ihrem Leben gefangen war. Hatte sie es selbst gewählt? Manchmal geht man einen falschen Weg, folgt einem Trugbild und glaubt später, sich nicht mehr daraus befreien zu können. Aber Freiheit ist eine Frage der geistigen Haltung. Die wahren Gitterstäbe sind in uns selbst, wir bauen uns unseren Käfig und erlauben anderen, ihn zu verriegeln. Wenn er, Magritte, seine Figuren malte, machte er im Grunde nichts anderes, als sie aus ihrer freudlosen Existenz zu befreien und in eine Traumwelt zu projizieren. Dafür brauchte er sich nicht vor Neidern zu rechtfertigen, die den Schlüssel nicht fanden ... Es war einer der Gründe, warum er die Frage hasste, was er denn mit dem Bild sagen wollte. Oder wenn man seine Gemälde – noch schlimmer – psychoanalytisch zu deuten versuchte. Grauenvoll! Gerade er, der Gewissheiten sprengen wollte, verabscheute die Psychologie, die versuchte, Gedanken und Gefühle bis in den letzten Winkel auszuleuchten und jedem Geheimnis auf die Schliche zu kommen.

Es gibt nur ein Geheimnis: die Welt!

Er war überzeugt davon, dass die Kunst, die wahre Kunst, keinerlei Erklärung braucht. Sie genügt sich selbst. Wer ein Kunstwerk in Worte hüllt, füllt nur die Leere, über die es bewusst hinwegzutäuschen versucht. Nur hohle Hirne fallen darauf herein.

Hatte er nicht, als er die doppelte Frau sah, den Kern ihres Problems erfasst? Dass sie versuchte, sich selbst zu entfliehen?

Er empfand auch gegenüber den Figuren, die auf seiner Leinwand zum Leben erwachten, eine Art platonische Liebe. Gibt es eine größere Liebe als die Liebe, die nie Erfüllung finden kann? Denn sie kann auch nie enttäuscht werden.

Die Vorstellung, dass diese Frau für immer unerreichbar war, gefiel Magritte.

Wenn sie ein anderes Kleid getragen hätte, wäre sie ihm dann aufgefallen? Wahrscheinlich nicht. Plötzlich wusste er, woran sich seine Fantasie entzündet hatte. An einer verschütteten Kindheitserinnerung, begraben in einer Spielzeugkiste, die er unter Verschluss hielt, denn er hasste die Vergangenheit, hasste die Zukunft. Konnte nur der Gegenwart etwas abgewinnen.

Er sah seine Mutter wieder vor sich, Régina, in ihrem Blumenkleid, das dem Kleid dieser Frau mit dem langen blonden Haar zum Verwechseln ähnlich sah. Diese Blumen, die er damals so gern zerknittert hatte, wenn seine Mutter das Kleid trug und er mit seinen Brüdern Paul und Raymond Unfug machte. Vor allem mit Paul … Um sich die Zeit zu vertreiben, sprengten sie damals mit Knallfröschen Hundehaufen in die Luft und kamen sich dabei vor wie Zigomar, der Stummfilmheld, mit seinem roten Umhang, oder sie versteckten sich hinter Türen, um dort als Gespenster verkleidet Passanten zu erschrecken, wenn sie nicht gerade Hefe in die Toiletten warfen, damit sie überliefen … Der schlimmste Moment für seine Mutter war, als er auf den Stufen ihres Hauses unter den entsetzten Blicken der Passanten den Gottesdienst nachäffte und sich Fratzen schneidend bekreuzigte. In Châtelet, unweit von Charleroi, wo die Brüder Magritte ihre Kindheit verbracht hatten, nannte man sie die *tchaukîes*, was auf Wallonisch »die vom Teufel Besessenen« heißt. Für Régina, im Gegensatz zu ihrem ungläubigen Mann eine fromme Katholikin, war es wie ein Dolchstoß. Eben eine Gotteslästerung. Aber auch wenn sie gegenüber ihren aufsässigen Söhnen keinerlei Autorität besaß, liebte sie alle drei und verzieh es ihnen. Doch als der Vater seine Jungen zwang, auf das Kreuz ihrer Mutter zu spucken, war das für sie der Todesstoß …

Später wurde Magritte bewusst, dass sie nie, auf keinem einzigen Foto lächelte. Und so verstaute er die Bilder in seinem Unterbewusstsein und drehte zwei Mal den Schlüssel um. Das Blumenkleid hatte diese verschütteten Erinnerungen nun wieder ans Licht gebracht. Trauriger Frühling.

Eines Tages war Régina gegangen und nie zurückgekehrt.

5.

Klein und rund wie ein Honigbonbon stand die Sonne am Himmel und ermunterte Madeleine zu einem kleinen Spaziergang durch ihren Garten. Diesem Garten, in den ihr Mann niemals auch nur einen Fuß setzte. Denn der klebte ja, wenn er frei hatte, an seinem Fernseher. Es war Montag, das *Roy d'Espagne* hatte geschlossen. So konnte sich auch das ausgestopfte Pferd am Fuß der Treppe dieser berühmten Brasserie einmal ausruhen …

Madeleines Ehemann, ein Handelsvertreter, war zur Arbeit gegangen. Was für ein Glück! Einen Tag Freiheit – ein Geschenk des Himmels. Madeleine genoss diese stillen, friedlichen Momente. Den Duft der Blumen, den Vogelgesang. Aber sie fühlte sich allein. Sehr allein. Die Arbeit ließ ihr kaum Zeit, mit anderen Frauen Freundschaft zu schließen, und wenn sie spätabends nach Hause kam, sank sie nur noch ins Bett, neben das Trampeltier von einem Ehemann, der mit offenem Mund schnarchte. Madeleine dachte an das Lied von Arletty: »Die Frau ist für den Mann gemacht wie der Apfelbaum für den Apfel …« Von wegen! Wenn du das Beste gegessen hast, bleibt nur noch der Strunk.

Seit dieser geheimnisvolle Brief aufgetaucht war, hatte Madeleine wieder Freude am Leben und hoffte darauf, dass sich der Kürbis noch in eine prunkvolle Kutsche verwandeln würde. Auch wenn es so etwas nur im Märchen gab.

Aber egal! Sie hatte den Brief so oft gelesen, dass sie ihn auswendig kannte, und verwahrte ihn tief in ihrer Handtasche wie einen kostbaren Schatz, denn was uns träumen lässt, ist von unschätzbarem Wert.

Wie war er wohl, der Verfasser dieses Liebesbriefs? Wenn er so etwas schreiben konnte, musste er schön sein, so viel war klar. Groß, schlank, mit dem lässigen Gang eines Mannes, der durch das Reich der Sinne streift, den Duft von Tausendundeiner Nacht in sich trägt und die Zärtlichkeit der Welt neu erfindet.

Was fand er nur an ihr, dieser kleinen Kellnerin ohne Chichi, mit ihrem Pferdeschwanz, den sie auf Wunsch des Chefs um der Sauberkeit willen trug, ihrem blassen Teint und ihrem Blick, verloren in einer Melancholie, die sie für die Augen anderer unsichtbar machte? Madeleine gehörte zu den unscheinbaren Menschen, die man anrempelt, ohne sich zu entschuldigen, als ob sie gar nicht existierten.

Wenn sie früher in der Schule fehlte, dauerte es immer eine Weile, bis der Lehrer es bemerkte. Eine Mitschülerin hatte einmal gesagt: »Du siehst aus wie eine Pflanze, die nie blüht.« Vielleicht aus gutem Grund, denn später hatte Madeleine ja auch kein Kind bekommen können. Hätte das etwas geändert? Unter den Kolleginnen hieß es, Kinder seien Liebestöter – hinterher kannst du deinen Ehering in den brennenden Dornenbusch schmeißen. Aber immerhin wäre da jemand gewesen, den sie hätte lieben können. Und vielleicht hätte ihr Kind die Liebe ja erwidert. Nach all diesen Jahren der Dürre fühlte sie sich nutzlos und leer. Und nun hatte ein einfacher, kleiner Liebesbrief Dornröschen aus dem Schlaf erweckt. Ein in Tinte gefasster Kuss.

Sie erhob sich aus dem Korbsessel, um sich wie immer, wenn sie in ihrem Garten war, um das Blumenbeet zu kümmern, das ihr ganzer Stolz war und dessen Existenz ihr Mann nicht einmal bemerkt hatte. Im Frühling stellte sie jeden Sonntag einen Strauß in die große Vase, die auf der Anrichte stand. Noch nie hatte sie Roger »Ach, wie schön!« sagen hören. Jedes Mal ging er nur wortlos daran vorbei. Tatsache war, dass er Blumen hasste, seit er an ihrem ersten Hochzeitstag mit einem Strauß auf seine Frau gewartet hatte. Sie hatte es einfach vergessen und war erst spät heimgekommen. Er hatte nie erfahren, wo sie den Abend verbracht hatte. Den Amaryllisstrauß warf er in den Müll.

Jenen Abend hatte Madeleine weinend auf einer Bank in der Gare du Midi zugebracht und sich vorgestellt, wie sie den erstbesten Zug ins Nirgendwo nehmen würde, fort von dieser Ehe, deren freudlose Enge ihr wie Stacheldraht die Flügel zerfetzte. Sie hatte damals eine gewisse Ähnlichkeit mit den jungen Mädchen in den Gemälden von Paul Delvaux, so verloren in diesen großen, leeren Bahnhöfen, wo sie auf Züge warteten, die nirgendwohin fuhren. Ganz gleich, in welches Land wir flüchten – wenn wir traurig sind, schleppen wir den Kummer in unserem Koffer mit.

Am nächsten Morgen hatte Madeleine in der Mülltonne den zerknickten Strauß entdeckt. Sie hatte sich heftige Vorwürfe gemacht und nie wieder einen Bahnhof aufgesucht, um dort von unmöglichen Reisen zu träumen. Sie hatte gelernt, vor ihrer Melancholie die Augen zu schließen. Alles in allem war sie doch nicht zu bemitleiden. Sie hatte einen Ehemann, eine Arbeit und ein Haus mit Garten. Eine Kollegin hatte es so ausgedrückt: »Beim Heiraten geht man besser auf Nummer sicher. Die Liebe ist ein trügerisches Spiel, aus dem keiner als Gewinner hervorgeht. Und weil die meisten Männer früher sterben als ihre Frauen, wirst du am Ende genug Kohle haben, um ein flottes Leben zu führen und immer mal wieder lachend am Grab des alten Trottels zu stehen.« Da Roger wie ein Pascha lebte, hatte er allerdings gute Chancen, es bis zur Platinhochzeit zu schaffen!

Während Madeleine in ihren Beeten Unkraut jätete, bewegte sie also in ihrem kleinen Köpfchen einiges hin und her. Und da sah sie ihn plötzlich, halb verborgen unter den Anemonen! Wieder ein blauer Umschlag …

Mit größter Vorsicht, als hätte sie es mit Schmetterlingsflügeln zu tun, hob sie ihn auf. Dann nahm sie wieder in ihrem Korbsessel Platz, um den Umschlag ausgiebig zu betrachten. Den Genuss in die Länge zu ziehen, so wie sie als Kind ein geschenktes Bonbon, bevor sie es lutschte, immer erst in die Manteltasche steckte.

So lange, bis sie's nicht mehr aushielt.

6.

Magritte stieß das weiße Gartentörchen auf, das sein Grundstück von der Straße trennte, und versuchte, die schreckliche Erinnerung zu verscheuchen, die ihn trotz aller Bemühungen hin und wieder heimsuchte: Die Erinnerung an seine Mutter Régina, schlecht behandelt von ihrem untreuen Ehemann, der ihr kein Geld gab und es stattdessen mit seinen Geliebten verpulverte, überfordert vom Ungehorsam ihrer Söhne, war sie am Ende Neurasthenikerin geworden. Und schließlich mitten in der Nacht verschwunden, ohne jemanden aufzuwecken, in ihrem Leinennachthemd und ihren Strümpfen aus schwarzer Wolle. Als die Söhne feststellten, dass ihre Maman nicht mehr da war, machten sie sich mit ihrem Hündchen Titi auf die Suche. Titi hatte ihre Spur bis ans Ende des Gartens verfolgt, wo hinter dem Mäuerchen die Sambre floss. Régina Bertinchamps wurde zwei Wochen später gefunden, ertrunken in der Nähe der Metallbetriebe, die das Flusswasser scharlachrot färbten. Das Nachthemd bedeckte ihr Gesicht. Von Selbstmord war keine Rede, sondern von einer Fieberattacke … Sie war vierzig Jahre alt.

Der Tod seiner Mutter hatte nicht dazu geführt, dass Magritte vernünftiger wurde, ganz im Gegenteil!

Ein köstlicher Duft nach Pot au Feu vertrieb seine düsteren Gedanken. Pot au Feu war Georgettes Spezialität, mit Zwiebeln aus ihrem Garten. Er hatte sich nie getraut, ihr zu gestehen, dass sein Vater ein Meister des Pot au Feus war und Magritte als junger Mann regelmäßig ganze Portionen stibitzte, um damit die Frauen, die ihm Modell saßen, zu verköstigen. René hatte noch nicht den Hut abgenommen, da stürzte sich Jackie schon auf ihn und sprang um ihn herum, als wäre er tagelang fort gewesen. Es war immer dasselbe. Er wurde wie ein König empfangen! In Anwesenheit seines Hundes feierte Magritte regelmäßig Triumphe. Leidenschaftliche Liebe, bedingungslose Bewunderung – niemand kann einem Menschen besser als ein Tier weismachen, dass er in allen Belangen und ganz gleich, was er macht, der Beste ist. Darin ist ein Hund jedem Psychiater weit überlegen.

»Ich bin's!«, rief Magritte munter, während er seine Hausschuhe anzog. Er hasste Staub, ob auf dem Boden oder an seiner Kleidung – wahrscheinlich, weil er häufig unter Husten litt.

»Wer soll's denn sonst sein? Der Papst? Du bist zehn Minuten zu spät. Ich dachte mir schon, dass du's wieder mal geschafft hast, die Tram zu verpassen!«

Eigentlich machte Georgette ihm nie Vorwürfe. Wenn er unpünktlich war, was selten passierte, wartete sie mit dem Essen auf ihn und wärmte es dann noch einmal auf. Irgendetwas hatte sie wohl verärgert …

»Tut mir leid, mein Mäuschen.«

Kosenamen benutzte er nur in zärtlichen Momenten oder wenn es etwas gutzumachen gab. Magritte setzte sich auf seinen gewohnten Platz, mit dem Rücken zur Anrichte, die er selbst gemacht hatte, wie eigentlich alle Möbel im Haus. Und er liebte es, jedes einzelne Stück zu bemalen.

Die Einrichtung der Magrittes war bunt zusammengewürfelt. Renés Kreationen – wobei nur wenige seiner Bilder an den Wänden hingen – fanden sich Seite an Seite mit den kitschigen Souvenirs, die Georgette so mochte, Dingen wie ein mit Muscheln verziertes Barometer aus Ostende – ein Andenken an das Meer – oder ein goldener Hahn, erworben in der Wallonie. Von jeder Reise brachte sie eine kleine Scheußlichkeit mit. René störte das nicht. Er liebte seine Frau.

Sie machte ein Gesicht wie eine angebrannte Kartoffel, als sie mit der Kasserolle kam, sie auf den Tisch stellte und ihrem Mann den Teller füllte. Dass ihm immer als Erstem serviert wurde, selbst wenn sie bei Freunden eingeladen waren, gehörte zu Renés kleinen Marotten. Verwöhntes Kind, sollte man meinen. Dabei war er das eigentlich nicht gewesen, mit einem Vater, der mal reich, mal bankrott war und sein Geld durch Frauengeschichten und beim Pferderennen verjubelte.

Georgette setzte sich und begann schweigend zu essen. Nicht so wie sonst.

»Alles in Ordnung, mein Häschen?«, fragte René besorgt.

»Mmm.«

»Komm schon, ich sehe doch, dass du verärgert bist, was ist los?«

»Wer ist diese Vogelscheuche in dem Blumenkleid? Du hast sie auch noch doppelt gezeichnet …«

Matisse konnte sich ein Lächeln nicht verkneifen.

»Also, erst mal ist sie keine Vogelscheuche, sondern sehr hübsch«, stellte er klar, wohlwissend, dass Georgette an die Decke springen würde.

»Sie hat eine große Nase.«

»Komm schon, mein Muschelchen, sei doch nicht eifersüchtig, du weißt genau, dass ich nur dich liebe.«

»Spar dir deine Muschelchen, die kannst du allein essen, auf belgische Art«, erwiderte Georgette. »Hast du vor, sie zu malen?«

»Ich weiß noch nicht.«

»Bis jetzt war ich immer dein einziges Modell. Du hast gesagt, dass keine andere Frau dich so inspiriert.«

»Das stimmt, aber ich darf dich daran erinnern, dass ich auch Anne-Marie Crowet gemalt habe, die Tochter meines Anwaltsfreunds.«

»Ist nicht dasselbe, das war ein Auftrag.«

»Da hast du recht«, räumte René ein.

»Also, wer ist diese geblümte Schokopraline?«

»Hör auf, ich bin mir nicht mal sicher, ob sie überhaupt existiert! Ich hatte so etwas wie eine Vision.«

»Ach, ja! War das bevor oder nachdem du im Bistro warst?«

»Ich habe nur ein Bier getrunken. Und du weißt genau, dass ich nie zu viel trinke. Es war jedenfalls vorher. Lag wahrscheinlich an der Sonne, ich weiß auch nicht ... Komm schon, mach dir nichts draus, mein Häschen, du bist doch nicht etwa eifersüchtig auf ein Phantom, oder?«

Dabei wusste gerade Magritte aufgrund seiner Erfahrungen mit der Mutter, dass einen manche Phantome hartnäckiger verfolgen können als jeder lebendige Mensch.

7.

Der Anblick ihres farbenfrohen Gartens löste bei Madeleine immer wieder Glücksgefühle aus. Jedenfalls einen Moment lang. Bis die Realität sie wieder einholte. Aber heute stand ihr ja fürs Träumen ein ganzer Tag zur Verfügung. Also zelebrierte sie den magischen Moment des Brieföffnens so genüsslich, wie man eine Praline aus ihrem Papierchen schält. Das leise Knistern des Umschlags ließ sie vor Erregung schaudern, als sie den Brief herauszog. Ehe sie zu lesen begann, sog sie den undefinierbaren süßlichen Duft des Papiers ein. Es roch so gut!

Du bist so schön! Bist all das! Ich möchte dir sagen, dass ich dich liebe, möchte dir Träume schenken. Dich ins Caméo-Kino ausführen, Rue du Fossé aux Loups.

Komm heute Abend um 20 Uhr. Ich werde mit einem Fliederstrauß auf dich warten.

Madeleine las jedes Wort zwei Mal und ließ sich alles so langsam auf der Zunge zergehen wie die Hostien, die sonntags in der Kirche verteilt wurden. Schon als Kind glaubte sie nicht an Gott, betete aber zu den Engeln. In all den Jahren hatte der Mangel an Liebe sie durchsichtig, ja unsichtbar gemacht, und nun war da endlich jemand, der sie bemerkt hatte! Hatten die Engel ihre Gebete erhört?

Immer wenn Madeleine sich einsam fühlte oder – wie so oft – traurig war, zündete sie eine Kerze an, dachte an ihren Schutzengel und bat ihn, sich um sie zu kümmern, dafür zu sorgen, dass irgendetwas ihr Leben verändern und schöner machen würde. Jetzt war dieser Moment gekommen!

Während Madeleine auf den Abend wartete, war sie nicht in der Lage, irgendetwas zu tun. Also blieb sie in ihrem Korbsessel sitzen, betrachtete die Blumen und dachte über das bevorstehende Rendezvous nach. Wie es wohl sein würde, welches Kleid sie anziehen sollte, welches Hütchen … Sie würde den Lippenstift in die Handtasche stecken und ihre Lippen in der Tram schminken. Bloß nicht zu fesch das Haus verlassen, damit ihr Mann keinen Verdacht schöpfte, denn wenn er heimkam, würde sie wahrscheinlich gerade aufbrechen.

Wobei … um ihm nichts erklären zu müssen, würde sie einfach früher gehen und noch ein bisschen durch die Gegend um die Rue du Fossé aux Loups spazieren. Sie schlenderte gern über die Place des Martyrs mit ihren Statuen aus Carrara-Marmor, diese Insel der Stille, die gar nicht weit vom Trubel der Rue Neuve entfernt war.

Madeleine versuchte, sich den Mann vorzustellen, der ihr diese Briefe geschrieben hatte. Bestimmt ein Romantiker, wenn er sie mit einem Blumenstrauß erwartete. Sie beschloss, das Blumenkleid anzuziehen, das sie an dem Tag getragen hatte, an dem sein erster Brief in ihre Tasche gelangt war. Es strahlte etwas Frühlingshaftes aus, womit sie ihn wohl bezaubert hatte. Dieses Kleid sollte sie wieder tragen.

Plötzlich schob sich eine dunkle Wolke über ihre Euphorie. Da er den zweiten Brief in ihrem Garten im Blumenbeet deponiert hatte, musste er ihr ja bis nach Hause gefolgt sein. Und wenn dieser Mann ihr gar nicht gefiel? Wenn sie seine Avancen ablehnen würde? Er könnte sich rächen … War es nicht voreilig und auch unvorsichtig, zu einem Rendezvous mit einem Unbekannten zu gehen, von dem sie gerade mal zwei Briefe bekommen hatte? Aber ihr Wunsch auszubrechen, die Sehnsucht nach einer Geschichte wie aus *Tausendundeiner Nacht*, die ein Leuchten in ihren grauen Himmel zaubern würde, war so groß …

Noch eine dunkle Wolke ließ ihr Lächeln erstarren. Wenn das alles eine List ihres Mannes war, der prüfen wollte, ob sie fähig war, ihn zu betrügen? Roger drangsalierte sie nicht, aber in letzter Zeit hatte er ihr hin und wieder die Wo-gehst-du-hin-Frage gestellt. Normalerweise war ihm das vollkommen egal. Lag es an seinem Alter? Machte ihm plötzlich die Vorstellung, allein zu sein, Angst? Madeleine kümmerte sich um alles, Kochen, Bügeln, den ganzen Haushalt – sie war eine richtige Putzfee. Aber mit seinem Zauberstab musste Roger inzwischen allein spielen. Der versprühte schon lange keine Funken mehr. Sie blieb bei ihm, weil er ihr – vor allem seit seiner Gehaltserhöhung – einen recht angenehmen Lebensstil bot.

Um sicherzugehen, dass sie Roger nicht mehr begegnen würde, brach Madeleine gegen 18 Uhr auf. Sie hatte sich inzwischen zu der Überzeugung durchgerungen, dass er gar nicht in der Lage war, solche Briefe zu schreiben. Roger als Poet war eine genauso abwegige Vorstellung wie das Bild einer Prinzessin in Molton-Unterhosen. Im Übrigen war er viel zu brav, um sich so ein Szenario auszudenken. Wobei es ja heißt, dass wir ausgerechnet die Menschen, mit denen wir zusammenleben, am schlechtesten kennen, weil wir sie gar nicht mehr wahrnehmen …

Dann hörte Madeleine eine leise Stimme, die ihr zuflüsterte: »Lass es, verdirb dir doch mit deinen Grübeleien nicht die Freude!« Und nachdem sie ihrem Mann eine lakonische Nachricht geschrieben hatte, derzufolge ihr Chef wegen der vielen

Touristen für den Abend noch Unterstützung brauchte, verließ sie tatsächlich das Haus, im Herzen das Funkeln der Sterne, vor sich die Geheimnisse der Nacht.

8.

Nach dem Frühstück, das aus einer Tasse Kaffee und einer Schnitte cramique[5] bestand, führte René wie jeden Morgen seine Hündin Gassi, was ihm übrigens unter den Kindern des Viertels den Spitznamen »Monsieur Wauwau« eingebracht hatte. Sobald der Spaziergang mit Jackie beendet war, ging Magritte nach Hause und machte sich im Wohn-Esszimmer mit den blauen Wänden ans Malen – eingezwängt zwischen Tisch, Tür und Ofen und noch dazu in Fensternähe, sodass er beim leisesten Sonnenstrahl zu schwitzen begann und, wenn die Sonne nicht schien, unter schlechtem Licht zu leiden hatte. Aber er hatte entschieden, auf dem Dachboden die »Abfälle seines Lebens« zu verwahren, seine Erinnerungen, die er nur äußerst ungern wachrief. In der Regel stand er gegen elf Uhr vor der Staffelei, war allerdings kein besonders disziplinierter Mensch. Selbst beim Malen trug er immer seinen Herrenanzug und arbeitete dabei so penibel, dass weder der Boden noch er selbst jemals einen Klecks abbekam. Der italienische Maler Giorgio de Chirico hatte ihm mit seinem Gemälde *Das Lied der Liebe* den Weg gewiesen. Dieses Bild war für ihn wie ein Schock gewesen. Die Verknüpfung von Dingen, zwischen denen es auf den ersten Blick keinerlei Zusammenhang gab, hatte Magritte zutiefst beeindruckt. Für ihn war es, wie er selbst sagte, eine

5 *cramique* ist eine belgische Rosinen-Brioche.

neue Sichtweise, in der man als Betrachter die eigene Isoliertheit spürte und die Stille der Welt hörte. Ausgangspunkt seiner Gemälde war in der Folgezeit häufig ein Gegenstand, den er als Frage begriff, und er beschäftigte sich nur noch damit, was und nicht mehr wie er malen wollte. Magritte war ein hochbegabtes Kind gewesen, wild, umstürzlerisch, provokant, revolutionär und ein hartnäckiger Verteidiger der Gedankenfreiheit.

Er spielte wie Fantômas, der Held seiner Kindheit, gern mit Rätseln, ließ sie besonders hintergründig escheinen und amüsierte sich dann über jeden, der sich den Kopf darüber zerbrach. Auf die Frage, was er denn damit sagen wolle, antwortete er: »Ich will damit nichts anderes sagen als das, was Sie sehen.« Also mach damit, was du willst …

Auf dem Beistelltisch neben seiner Staffelei lagen seine Pinsel und Malutensilien. Jackie, von ihm liebevoll Loulou genannt, schlummerte hinter ihm in ihrem Korb. Und Georgette ging derweil im Garten oder im Haus ihren Geschäften nach, wenn sie nicht gerade bei ihrer Schwester Léontine im *La Maison Berger* war, einem auf Künstlerbedarf spezialisierten Geschäft, das die beiden aufgemacht hatten. Mit dieser Halbtagsarbeit besserte sie die Kasse ein wenig auf. Denn es war ja nicht so, dass Magrittes Bilder viel Geld einbrachten. Georgette meckerte nicht. Sie liebte und unterstützte ihren Mann. Sie glaubte an ihn.

Man musste keine lange Mähne und auch keinen weißen Arbeitskittel tragen oder in meditativen Posen versinken, deren Unterbrechung – selbst wenn es der König persönlich wäre – zu einem spektakulären Wutanfall geführt hätte. Nein, René war völlig unkompliziert und malte dort, wo er auch aß. Wahres Talent braucht kein Getue. Was Georgette zu der Bemerkung veranlasste: »Den Surrealismus hat man oder man hat ihn nie.«

Begeistert von Detektivgeschichten, groß geworden mit Nick Carter, dem »Mann mit den stählernen Nerven«, ging Magritte auch hier nicht anders vor als beim Malen: Anstatt eine Fährte jenseits der Indizien zu suchen, beschränkte er sich auf das, was er sah und was andere nicht wahrnahmen, weil sie damit beschäftigt waren, allgemeine Schlüsse zu ziehen. Er wühlte gern dort herum, wo es sonst niemand tat. Ein bisschen wie in *Der entwendete Brief* von Edgar Allan Poe. Der Brief war von Anfang an für alle gut sichtbar …

Während Magritte malte, bemerkte er, dass sein gewöhnlich über dem Kamin hängendes Bild *Der Schulmeister* – ein rätselhafter Mann, dunkler Mantel, Melone, von hinten abgebildet vor einem Mondhimmel – gegen *Die Liebenden* ausgetauscht worden war. Georgette benutzte seine Gemälde häufig, um ihm damit Nachrichten zu übermitteln. In diesem Fall war die Nachricht eindeutig. Die beiden Liebenden mit den verhüllten Köpfen küssten sich, ohne sich zu sehen. Liebe macht blind … Oder: Kann man den anderen auch mit all seinen Geheimnissen lieben? Manche sahen in diesem Bild eine Erinnerung an den Selbstmord seiner Mutter, deren Gesicht von ihrem Nachthemd verhüllt war, als man sie fand.

Plötzlich kam aus der Küche ein Aufschrei seiner Frau.

»René! Komm schnell, sieh dir das an!«

»Was ist los?«

Er lief zu Georgette, hinter ihm die Hündin, die ihm auf Schritt und Tritt folgte.

»Schau mal!« Georgette gab ihm die Zeitung. Auf der Titelseite die Schlagzeile:

Junge Frau erstochen in der Impasse du Cheval aufgefunden, nicht weit von der Rue du Fossé aux Loups.

Darunter ein Foto der Frau, die Magritte gezeichnet hatte; in ihrem Blumenkleid.

9.

Magritte konnte es nicht fassen! Dann war es also doch keine Vision gewesen. Diese Frau existierte wirklich. Und er würde sie nie mehr wiedersehen, jedenfalls nicht lebendig.

Das Bild, das vor ihm aufgetaucht war – diese Frau und daneben ihr eigener Körper –, erhielt nun eine völlig neue Bedeutung. Als wäre es eine Warnung gewesen, dass sie ihre leibliche Hülle verlassen würde … Vielleicht hätte er sie wirklich warnen und ihr raten sollen, auf sich aufzupassen. Die Haushälterin Jeanne, die nach dem Tod der Mutter für ihn und seine Brüder zuständig gewesen war, hatte ihnen damals erklärt, dass die Gedanken Dinge beeinflussen könnten. Wenn man finstere Gedanken habe, könnten sie Realität werden. Dann hatte sich diese Frau wohl so sehr gewünscht, den verwitweten Vater der drei Jungen zu heiraten, dass es schließlich dazu gekommen war! Sie sah allerdings auch sehr gut aus und bewies Stil mit ihren Glockenhüten, ihren hohen Absätzen und ihrem imposanten schwarzen Mantel aus Affenfell. In puncto Tugend hatte sie ihren Hintern allerdings nicht gerade in Weihwasser gebadet.

Wie auch immer, René hätte den Tod dieser armen jungen Frau nicht verhindern können. Was du auch tust, sagte Georgette oft, wenn deine Stunde geschlagen hat, dann ist das so.

Magritte hatte schon immer gern Detektiv gespielt, aber diesmal würde er es richtig tun, ganz im Ernst. War das nicht ein

Zeichen, ein Hilferuf? Mit dieser Geschichte begann für ihn eine neue Mission. Neben der Malerei würde er von nun an Ermittlungen durchführen. Auch Fantômas hatte schließlich mehrere Gesichter. Und versteckte sich Magritte mit seinen taillierten Anzügen und den gepunkteten oder gestreiften Krawatten nicht ohnehin schon hinter dem gemütlichen Spießer namens René? Die Eleganz hatte er sicher von seinem Vater, der mit seinen Frackschößen allerdings noch etwas extravaganter gewesen war.

Zum ersten Mal seit Langem zündete Magritte die Pfeife an, seinen Fetisch, den er aufbewahrte wie eine Trophäe, aber seit Ewigkeiten nicht mehr in die Hand genommen hatte, weil ihm das Pfeiferauchen nicht bekam. Er hatte sie in Châtelet in einem Laden an der Place du Marché gekauft. In Wirklichkeit rauchte er nur Luxor-Zigaretten mit goldenem Filter.

Aber das hier war ein außergewöhnlicher Moment. Und den musste er festhalten. Endlich würde er einen Kindheitstraum wahr machen: Er würde der maskierte Rächer dieser Frau sein, mit der ihn der Zufall zusammengebracht hatte.

Georgette würde ihm dabei mit ihrem gesunden Menschenverstand eine wertvolle Hilfe sein. Und nicht zu vergessen Loulou, die das feine Näschen eines Polizeihundes hatte. Jedes Mal, wenn er aus Spaß eins ihrer Spielzeuge versteckte, selbst oben auf einem Schrank, spürte sie es unter den verblüfften Blicken ihres Herrchens und ihres Frauchens wieder auf. Worauf sie dann zur Belohnung ein Leckerli bekam. Aber nein, die Magrittes[6] waren doch nicht in ihren Köter vernarrt …

René rief seinen Freund Joseph, genannt Jefke an, der im Amigo arbeitete, dem Kommissariat unweit der Grand-Place.

---

6 Sie waren es so sehr, dass Paul Simon ein Lied daraus gemacht hat: *René and Georgette Magritte with their Dog after the War.*

Jefke erzählte ihm oft spannende Kriminalgeschichten, und René versuchte dann, alles aufzudröseln. Mit seiner eigenwilligen Denkweise hatte er Jefke tatsächlich schon helfen können. Doch nun hatte er beschlossen, nicht mehr Zuschauer zu sein, sondern handelnde Person zu werden. Mit anderen Worten Detektiv.

»Jefke, hier ist René. Alles in Ordnung bei dir?«

»Ja, ja, *menneke* … Kleiner Mord, um uns ein bisschen aus der Routine zu reißen. Hast du sicher in den Zeitungen gelesen, oder?«

»Was für eine Geschichte! Ich muss dich unbedingt sehen. Muss dir was Verrücktes erzählen.«

»In Ordnung. Sagen wir 17 Uhr in der *Taverne du Globe*, Place Royale.«

»Abgemacht! Sag mal, diese Frau, die da erstochen wurde, wie hieß sie?«

»Madeleine Dutilleul. Die Arme, die Blumen auf ihrem Kleid sahen nicht mehr wie Margeriten aus, eher wie Klatschmohn, so viel Blut hat sie verloren.«

Magritte dachte an seine Mutter, deren wollweißes Nachthemd vom eisenhaltigen Wasser der Sambre rot geworden war.

10.

Als Magritte das Lokal betrat, saß Jefke schon vor einem großen Glas Bier.

»Für meinen Freund ein Vieux Temps!«, rief er, kaum dass der durch die Tür kam.

»Grüße von Georgette. Hab' ihr erzählt, dass wir uns sehen.«

»Immer noch so hübsch?«

»Ich bin über beide Ohren in sie verliebt«, gestand Magritte.

René und Jefke kannten sich seit Langem. Alain Van Loo, Jefkes Vater, war ein bekannter Anwalt und großartiger Schriftsteller. Magritte las begeistert seine Bücher und hatte hin und wieder auch seine Dienste in Anspruch genommen, wenn er eine Nervensäge loswerden wollte. Diesen stets freundlichen Anwalt, der mit einem unerschütterlichen Humor gesegnet war, nannte man auch »Monsieur Optimist«. Jefkes Mutter wiederum hatte Ethik unterrichtet und dann begonnen, Geschichten für freche Mädel zu schreiben. Als Spross dieser kuriosen Mischung war Jefke natürlich ein atypischer Polizist. Und selbstverständlich wie die meisten Belgier ein Bonvivant. Wohlbeleibt, nicht sehr groß, die Nase rot wie eine Walderdbeere, hatte er eine gewisse Ähnlichkeit mit dem Polizisten in *Stups und Steppke*, der Comicserie von Hergé. Im Gegensatz zu René, der einen unüberhörbar wallonischen Akzent hatte, war Jefke ein waschechter *brusseleir*.

»*Awell*, das hat uns gerade noch gefehlt, so ein Kuddelmuddel. War gerade alles schön ruhig, ein paar Diebstähle, mehr nicht. Und jetzt das, lässt sich diese *meï* in der Impasse du Cheval erstechen. Was muss die denn auch so spät noch unterwegs sein! Und dann auch noch verheiratet, *menneke* …«

»Höre ich da etwa eine gewisse Fortschrittsfeindlichkeit heraus? Heutzutage haben die Frauen doch wohl das Recht, hinzugehen, wo sie wollen.«

»Tja, und das kommt dann dabei raus! Hat sich abstechen lassen. Wär' sie besser bei ihrem Mann geblieben.«

»Ah, sie war verheiratet?«, fragte Magritte, fest entschlossen, ihm die Würmer aus der Nase zu ziehen.

»Jawoll! Sie hieß Madeleine Dutilleul. Wir haben ihre Papiere in der Handtasche gefunden. Und auch ein Kinoticket. Für das Caméo, Rue du Fossé aux Loups, nicht weit vom Tatort.«

»Hast du die Kassiererin befragt?«

»Rate mal. Sie erinnert sich an Madeleine, weil sie vor dem Kino hin und her gegangen ist und alle Leute von oben bis unten gemustert hat. ›Die war komisch‹, meinte die Kassiererin. Irgendwann hat sie dann das Ticket gekauft und ist allein reingegangen.«

»Und dann? Hat die Kassiererin sie mit jemandem rauskommen sehen?«, fragte René.

»Nein, da war die Kassiererin schon weg. War die letzte Vorstellung.«

»Und sie hat auch später niemanden reingehen sehen?«

»Nein. Habe ich gefragt.«

»Erzähl mir, was du von dem Mord weißt«, sagte René.

»Brütest du gerade einen neuen Krimi aus, oder was?«, erkundigte sich Jefke, der wusste, dass sein Freund in seiner Jugend unter Pseudonym schon welche geschrieben hatte.

»Genau«, log René. »Und ich gebe zu, dass ich diese Geschichte äußerst interessant finde …«

»Warum ausgerechnet die? In den Zeitungen findest du doch jede Menge. Da brauchst du nur …«

»Hör zu … Du wirst mir nicht glauben, aber ich hatte eine Vision und habe genau diese Frau neben ihrem eigenen Körper noch einmal gesehen.«

»Da hast du wohl geträumt!«

Jefke neigte nicht dazu, Dinge zu verkomplizieren. Er war eher ein Pragmatiker. Wahrscheinlich hatte er sich vor seiner allzu spinnerten Mutter schützen müssen, die Karten legte und aus Muschelschalen Orakel las. Magritte widersprach ihm nicht.

»Ja, genau, ein Traum.«

»Aber klingt schon seltsam. Bist du sicher, dass sie dir noch nie in echt begegnet ist, diese *meï*?«

»Ja. Deshalb will ich ihrer Geschichte ja auf den Grund gehen.«

»Gut. Dann sage ich dir alles, was ich weiß«, versprach ihm Jefke, der sich freute, endlich mal etwas zu einem literarischen Meisterwerk beitragen zu dürfen. Seine undankbare Mutter hatte ihn diesbezüglich nie mit einbezogen und verbot ihm sogar die Lektüre ihrer Bücher – »gehört sich nicht in deinem Alter« war ihr Argument.

Sie hielt ihn immer noch für einen unberührten jungen Mann, dabei hatte Jefke schon viele Frauen gehabt, nicht welche aus der Gosse, nein, nein, federgeschmückte Damen der Hautevolee, die sich mit ihren Gatten langweilten. Sein Vater wiederum bat ihn zwar um seine Meinung, aber erst wenn das Buch veröffentlicht war, sich also nichts mehr ändern ließ. Aber jetzt mit René war das anders! Jetzt würde er selbst Hand anlegen.

»Schieß los«, sagte Magritte ungeduldig.

»Sie war vierzig, hieß wie gesagt Madeleine – wie die Küchlein, wobei ich persönlich unsere belgischen Karamellkekse lieber mag –, und sie wurde mit einem Messerstich mitten ins

Herz getötet. Ihr Geld befand sich noch im Portemonnaie. Habgier war also nicht das Motiv. Besonders merkwürdig ist der Fliederstrauß, den man unter ihrem Kleid gefunden hat.«

»Das ist allerdings seltsam!« Ein Rätsel wie in seinen Gemälden. Verwirrende Konstellationen. Und warum befand sich dieser Strauß auch noch unter ihrem Kleid? Was wollte der Mörder damit sagen?

Als begeisterter Schachspieler – auf seinem Wohnzimmertisch stand immer ein Schachbrett bereit – liebte Magritte Herausforderungen. Und das hier war eine.

»Ich nehme an, die Polizei hat den Ehemann verhört?«

»Ja. Er war zu Hause. Hat ferngesehen, während er auf seine Frau wartete. Sie hatte ihm die Nachricht hinterlassen, dass sie abends noch eine Schicht hätte, weil so viele Touristen aufgekreuzt wären. Sie war Kellnerin im *Roy d'Espagne*.«

»Ah, schau an, da sollte man mal hingehen ...«

»Gute Idee, und bei der Gelegenheit ein Trappistenbier trinken, *menneke*, oder?«

»Polizist sein ist wirklich ein harter Beruf«, spöttelte René.

»Ja, vor allem, wenn wir's mit Vollidioten zu tun haben, die alles aufmischen.«

René Magritte leerte sein Glas, und sie verabredeten sich für den nächsten Tag zur gleichen Uhrzeit in der Brasserie an der Grand-Place. Georgette wartete schon mit dem Abendessen auf ihn, das er um keinen Preis verpassen wollte: Sie hatte Frikadellen in Tomatensauce mit Pommes frites gemacht.

11.

Sobald man reinkam, duftete es nach Rinderfett. Im Haus der Magrittes waren immer alle Türen geöffnet, denn Georgette litt an Klaustrophobie.[7] Loulou kam zur Begrüßung gleich auf ihn zu und leckte sich dabei noch genüsslich die Lefzen. Frauchen hatte sie wohl von den Frikadellen kosten lassen! Kein Wunder, dass sie immer pummeliger wurde … Außerdem war sie ganz versessen auf Pommes frites! Klar, sie war ja auch eine belgische Hündin.

René hängte wie immer den Hut an den Garderobenhaken und zog seine Hausschuhe an. Solche Rituale hatten eine beruhigende Wirkung auf ihn, ausgerechnet ihn, der doch keinen Alltagstrott leiden konnte. Wahrscheinlich reichten ihm die wunderbaren Fantastereien, in die er geriet, wenn er malte oder über Dinge nachdachte, die er später umsetzen würde. Wenn man Picasso fragte, wie viel Zeit er für dieses oder jenes Bild gebraucht habe, antwortete er jedes Mal: »Ein Leben«. Es war die beste aller Antworten, denn ein Künstler kann nur dann kreativ sein, wenn ihn die Kunst Tag und Nacht umtreibt. Künstler sind besessen – so ist das!

---

7 Georgette litt tatsächlich an Klaustrophobie. Ob Magritte deshalb offene Türen malte, in denen Wolken schwebten – etwa in dem Bild *Der Sieg* –, oder Öffnungen, hinter denen sich ungewöhnliche Landschaften auftaten, wie in *Portrait von Germaine Nellens*?

War Magritte etwa nicht von *Das Reich der Lichter*, das ihn bis zu seinem Tod verfolgt hatte, besessen gewesen?

So war er auch, wenn er um jeden Preis irgendein Rätsel lösen wollte. Er ließ nicht locker, bis er die Lösung gefunden hatte. Mit den Geheimnissen, die er in seine Gemälde einsickern ließ, hatte das allerdings nicht zu tun.

Sobald Georgette Geräusche an der Haustür hörte, begann sie, den Teller ihres Mannes zu füllen. Jackie genoss als einzige das Privileg, bereits vor ihm essen zu dürfen.

»So haben wir unsere Ruhe«, sagte Magritte. »Dann stört sie uns nicht beim Essen.«

Von wegen! Loulou lauerte nicht nur auf jeden herabfallenden Krümel, sondern auch auf die Hand ihres Besitzers, die sich manchmal ihrer kleinen Schnauze näherte. Das Herrchen war schon vor ewigen Zeiten schwach geworden.

»Und?«, fragte Georgette ungeduldig. »Hast du Jefke gesehen? Was hat er gesagt?«

René berichtete.

»Ein Fliederstrauß unter ihrem Kleid«, wiederholte sie nachdenklich. »Das ist kein Zufall. Der Mörder wollte eine Nachricht hinterlassen. Welche Farbe? Weiß oder lila?«

»Habe ich nicht gefragt.«

»Ach, René!«

»Was ist denn daran so wichtig?«

»Jedes Detail ist wichtig. Manche Mörder sind Künstler, die sich auf diese Weise ausdrücken, weil sie für die echte Kunst nicht begabt sind. Hier haben wir es mit jemandem zu tun, der die Poesie liebt. Er ist kein gewöhnlicher Mörder, der einen anderen Menschen beseitigt, um zu stehlen oder sich zu rächen. Ich bin mir im Übrigen sicher, dass dieser Frau nichts entwendet wurde. Habe ich recht?«

»Absolut, mein Mäuschen.«

»Du hast mir gesagt, dass sie ins Kino gegangen ist. In welchen Film?«

»Ich weiß nicht … Du stellst vielleicht Fragen! Ist doch egal, in welchen Film.«

»Ganz und gar nicht! Nach allem, was du mir erzählt hast, schien sie auf jemanden zu warten, der nicht gekommen ist. Da muss sich also ein Kerl am Kino mit ihr verabredet haben, und glaub mir, den Film hat er nicht zufällig ausgewählt. Wahrscheinlich ist er später am Ausgang aufgekreuzt, hat sich wortreich entschuldigt und sie in die Impasse du Cheval geführt, die ja in der Nähe ist. Vielleicht hat er sie ja dazu gezwungen und ihr einen Revolver zwischen die Rippen gepresst. Was ist mit dem Ehemann? Glaubst du, er wusste wirklich nicht, dass sie ihm Lügen aufgetischt hat?«

»Anscheinend nicht.«

»Da musst du nachforschen, René. Und vor allem auf jedes noch so kleine Detail achten. Das macht man doch auch, wenn man sich deine Gemälde anschaut. Du regst uns dazu an, mit frischem Blick auf die Welt zu schauen. Wenn du malst, erkundest du Gebiete, in die sonst niemand vordringt. Das Gleiche gilt, wenn du ermittelst. Interessier dich für das, was die Polizei nicht interessiert. Für die kleinen, angeblich unerheblichen Details … Glaub mir, dieser Mörder hat nichts dem Zufall überlassen.«

»Gut, Doktor Watson!«

»Iss deine Frikadellen, René, sonst werden sie kalt.«

12.

Nachdem Magritte am nächsten Morgen mit seiner Hündin Gassi gegangen war, was in seinem Vokabular auch »auf Expedition gehen« hieß, steuerte er seine Staffelei an. Er hatte vor, das Gemälde mit dem in Stein gehauenen Frauenkopf fertigzustellen. Ihre Augen waren geschlossen, und neben ihrem Gesicht lag eine Rose. Als er am Morgen wie immer noch eine Weile im Bett gelegen hatte, war ihm das Bild einer Schelle in den Sinn gekommen.

Doch als er nun vor dem Gemälde stand, schreckte er entsetzt zurück: Ein riesiger Blutfleck zog sich über die Wange der Frau! Und er erinnerte sich nicht, ihn gemalt zu haben.

»Georgette! Komm mal gucken!«, rief er fassungslos.

Seine Frau kam in ihren Bommel-Pantoffeln angerannt. Sie sah ihn an. Dann näherte sie sich dem Bild. »Was denn? Was ist los?«

»Dieses Blut, ist das von allein gekommen?«

»Also, ich hatte diese Nacht einen Alptraum. Ich habe von einer ermordeten Frau geträumt. Und weil ich ja schlafwandle, kann es schon sein, dass ich das war«, sagte Georgette und fügte mit honigsüßer Stimme hinzu: »Bist du mir böse?«

»Nein, überhaupt nicht. Im Gegenteil! Ich bin überrascht. Aber Madeleine Dutilleul hatte Blut an ihrem Oberteil, nicht im Gesicht, denn sie wurde ja mit einem Stich ins Herz ermordet.«

»Es ging nicht um Madeleine. Es ging um eine andere Frau …«

»Was?«

»Ja … René, ich fürchte, dass es bald noch einen Mord geben wird.«

Magritte glaubte nicht an diese übernatürlichen Dinge. Für ihn kam das alles aus dem Unterbewusstsein. Wobei er sich ehrlicherweise eingestehen musste, dass seine Frau schon mehrmals Dinge im Traum vorhergesehen hatte. Aber egal! Er hoffte einfach, dass sie sich täuschte.

»Wie heißt das Bild?«, fragte sie.

»Die Erinnerung.«

»Ah! Wahrscheinlich wegen des Hintergrunds, oder? Wegen dieses dunklen Gewässers … Du hast an deine Mutter gedacht, die gesucht wurde, bis man sie schließlich in …«

»Darüber wird nicht gesprochen«, fiel René ihr scharf ins Wort.

Jedes Mal, wenn sie versuchte, das Thema anzuschneiden, verschloss er sich. Sie insistierte nicht.

Jetzt konnte er das Bild unmöglich fertigstellen, jedenfalls nicht sofort, und so beschloss er, mit seinen Freunden im *Greenwich* eine Partie Schach zu spielen. Eigentlich wollte er sich das ja abgewöhnen. Vergeblich!

Am Abend ging er dann ins *Roy d'Espagne*, wo Jefke ihn schon erwartete. In der Brasserie war es brechend voll. Der Polizist saß natürlich schon vor einem schaumgekrönten Bierhumpen.

»Ich hab' dir was mitgebracht«, verkündete er und gab René einen Umschlag. »Das sind Fotos, und ich habe auch einen Brief kopiert, der sich in der Innentasche ihrer Handtasche befand. Die Originale konnte ich dir nicht mitbringen, die sind als Beweisstücke gerade im Labor. Noch ein kleines Detail: Der Brief steckte in einem blauen Umschlag, auf dem *Für Madeleine* stand, und er roch gut. Wonach genau weiß ich nicht, mit Damenparfüm kenne ich mich nicht aus …«

»Danke! Bist du immer noch Junggeselle?«

Der Polizist deutete ein geheimnisvolles Lächeln an.

»Aha! Da ist also was im Busch!«

»Sagen wir mal, ich gefalle jemandem. Aber psst! Das muss geheim bleiben. Wir sind noch am Anfang. Sie ist eine sehr respektable junge Frau. Eine, die nichts überstürzt. Das sind die besten … Schau dir nur Georgette und dich an! Ihr habt euch jahrelang nicht gesehen und seid jetzt immer noch zusammen.«

»Na ja, sie war zwölf, als wir getrennt wurden. Und deine Eltern wissen Bescheid?«, spöttelte René angesichts des Alters seines Freundes, diesem Junggesellen, der immer noch bei Maman und Papa wohnte. »Wie geht es ihnen?«

»Solange sie sich anschreien, geht es ihnen gut.«

»Ist ja auch nicht einfach, zwei Schriftsteller als Paar …«

»Nein. Aber meine Mutter hat etwas gefunden, das ihre Nerven beruhigt. Sie strickt jetzt und hat mir einen Pullover gemacht, schau!«

Jefke zog seine Jacke aus, und René musste ein Lachen unterdrücken. Der eine Ärmel war kürzer als der andere.

»Da hatte sie nicht mehr genug Wolle. Jetzt behauptet sie, dass sie damit eine neue Mode lanciert und morgen alle das Gleiche haben wollen …«

»Na, solange er mit Liebe gemacht ist«, beendete René das Thema. »Hör zu, ich schaue mir den Inhalt deines Umschlags zu Hause in Ruhe an. Und jetzt spreche ich mal mit dem Chef hier, um zu hören, was in der Nacht des Verbrechens los war, ob er sich an irgendetwas erinnert. Georgette sagt, dass alle Details wichtig sind.«

Der Chef saß hinter der Kasse. Nein, er erinnerte sich an

nichts. Ach, ja, doch! Madeleines Ehemann hatte angerufen, wollte seine Frau sprechen. Der Chef hatte ihm gesagt, dass sie an diesem Abend nicht eingeteilt war, und der Mann hatte aufgelegt. Er schien wütend zu sein.

»Aha, er wusste also, dass sie gelogen hatte«, sagte Magritte und stieß dabei mit Jefke an. »Und wenn er daraufhin das Haus verlassen hat, um sie umzubringen?«

»Wie hätte er wissen sollen, wo sie war?«

»Gute Frage«, räumte René ein. »Was denkst du … Glaubst du, dass wir es mit einem Verbrechen aus Leidenschaft zu tun haben?«

»Sieht mir sehr danach aus. Sie schleppt einen Liebesbrief mit sich rum, wahrscheinlich ja von ihrem Mörder, und die Tötungsart – der Fliederstrauß, der Messerstich direkt ins Herz – deutet auch darauf hin, dass Eifersucht im Spiel war.«

»Und wenn ihr Mann alles inszeniert hat, um sie in die Falle zu locken oder sie auf die Probe zu stellen? Wenn er dahintersteckt, wäre das die Erklärung dafür, dass er wusste, wo sie war …«, überlegte René. »Er kann an ihrem Arbeitsplatz angerufen haben, damit man ihn von der Liste der Verdächtigen streicht.«

»Das stimmt. Zumal er kein solides Alibi hat. Er behauptet, dass er zu Hause war, hat dafür aber keine Zeugen. Aber wenn man sich sein Profil anschaut – Typ spießige Sofakartoffel –, würd's mich wundern, dass er so einen schönen Brief schreiben kann. Und so eine romantische Ader hat, dass er mit 'nem Blumenstrauß auf sie wartet, auch wenn er ihr den nur unters Kleid stopfen wollte.«

»Der Schein kann trügen«, murmelte Magritte.

Er bestellte noch zwei Gläser Bier. Als der Kellner sie brachte, beugte er sich zu René hin und flüsterte, er habe eine möglicherweise interessante Information zu Madeleine.

»Ich habe eben gehört, wie Sie mit dem Chef geredet haben. Mir ist schon seit 'ner Weile ein Gast aufgefallen, der nicht ganz koscher war. Ich sag' nicht, dass er der Mörder ist, klar? Aber der ist nicht ganz sauber. Und seit Madeleine tot ist, kommt er nicht mehr. Der saß immer da hinten in der dunklen Ecke, gegenüber vom Pferd. Ist jeden Abend um dieselbe Uhrzeit gekommen, und wenn Madeleines Schicht zu Ende war, ist er gegangen. Ich dachte mir, vielleicht ist er ihr ja gefolgt ...«

»Wie sah er aus?«, fragte Jefke.

»Keine Ahnung. Ich hab' sein Gesicht nicht gesehen. Der hatte immer einen Mantel mit Kapuze an, so 'ne Art Dufflecoat, den hat er nie ausgezogen.«

»Wissen Sie, ob Madeleine einen Geliebten hatte?«

»Oh! So wie die war, würd' mich das aber wundern! Die war nicht gerade gesprächig und auch nicht sehr freundlich. Immer mürrisch. Wissen Sie, die war hier nicht gerade beliebt. Wobei, gut gearbeitet hat sie, das muss man sagen.«

»Und Sie hatten nicht das Gefühl, dass sie am Tag vor ihrem Ableben vielleicht ein bisschen mehr gelächelt hat?«, fragte Magritte.

»Jetzt, wo Sie's sagen, doch ... Da schien sie gut gelaunt zu sein. Hat mich überrascht, weil sie sonst immer mit so 'ner Visage rumgelaufen ist. Ist ja nicht gerade top für die Gäste, verstehen Sie?«

»In einem hast du jedenfalls recht, René«, sagte Jefke abschließend und leerte sein Glas Trappistenbier. »Der Schein kann auch trügen.«

13.

Rosa konnte nicht mehr stillsitzen. Ausgerechnet sie, dieses dreißigjährige Fräulein, über das man sich lustig machte, weil es immer noch keinen Verlobten hatte – jedenfalls nicht offiziell –, blickte nun einem Rendezvous mit einem Unbekannten entgegen! Was für ein unverhofftes Glück! Ihre Freundinnen würden grün anlaufen vor Neid. Dabei beneidete Rosa sie kein bisschen, weder um ihre Ehemänner, die langsam zu Sofakissen mutierten, noch um ihre Kinder, die ständig herumjammerten. Nein, denn das, was Rosa sich schon immer gewünscht hatte, war eine richtige, echte Liebesgeschichte. Ein paar Abenteuer hatte sie ja gehabt, und ja, sie hatte auch ein Verhältnis mit jemandem, den sie als ihren Notanker bezeichnete, aber sie fand die Männer alles in allem zu ungehobelt, zu grobschlächtig. Rosa liebte Romantiker, war aber noch nie einem begegnet, der ihrem Geschmack entsprach. Am Ende war es immer dasselbe: Mit dem Kopf in den Sternen, mit den Füßen in der Scheiße. Sobald du ihren Avancen nachgabst, hatten sie keine Lust mehr, den Verführer zu spielen, da warst du als Frau schon in ihren Besitz übergegangen. Und das, nein, das kam für sie nicht infrage! Rosa war eine unabhängige Frau, der noch nie jemand einen Ring an den Finger gesteckt hatte. Die Männer waren ihrer einfach nicht würdig. Aber jetzt war plötzlich alles anders, sie fühlte sich wieder wie ein junges Mädchen. In Erwartung dieses vom Himmel gefallenen Geschenks schmolz sie dahin!

Wer war dieser Märchenprinz, der ihr einen so wunderbaren Brief schrieb? Wieso kannte er ihre Adresse? Er musste ihr gefolgt sein, denn er hatte ihn einfach in ihren Briefkasten geworfen. Ein Glück, dass ihre Schwester keinen Zugriff darauf hatte … Sie stellte sich ihren Verehrer – klar doch – als einen Mann von atemberaubender Schönheit vor!

Nun lebte Rosa allerdings nicht allein. Sie teilte sich mit ihrer Schwester Élise ein Haus, das Vermächtnis eines alten Onkels, den sie selbst gar nicht gekannt hatte. Es war ein finsteres, viel zu großes Wohnhaus direkt gegenüber den Étangs d'Ixelles, jenen Teichen, an deren Ufern eigentlich ein paar verträumte Dichter Teil der Kulisse hätten sein sollen. Auch Élise war unverheiratet. Allerdings aus anderen Gründen: Ihr Mann war sturzbetrunken am Steuer seines Autos umgekommen. Keine Kinder. Nur einen Kater, der im Garten die Vögel jagte und fraß. Rosa verabscheute ihn und hatte versucht, mit Rattengift gewürzte Frikadellen an ihn zu verfüttern … Pustekuchen! Das Tier wollte nichts davon wissen. Dieser Mistkerl hatte offenbar einen Riecher. Und dann bereitete es ihm auch noch diebisches Vergnügen, Rosa regelmäßig eine Amsel oder eine Drossel auf die Fußmatte zu legen …

Wenn sie nachts wach wurde, dachte sie darüber nach, wie sie ihn umbringen könnte, diesen miesen Kater. Ihre Schwester liebte ihn. Er war das Einzige, was ihr von dem verstorbenen Säufer noch geblieben war. Und da sie genauso viel trank wie er … Allerdings setzte sie sich nicht ans Steuer.

Die beiden Schwestern hassten sich. Aber keine konnte es sich leisten, woanders Miete zu zahlen. Rosa war als Modistin in der Rue Haute beschäftigt, Élise arbeitete bei der Post. Sie waren nicht gemeinsam aufgewachsen. Kam daher dieser Hass?

Glücklicherweise war das von Onkel Charles hinterlassene Haus so groß, dass jede ihre eigene Wohnung mit eigenem

Zugang hatte. Nur den Garten teilten sie sich. Er war wie die meisten Gärten dieser alten Brüsseler Häuser schmal und lang. Ein Baum, ein kleiner graugrüner Teich, den niemand in Ordnung hielt, und eine Rasenfläche, die Anlass zu Gezänk gab, weil sie gemäht werden musste. Für die Vögelchen, in die Rosa vernarrt war, verteilte sie Futter im Garten. In den Augen ihrer Schwester waren es krakeelende Störenfriede, die überall hinkackten.

Auf ihrem Bett sitzend las Rosa noch einmal den Brief.

> Ich möchte dein Herz ganz in Wolle packen, möchte es immerzu wärmen. Möchte dich auf einer Lichtung küssen und zwischen den Träumen einer seligen Nacht Tango mit dir tanzen.

Weder ein Name noch eine Adresse, an die sie eine Antwort hätte schicken können. Nur das betörende Parfüm dieses blauen Umschlags.

14.

René hatte den Brief an Madeleine wieder und wieder gelesen.

> Ich beobachte dich schon eine Weile, doch ich fürchte, dass es bei meinen Liebeserklärungen bleiben wird, denn du bist ja verheiratet. Dabei würde ich dich so gern mitnehmen, weit weg, nach Amerika oder anderswohin. Du bist so hübsch, du bist mein ganzes Leben.
>
> PS. Eines Tages werden wir zusammenkommen, wenn du es möchtest.

Er leitete daraus mehrere Dinge ab: Die beiden waren sich nie begegnet, aber der Mann hatte sich über sie informiert. Er wusste, dass sie verheiratet war. Und scherte sich offenbar nicht darum, denn er wollte sie ja nach Amerika oder anderswohin mitnehmen. *Ich beobachte dich schon eine Weile.* Das musste er heimlich getan haben und war ihr vielleicht sogar bis nach Hause gefolgt. War er der mysteriöse Kapuzenmann, der sich in einer dunklen Ecke des *Roy d'Espagne* versteckt hielt?

Auf dem Umschlag stand keine Adresse, hatte Jefke gesagt. Der schmachtende Verehrer musste ihn also in ihre Tasche gesteckt haben, wo man ihn nun gefunden hatte. Oder er hatte den Brief irgendwo so platziert, dass sie ihn sehen würde, und das hatte funktioniert. Vermutlich hatte er ihr noch einen zweiten

Brief mit Uhrzeit und Ort ihres Rendezvous geschrieben. Darauf deutete jedenfalls die in Madeleines Handtasche gefundene Kinokarte hin. Jefke hatte auch sie fotokopiert. Er war dermaßen stolz, am Kriminalroman seines Freundes mitzuwirken, dass er an alle Details gedacht hatte. René hatte sich nicht getraut, ihm zu sagen, dass er sich eigentlich nur einen Jugendtraum erfüllen wollte: einmal Privatdetektiv sein, was durchaus kompatibel mit der Malerei war! Denn Magritte glaubte, dass »Träume jene Freiheit schenken, die Körper und Geist brauchen«. Er war überzeugt davon, dass das Imaginäre eng mit der Realität verknüpft ist und dass beide unentbehrlich füreinander sind, so wie der Baum seinen Saft aus den Wurzeln zieht.

In Madeleines Handtasche befand sich außerdem das Kinoprogramm. In dieser Woche lief eine Fritz-Lang-Retrospektive, und an besagtem Abend wurde *M – Eine Stadt sucht einen Mörder* gezeigt.

Wo war nur der zweite Brief? Komisch, dass sie ihn nicht bei sich hatte. Vielleicht hatte sie ihn in der Eile des Aufbruchs zu Hause vergessen? Und wenn ihr Mann ihn dort gefunden hatte? Dann könnte er ihr gefolgt sein …

René Magritte hatte sich auch die Fotos aufmerksam angeschaut. Im Licht der Straßenlaterne lag Madeleine ausgestreckt auf dem Boden. Sie trug ihr Blumenkleid. Darunter, auf ihrem Bauch, der lilafarbene Fliederstrauß. Aus ihrem Herzen quoll rotes Blut, so rot wie ihre sorgfältig geschminkten Lippen. Um sie herum das lange blonde Haar, auf dem Boden ausgebreitet wie eine Sonne, die sich in die Stille der Nacht verirrt hat.

Als er Georgette von seinen Beobachtungen berichtete, erklärte sie ihm: »Lilafarbener Flieder symbolisiert eine beginnende Liebe, die ersten Schritte auf den verschlungenen Wegen der Leidenschaft … Weißer Flieder verkörpert Reinheit und Unschuld.«

»Daran hat der Mörder vielleicht gar nicht gedacht, als er den Strauß für sie gekauft hat«, entgegnete Magritte. »Du überinterpretierst ...«

»Im Gegenteil, ich glaube, dass hier alles durchdacht ist. Warum hat er sonst den Strauß unter das Kleid geschoben? Welcher Film wurde eigentlich gezeigt?«

»M – Eine Stadt sucht einen Mörder.«

»Siehst du! Und du glaubst nicht, dass da jemand sehr genau nachgedacht hat? M wie Madeleine ... und Peter Lorre als Mörder.«

»Ja, aber ein pädophiler Mörder. Und Madeleine war um die vierzig, also kein Kind mehr!«

»Trotzdem, es ist die Geschichte eines Mörders. Und noch dazu wurde der Regisseur Fritz Lang angeklagt, seine Frau umgebracht zu haben, nachdem sie ihn im Schneideraum mit seiner Geliebten, der Roman- und Drehbuchautorin Thea von Harbou, überrascht hatte. Seitdem litt Lang an Paranoia und hielt alles, was er machte, bis ins kleinste Detail in einem Notizbuch fest. Und er hatte immer einen Revolver bei sich ... Man hat ihn nicht von ungefähr den ›Meister der Finsternis‹ genannt.«

»Seine Frau soll Selbstmord begangen haben«, erwiderte René, der die Filme von Fritz Lang bewunderte.

»Das bleibt eine undurchsichtige Geschichte«, erklärte Georgette, die sehr viel las und sich besonders für pikante Liebesgeschichten interessierte, gern auch mit kriminellem Hintergrund. »Weißt du, ob ein M auf ihre Handfläche gemalt war? Du erinnerst dich noch an das Filmplakat, oder?«

»Na, was glaubst denn du?! Den Film haben wir doch zusammen im Cinéma Bleu gesehen ... Aber da gehst du jetzt zu weit, mein Häschen. Ich würde sogar sagen, du vergaloppierst dich.«

»Trotzdem, es würde sich lohnen, da mal nachzufragen …«

»Gut, ich erkundige mich.«

»Was sagt denn Jefke?«

»Verbrechen aus Eifersucht.«

Georgette begnügte sich mit einem Lächeln. Manchmal muss man schweigen und warten, bis die Zeit den Schleier lüftet, der die Wahrheit verdeckt.

15.

Dieser dreckige Kater hatte Rosa eine Drossel auf die Fußmatte gelegt. Ihre Lieblingsdrossel. Die mit dem niedlichen weißen Köpfchen, die immer schon nach Rosa Ausschau hielt, wenn sie mit Vogelfutter in den Garten kam. Irgendwann war die Drossel mit ihrem Verlobten aufgetaucht, wie Rosa ihn nannte. Bald darauf hatte das Vogelpaar Junge bekommen. Die junge Frau hatte die kleine Familie liebgewonnen, fast so, als wäre es ihre eigene.

Vorsichtig hob Rosa den zerfetzten Körper der Drossel auf und küsste ihn. Sie konnte ihre Tränen nicht zurückhalten. Am Tag der Beerdigung ihrer Mutter hatte sie nicht eine einzige vergossen.

Sie wickelte den toten Vogelkörper in Seidenpapier und nahm ihn mit in den Garten, um ihn am Fuß des Baums zu begraben. Plötzlich hörte sie ein trauriges Piepsen und entdeckte auf einem Ast den Gefährten der armen Drossel. Er beobachtete Rosa. Als sie seine Liebste beerdigt hatte, flog er davon und dabei so nah an ihr vorbei, als wollte er sich ein letztes Mal bei ihr bedanken. Bestimmt würde sie ihn nie wiedersehen. Da hatte sie sich aber getäuscht! Er kam jeden Abend zurück und verbrachte die Nacht am Grab seiner Gefährtin. Die meisten Vögel haben nur eine einzige Liebe in ihrem Leben; wenn man sie ihnen entreißt, bleiben sie allein.

Von so einer Liebe träumte Rosa.

Aber heute war sie zu traurig, um zu träumen. Die Trauer um ein verstorbenes Tier kann sehr viel größer sein als der Kummer über den Tod eines Menschen. Rosa war untröstlich. Nachdem sie noch eine Weile geschluchzt hatte, das Gesicht im Kopfkissen vergraben, wurde sie von einer Welle der Wut überrollt. Dafür würde dieser unselige Kater büßen! Sie war viel zu lange geduldig mit ihm gewesen. Es war ja nicht das erste Mal, dass er einen Vogel erwischt hatte. Dabei wurde er ständig mit Pasteten und solchem Zeug vollgestopft, denn ihre Schwester scheute keine Kosten, was sein Futter betraf. Nichts war ihr zu gut für diesen Kater, den sie mehr verhätschelte, als wenn er ein Baby gewesen wäre. Das ging so weit, dass sie ihm im Winter Gummistiefel gekauft hatte, damit er bloß keine kalten Pfötchen bekam. Unglaublich! Zu Rosas großer Freude hatte er die Stiefelchen im Nu zerfetzt. Genauso wie die Spatzen.

Élise konnte Menschen nicht leiden. Und Kinder schon gar nicht. Sie mochte nur sich selbst – und ihren Kater. Seit fünfzehn Jahren versuchte sie vergeblich, ein Zierpüppchen aus ihm zu machen! Dabei war er ein Teufel. Aber sie schaute weg und hörte nicht auf, ihn zu idealisieren. Ja, Liebe macht blind. Und taub. Ob sie jemals einen Menschen so geliebt hatte wie ihren Kater? Rosa zweifelte daran. Élise war griesgrämig und gehässig; ein Hauch von Menschlichkeit ließ sich bei ihr nur erahnen, wenn sie über ihren schwarzhaarigen Schmusekater sprach. Dabei könnte so einer wie der in Gustave Dorés Illustrationen von Dantes Hölle umherspazieren.

Was zu viel war, war zu viel.

Rosa liebte Tiere. In ihrer einsamen Kindheit hatte sie die Tiere zu ihren Gefährten gemacht. Aber bei diesem Kater war es vergebliche Liebesmüh, er war ein Jäger, der tötete, weil es ihm Spaß machte. Und wenn Leute sagten, das liegt nun mal in seiner Natur, das darf man ihm nicht übelnehmen – warum sollte man denn dann bei einem Serienkiller oder einem Pädophilen nicht dasselbe sagen? Wo war denn da der Unterschied?

Und als reichte es nicht, Rosas Lieblingsdrossel umzubringen, hatte dieser Kerl auch noch ihrem Lebensgefährten und ihren Jungen das Herz gebrochen. Wer sind wir denn, dass wir glauben, Tiere hätten keine Gefühle! Rosa dachte an die traurige Elefantenkuh, die ihr Leben lang angekettet war, bis eines Tages jemand kam und sie befreite. Das arme Tier hatte dicke Tränen vergossen und sich an seine Retterin geschmiegt.

Rosa wartete darauf, dass der Mond aufging. Sie wusste, dass der abscheuliche Schmusekater ebenfalls wartete, und zwar darauf, dass seine Besitzerin einschlief. Dann würde er das Ehebett verlassen und im Garten seine Neuverfilmung von *Die Nacht des Jägers* inszenieren. *Love* war das, was ihre Schwester für ihn empfand – *Hate* bestimmte Rosas Gefühle. Und waren das nicht auch die Gefühle, die diese Schwestern einander entgegenbrachten? Tatsächlich sind Haustiere oft eine Art Spiegel und wirken deshalb beschleunigend …

Für den Kater sollte diese Nacht jedenfalls die letzte sein.

Am nächsten Morgen wurde Rosa durch einen Schrei geweckt. Élise hatte ihren Schmusekater also gefunden: am Fuß des Baums, unter dem die Drossel begraben lag, sein Körper von einem Fleischermesser durchbohrt, jenem Messer, mit dem Rosa sonst ihren Braten in Scheiben schnitt.

Sie hätte ihn auch zerstückeln und seine Teile in der Mülltonne der Nachbarn verstecken können, um sie glauben zu machen, dass er verschwunden war. Doch sie hatte es vorgezogen, zu ihrer Tat zu stehen, ihn wie ein Zeichen der Rache auf das Grab ihres Vogels zu legen und damit ihre Schwester wissen zu lassen, wie sehr sie sie hasste.

16.

Georgette hatte eine flämische Karbonade zubereitet. René war zwar Wallone, wusste dieses Gericht aber sehr zu schätzen, diese Mischung aus herzhaft und süß, die durch die Pflaumensauce entstand. Jackie leckte sich schon die Lefzen! Renés und Georgettes kleine Prinzessin durfte als Zugabe zu ihrem Futter immer alle Gerichte probieren.

»Heute Nachmittag«, sagte René, »gehe ich zu Madeleine Dutilleuls Ehemann und versuche, Informationen über die Mordnacht aus ihm rauszukriegen. Ich merke sofort, wenn jemand lügt.«

Die Lüge als solche störte Magritte nicht, denn ohne Lügen gäbe es auch keine Intrigen auf dieser Welt. Anders als manche vielleicht dachten, wenn sie sein Gemälde *Dies ist keine Pfeife* sahen, war Magritte selbst allerdings kein Lügner. »Die berühmte Pfeife«, sagte er gern, »hat man mir oft genug vorgeworfen! Aber können Sie diese Pfeife stopfen? Nein, oder? Sie ist ja auch nur eine Abbildung. Wenn ich also unter mein Gemälde geschrieben hätte: *Dies ist eine Pfeife,* hätte ich gelogen!«

Viele Menschen sind nur eine Spiegelung des Bildes, das sie von sich selbst abgeben wollen: ein falscher Schein also, anders gesagt eine Art Trompe-l'Œil. Man muss bohren und eigene Gefühle ausblenden, um herauszufinden, was diese Menschen verbergen. Und wenn man so bohrt, stößt man hin und wieder auf eine Schicht von Täuschungen, die weitere Geheimnisse verschleiern. Ein bisschen wie die russischen Matroschkas.

Roger Dutilleul wohnte in einem der kleinen Fertighäuser in Anderlecht, unweit des Schlachthofs. Auch wenn René hin und wieder Fleisch aß, mochte er diesen Ort nicht, der ihn an einen grausamen Friedhof erinnerte. Er stellte sich vor, dass die Anwohner nachts verzweifelte Schreie hörten: Das waren die Geister all dieser Tiere, die dort auf brutale Weise getötet wurden.

Madeleines Haus hatte ein Gärtchen, durch das es sich von den anderen angenehm unterschied. Magritte wusste nicht, ob er Roger Dutilleul antreffen würde, denn er hatte seinen Besuch nicht angekündigt. Dutilleuls Nummer stand bestimmt im Telefonbuch. Aber er wollte ihn lieber überraschen.

Er klingelte an der weißen Eingangstür. Wartete einen Moment, bevor er noch einmal klingelte. Nichts. Er schaute sich um; kein parkendes Auto vor dem Haus. Roger arbeitete wohl noch. Und schon regte sich in René der alte Schlingel, der keine Bedenken hatte, um das Haus herumzugehen und zu schauen, ob nicht an der Rückseite zufällig ein Fenster offen stand. Ach, wie oft war er als Junge bei den Nachbarn eingestiegen, um dort für ein bisschen Chaos zu sorgen, etwa in den Wäschekorb zu pinkeln oder die Kühlschranktür mit Leim zuzukleben! Er war ja nicht umsonst im Zeichen des Skorpions geboren …

Tatsächlich war eins der Fenster nicht richtig geschlossen, er musste es nur aufdrücken. Immer noch ausreichend gelenkig stieg er ein. Schöne Erinnerungen wurden in ihm wach …

Drinnen war alles aufgeräumt. Magritte versetzte sich in die Lage des Ehemanns. Wie bei den Magrittes kümmerte sich hier sicher die Frau um den Haushalt. Und dieser Mann hatte seine gerade verloren, aber trotzdem war alles blitzblank … Das hätte René in so einer Situation nicht fertiggebracht. Er hätte alles schleifen lassen. Aber wenn ein Unglück geschieht, reagiert jeder Mensch anders. Trotzdem, irgendwas stimmte hier nicht, er konnte nur nicht sagen was. Im Spülbecken stand kein dreckiges Geschirr. Er öffnete die Schränke. Nichts, was ihm aufgefallen wäre. Im Kühlschrank jede Menge Bierflaschen. René war versucht, sich eine zu nehmen und auf das Wohl Madeleines zu trinken, verkniff es sich aber. Er war ja im Dienst … Im Wohnzimmer standen Rogers Pantoffeln vor dem Sofa, eine neben der anderen, wie in Wartestellung. Wahrscheinlich guckte er beim Essen Fußball oder die Tour de France. War sicher keiner, der sich intellektuellen Kram ansah.

René stieg die Treppe hoch, Richtung Schlafzimmer der Verliebten. Bei ihm war praktischerweise alles im Erdgeschoss.

Ein scheußlicher Bettüberwurf aus rosafarbenem Samt bedeckte die eheliche Grabstätte. Denn mal ehrlich, nach wildem Treiben sah das alles nicht aus!

Magritte durchsuchte Madeleines Sachen und fand nur Flitterkram und Deppenköder, wie er die Verführungsutensilien der Frauen nannte. Seine Georgette hatte das nicht nötig! Er öffnete ein Kästchen und betrachtete staunend die kleine Tänzerin, die sich plötzlich zu einer Musik von Mozart im Kreis drehte. Solche kindlichen Reaktionen hatte er sich bewahrt, er ließ sich für sein Leben gern überraschen. In dem Kästchen lag ein herzförmiges Medaillon aus Gold mit eingraviertem M. Er steckte es sich in die Hosentasche. Nicht um es zu stehlen oder weiterzuverkaufen, nicht einmal, um es seiner Frau zu schenken; nein, der Instinkt befahl es ihm einfach. Dieses Herzmedaillon konnte ein Geschenk ihres Liebhabers sein. Mörder nehmen immer etwas an sich, das ihrem Opfer gehört hatte.

Diese Madeleine, die René nie kennengelernt hatte und die ihm im pudrigen Sonnenlicht wie eine Botschaft erschienen war, gehörte jetzt zu seinem Leben. Er hatte sie außerhalb ihres Körpers gesehen und spürte, dass er ihr etwas schuldig war. Er musste ihren Mörder finden. Deshalb auch sein Wunsch, etwas zu besitzen, das ihr gehört hatte, vielleicht um eine Verbindung ins Jenseits mit ihr herzustellen, sofern es denn ein Jenseits gab.

Als er wieder aufblickte, sah er, dass auf dem Schrank eine Hutschachtel stand. Er stieg aufs Bett und konnte sie herunternehmen. Und siehe da, unter dem Glockenhut, der ein wenig den Hüten ähnelte, die Georgette trug, fand er, was er gesucht hatte! Einen blauen Umschlag …

Er kam nicht dazu, dcn Brief darin zu lesen. Das Geräusch der sich öffnenden Haustür ließ ihn zusammenfahren.

17.

Élise war außer sich vor Wut. Dieses Aas von Schwester hatte es gewagt, ihren Kater umzubringen! Sie trommelte gegen Rosas Tür, die verschlossen blieb. Brüllte Beleidigungen, beschimpfte sie als Verbrecherin, dreckige Hure, Miststück … Das würde sie teuer bezahlen. Sie würde dafür sorgen, versprach ihr Élise, dass das Schicksal ihres »geliebten Babys« auch sie einholen würde.

Rosa saß auf ihrem Bett und wartete darauf, dass Élise wieder ging. Uff! Endlich hatte diese Idiotin aufgegeben. Allerdings kannte sie ihre Schwester und wusste, dass sie nicht lockerlassen würde. Sie musste aufpassen. Élise war imstande, sie an der Treppe abzupassen, sie umzustoßen und auf sie einzustechen. Seit sie sich vor einigen Jahren wiedergefunden hatten, war Élise immer eifersüchtig und gemein zu ihr gewesen. Rosa erinnerte sich noch an ihren ersten Flirt … Élise war so weit gegangen, ihre Handschrift zu imitieren und diesem Mann demütigende Briefe zu schicken, worauf diese Liebesgeschichte ein jähes Ende gefunden hatte.

Seitdem hatte Rosa ihrer Schwester nie wieder etwas anvertraut. Élise schaffte es dennoch, in ihrem Leben herumzustochern. Rührte ihr Verhalten daher, dass Rosa hübscher war als ihre pummelige Schwester? Aber was konnte Rosa dafür?

Sie verbarrikadierte sich in ihrem Zimmer, was sich gut traf, denn es war ihr freier Tag. Am nächsten Morgen stand sie früh auf und schlich sich wie auf Samtpfoten hinaus. Ihre Schwester schlief noch, ihr Schnarchen war bis in den Flur zu hören. Wahrscheinlich hatte sie eine Schlaftablette genommen. Wie wollte sie mit diesem penetranten Schnarchen je einen Mann in ihr Bett locken? Ganz zu schweigen von ihrem unappetitlichen Charakter …

Rosa würde erst am Nachmittag arbeiten. Sie nutzte die Zeit, um im Stadtteil Les Marolles noch eine Weile über den Flohmarkt zu spazieren, den sie so liebte. Eigentlich alles dort, den typischen Geruch nach alten Kleidern, die lange auf Dachböden gelegen hatten, den allgegenwärtigen Brüsseler Dialekt, das »*Awell, madameke*, wie geht's denn so?«, die Händlerin mit ihren Meerschnecken, das Café *Chez Willy* und schließlich, wenn der Flohmarkt zu Ende ging, all die Kisten, die mit alten Fotografien vollgestopft waren, Spuren von so viel Erlebtem, die im Müll landen würden. Rosa hatte selbst keine Erinnerungen … Oder war es ihr lieber gewesen, sie im Verborgenen zu halten?

Als Lily, die im selben Hut-Atelier arbeitete wie Rosa, ihre Freundin in den Laden kommen sah, war sie ganz aufgeregt und stürzte sich sofort auf sie. »Jemand hat das hier unter der Tür durchgeschoben! Für dich! Zum Glück ist der Chef gerade beim Mittagessen …«

Eifrig übergab sie ihr einen blauen Umschlag, der genauso aussah wie der andere, den Rosa bereits bekommen hatte. Darauf stand in feinen Lettern geschrieben *Für Rosa*.

Lilly hing wie eine Klette an ihr und wollte unbedingt wissen, was sich in diesem schönen, nach Parfüm duftenden Umschlag befand. »Von deinem neuen Verehrer?«

»Ich weiß nicht«, sagte Rosa, die ihren Spaß daran hatte, das Geheimnis nicht gleich zu lüften.

»Komm schon … Mach ihn auf und sag's mir! Mir hat noch

nie jemand einen Liebesbrief geschrieben. Da hast du Glück, meine kleine Rosa.«

»Das stimmt«, gab Rosa zu.

Dennoch nahm sie sich die Zeit, ihren Mantel auszuziehen und sich hinter ihre Nähmaschine zu setzen, bevor sie den Umschlag öffnete.

Ich möchte dich auf einen Spaziergang entführen und den Raben nachschauen, die mit unseren Träumen emporsteigen. Treffen wir uns heute Abend um 20 Uhr unter den Arkaden im Parc du Cinquantenaire. Ich werde meiner Rosa einen Strauß Rosen bringen.

»Und?«, fragte Lily ungeduldig.

»Er erwartet mich heute Abend unter den Arkaden im Parc du Cinquantenaire.«

»Oh! Ist das nicht ein bisschen verfrüht, nach gerade mal zwei Briefen?«

»Überhaupt nicht! Er schreibt so schön! Ich kann es kaum erwarten, ihn kennenzulernen. Wem läuft denn heutzutage noch so ein Poet über den Weg, dir etwa?«

»Nein«, räumte Lily ein. Sie fand die meisten Männer ziemlich ungehobelt. »Und wie heißt er?«

»Ich weiß nicht.«

»Hat er denn nicht unterzeichnet?«

»Nein.«

»Das ist komisch. Ich wäre an deiner Stelle schon misstrauisch …«

»Du bist eine Spielverderberin, Lily. Träume können uns nur dann tragen, wenn sie voller Geheimnisse sind.«

18.

Magritte gelang es, durchs Fenster zu entkommen, am Regenrohr hinunterzurutschen und wieder im Garten zu landen. Das erinnerte ihn an seine Jugend, da hatte er es bei den Eltern genauso gemacht, um den Wäscherinnen im Hof an die Wäsche zu gehen.

Madeleines Ehemann öffnete seinen Kühlschrank und nahm eine Bierflasche heraus. Zuvor hatte er bereits ein frisches Hemd angezogen. Diese Touren, bei denen er auf Kundenfang ging und versuchte, den Leuten Kaffee anzudrehen, waren nervig und im wahrsten Sinne des Wortes schweißtreibend. Zumal er persönlich Kaffee hasste. Aber ein kleines Bierchen würde ihn aufmuntern … Und morgen gab's ein Spiel mit dem Team von Anderlecht. Prima, dann also Pantoffeln, Pyjama, Trappistenbier Marke Orval und ab aufs Sofa – wenn das nicht das Paradies war.

Anstatt nach Hause zu gehen, besann sich Magritte eines Besseren und steuerte auf die Haustür zu, um zu klingeln. Ganz schön dreist, dachte er grinsend. Ich bin gerade bei dir eingestiegen, hab' einen Brief an deine Frau und sogar ein Schmuckstück von ihr geklaut, und jetzt statte ich dir einen Besuch ab, guten Tag, Monsieur!

Roger öffnete ihm nicht gerade erfreut die Tür.

Magritte stellte sich als Journalist der Zeitschrift *La Lanterne* vor. Sein Gegenüber schöpfte keinerlei Verdacht und ließ ihn herein. War sicher einer von denen, die es mögen, wenn über sie geredet wird.

Der Mann entschuldigte sich für die Unordnung. Die für René nicht zu erkennen war – vielleicht mit Ausnahme der Bierflasche auf dem Tisch. Roger Dutilleul bot ihm auch eins an, was René ablehnte: »Nein danke, nicht wenn ich im Dienst bin.«

René Magritte ging vollkommen in seiner Rolle auf. Er setzte sich in einen Sessel gegenüber dem Sofa, auf das der Name Roger in unsichtbaren Lettern eingraviert war. Jedenfalls deutete die Kuhle in Form seines Hinterteils darauf hin.

Roger Dutilleul ließ seinen Besucher wissen, dass er müde sei. Es werde nicht lange dauern, versicherte ihm Magritte. Roger spielte seinerseits den untröstlichen Ehemann, ach, die arme Madeleine, was für ein Drama, noch so jung, bla bla bla …

Magritte hörte schweigend zu, und als Roger mit seiner Vorstellung fertig war, sagte er: »Hören Sie, Monsieur, ich bin als Journalist gekommen und nicht als Jasager vom Dienst … Wenn wir zu einem Thema recherchieren, holen wir als Erstes Erkundigungen ein, die uns in die Lage versetzen, einen Artikel zu schreiben, der der Wahrheit möglichst nahekommt. Ich arbeite nicht für eins dieser Sensationsblättchen. Wir wissen also, dass Ihre Frau, Madeleine Dutilleul, am Abend ihrer Ermordung nicht gearbeitet hat und dass Sie darüber informiert waren, da Sie den Chef des *Roy d'Espagne* angerufen haben …«

Zufrieden mit der Wirkung seiner Worte machte Magritte eine Pause. Dieser Roger war auf dem Sofa in sich zusammengesackt, wohl in der Hoffnung, dass die breiten, ledernen Armlehnen ihn stützen würden. Er fuhr mit der Hand durch sein angegrautes Haar, um Haltung zu bewahren. Er machte keine gute Figur.

»Deshalb bin ich kein Verdächtiger«, entgegnete er.

»Und ich bin kein Polizist, nichtsdestotrotz dürfte es sich meiner Meinung nach nicht günstig für Sie auswirken. Es sei denn, Sie haben für den Zeitpunkt des Verbrechens ein solides Alibi.«

»Ich hab's der Polizei ja schon gesagt, ich war zu Hause und habe ferngesehen.«

»Kann das jemand bezeugen? Ein Nachbar, ein Freund?«, fragte Magritte, der inzwischen ein kleines schwarzes Büchlein samt Stift gezückt hatte, um sich Notizen zu machen, denn das wirkte seriöser.

»Nein ...«

»Nun, dann sind Sie ein Tatverdächtiger.«

»Ich habe meine Frau geliebt. Ich hätte sie niemals umgebracht.«

»Das sagen alle Mörder. Als Sie erfuhren, dass Ihre Frau Sie angelogen hatte und Ihnen vielleicht untreu war, könnten Sie durchaus einen Tobsuchtsanfall bekommen haben, und in solchen Momenten ist ein Mensch zu allem in der Lage!«

»Ich wusste doch gar nicht, wo sie war.«

»Tatsächlich?«, sagte Magritte. »Gab es keinen Hinweis ihrerseits? Nichts, woraus Sie auf den Ort eines Rendezvous hätten schließen können?«

»Nein«, antwortete Roger, ohne ihn anzusehen.

Wenn jemand lügt, meidet er in der Regel den Blickkontakt. Und wenn er etwas in der Hand hält, fängt er oft an, damit herumzuspielen. Madeleines Mann griff nach seiner Bierflasche und nahm einen Schluck.

»Hören Sie auf, mir Märchen zu erzählen. Ich sage Ihnen nochmals, dass ich kein Polizist bin und auch nichts von dem, was Sie mir anvertrauen, in der Zeitung bringen werde. Ich bin nicht hier, um den Bullen die Arbeit abzunehmen, ich will nur meinen Lesern eine Geschichte erzählen. Und damit die interessant und packend ist, muss ich die Wahrheit wissen. Aber es wird unter uns bleiben, das verspreche ich Ihnen.«

»Ich kenne doch die Journalisten! Sobald sie an pikante Details rankommen, schlachten sie's aus.«

»Sie haben mein Wort«, versprach ihm Magritte.

»Ich bin ihr nicht gefolgt.«

»Haben Sie sich gut verstanden?«

»So wie alle Paare nach fünfzehn Jahren Ehe.«

Nein, nicht wie alle Paare! Auf Georgette und ihn war Verlass. Er war vielleicht kein Engel, aber sein Herz gehörte ihr, und das war das Allerwichtigste. Renés Blick wanderte durch den Raum und verharrte auf einem Foto des Paars, das auf der Anrichte stand; da schienen die beiden noch zwei Turteltäubchen zu sein. Er stand auf, um es sich aus der Nähe anzusehen.

»Das war an unserem zehnten Hochzeitstag«, erklärte Roger.

Madeleine war hübsch und lächelte, ihr kindliches Gesicht von langem blondem Haar umrahmt. Um den Hals trug sie ein goldenes Herz.

»Schöner Schmuck!«, stellte René fest.

»Die Kette habe ich ihr damals geschenkt. Der Anfangsbuchstabe ihres Namens ist in den Anhänger eingraviert. Sie hat ihn immer getragen. Das beweist doch wohl, dass sie mich geliebt hat.«

Ach, ja? Und warum hat sie ihn dann abgelegt, als sie zu ihrem Rendezvous ging?

19.

»Also wirklich, René! Jetzt schau dir mal deinen schönen Anzug an! Wo hast du dich denn rumgetrieben?«, fragte ihn Georgette, während sie den Staub von seiner Jacke klopfte.

»Ich habe eine kleine Klettertour gemacht, um in Form zu bleiben. Du wirfst mir doch immer vor, dass ich keinen Sport mache, also, bitte sehr.«

»Da hättest du doch eine alte Hose anziehen können …«

»Nicht dran gedacht.«

»Komm, erzähl schon«, sagte Georgette, die sich nichts vormachen ließ.

Sie machte ihm einen Kaffee, und sie setzten sich an den Küchentisch, ihren Ort zum Plaudern und Komplotte schmieden.

René schilderte ihr seinen Schelmenstreich bei Roger Dutilleul und zauberte den Brief aus der Tasche. Was den Schmuck betraf, zögerte er. Er fürchtete, dass seine Frau ihn des Diebstahls bezichtigen würde.

»Ich hatte keine Zeit, ihn zu lesen«, erklärte er ihr. »Der Kerl kam nach Hause, und ich bin durchs Fenster entwischt wie ein Furz durch den Kamin.«

»Hm, der Umschlag riecht aber gut!«, rief Georgette, während sie daran schnupperte. »Und schau mal, was für eine schöne Schrift! Wer auch immer dahintersteckt, ein ungehobelter Rüpel kann es jedenfalls nicht sein. Wir haben es hier mit einer feinsinnigen Person zu tun …«

Was nicht im Mindesten Roger Dutilleuls Profil entspricht, dachte René.

Georgette gab ihm den Brief zurück, und sie lasen ihn gemeinsam, Seite an Seite …

Du bist so schön! Bist all das! Ich möchte dir sagen, dass ich dich liebe, möchte dir Träume schenken. Dich ins Caméo-Kino ausführen, Rue du Fossé aux Loups.

Komm heute Abend um 20 Uhr. Ich werde mit einem Fliederstrauß auf dich warten.

»Ein Poet!«, schwärmte Georgette.

Magritte spürte einen kleinen Stich Eifersucht. Dass sie seine Malerei mochte, hatte Georgette natürlich schon oft gesagt, aber noch nie, dass er ein Poet war. Drückte sich Poesie denn nur in Worten aus? Zeigte sie sich nicht auch in Bildern?

Georgette, wie immer hellwach, bemerkte dieses kleine Was-auch-immer-es-war, das seinen Blick verfinstert hatte, und drückte ihm einen Kuss auf die Wange. Nach all den Jahren gelang es ihr immer noch, ihn durcheinanderzubringen. Georgette würde für ihn immer die kleine Zwölfjährige sein, die ihn mit ihren hellen Augen und ihrem hübschen Gesicht so bezaubert hatte, dieses Mädchen, mit dem er auf dem Weg zur Schule Händchen gehalten hatte.

»René, das ist ein Beweisstück. Du solltest es deinem Freund Jefke geben.«

»Auf keinen Fall! Wenn ich das tue, will er wissen, wo ich's her habe. Und dann sage ich natürlich, dass ich's in Madeleines Haus geklaut habe. Verstehst du, was das für ein Kuddelmuddel gibt? Wegen so was kommt man ins Gefängnis.«

»Ja, da hast du recht. Wir werden diesen Fall selbst lösen. Hol mal die Kopie von dem ersten Brief, dann schauen wir, ob es wirklich derselbe Verfasser ist.«

»Der erste Brief steckte auch in einem blauen Umschlag, die Wahrscheinlichkeit ist also groß.«

»Alle Beweisstücke müssen überprüft werden.«

»Jawohl, Madame Watson.«

René ging den Brief holen, der in der Schublade seines Nachttischs lag. Die Schrift war identisch, und Georgette ließ keinen Zweifel daran: Beide Briefe stammten von derselben Person.

»Diese schwungvollen Großbuchstaben haben etwas sehr Feminines«, bemerkte sie. »Was, wenn der Mörder eine Frau ist?«

»Es ist jedenfalls jemand, der die Farbe Blau mag …«

20.

Rosa trug ihren schönsten Hut, den sie selbst entworfen hatte, weil sie, so sagte sie, ihren eigenen Stil haben wolle. Sie hatte ihn noch nie getragen. Bisher gab es keine Gelegenheit. Aber jetzt war der Moment gekommen! Während sie den ganzen Nachmittag an Bestellungen gearbeitet, Federn und Blumen an noch unfertige Hüte genäht hatte, war sie in Gedanken die ganze Zeit bei ihrem bevorstehenden Rendezvous gewesen. Wie er wohl aussah? Bestimmt war er jung und schön. Nun ja … wenn er schon etwas älter wäre – auch kein Problem. In Anbetracht dessen, dass er ein Poet war, konnte sie sich jedenfalls keinen Mann vorstellen, dem es an Charme fehlte.

»Weißt du«, sagte ihre Freundin Lily, als könnte sie Gedanken lesen, »auch wenn er schon ein bisschen alt ist, macht das nichts – Hauptsache, er ist reich!«

Geld interessierte Rosa nicht, sie wollte Romantik, Abenteuer, wollte eintauchen in den Strudel des Lebens. Sie wollte jemanden, der mit ihr auf den Wolken Walzer tanzte, der mit ihr auf Reisen ging. Nicht unbedingt weit, es mussten keine paradiesischen Länder sein, um den Reiz und die Düfte einer in rosige Farben getauchten Ferne zu genießen. Und manchmal wartete das Paradies ja auch am Ende der Straße.

Bevor Rosa ihren Träumen entgegeneilte, vertraute sie ihrer Freundin Lily noch das goldene Herz an. Sie wollte seinen Schmuck sowieso nicht mehr tragen. Anfangs hatte sie noch geglaubt, dass dieser Mann die Leere füllen würde, die sie empfand, aber letztlich war sie durch ihn noch größer geworden. Ja, er war immer wie aus dem Ei gepellt und so elegant, dass er alle Blicke auf sich lenkte. Und ja, er führte sie in Restaurants aus und machte ihr Geschenke. Aber sie langweilte sich mit ihm. Er war nicht mehr unterhaltsam. Der Überraschungseffekt war verpufft, seine plumpen Witze wiederholten sich. Rosa hatte sich wirklich Mühe gegeben und ihn über sein bisheriges Leben ausgefragt, aber irgendwann gemerkt, dass er ihr nur dummes Zeug erzählte. Von da an hatte sie keine Fragen mehr gestellt. Im Übrigen widersprach er sich; einmal hatte er ihr gestanden, dass er geschieden und kinderlos sei, beim nächsten Mal redete er von seiner Tochter … Auch was seine Arbeit betraf, war er mal Geschäftsmann, mal Immobilienmakler. Ein Schwindler eben, der sich in sein Lügengeflecht verstrickt hatte. Aber in der Not frisst der Teufel Fliegen … Rosa hatte ihn sich als Notnagel warmgehalten.

Hübsch sah sie aus in ihrem violetten Mantel und dem Hut, auf dem ein kleiner gefiederter Spatz thronte.

»Ist es nicht doch ein bisschen zu viel?«, wollte sie von Lily wissen.

»Nein, gar nicht! An dir soll's jedenfalls nicht liegen, meine Hübsche, du bist zum Anbeißen. Aber pass auf – nicht, dass du den Märchenprinzen mit dem bösen Wolf verwechselst … Ein Lächeln kann eine Falle sein, hinter der sich scharfe Zähne verstecken.«

Rosa nahm es ihrer Freundin übel, so die Spaßbremse zu spielen. Sie selbst war fest entschlossen, an diese Geschichte zu glauben und den Mann zu finden, der sie retten und aus dem Haus befreien würde. Diesem Haus, in dem sie mit ihrer schrecklichen Schwester lebte, die im Erdgeschoss hockte wie eine Giftspinne und darauf lauerte, sie zu beißen, um dann ihre Leiche aufzufressen.

Als Rosa unter den Arkaden im Parc du Cinquantenaire eintraf, fröstelte sie. Wenn man tagsüber im Auto hindurchfuhr, hatte dieser Ort etwas Erhabenes, Majestätisches. Nachts im Mondlicht dagegen wirkte er zwielichtig.

Sie schlang ihren Mantel enger um sich, als könnte sie aus dieser Geste ein bisschen Zuspruch gewinnen. Im Märchen verstecken sich die Engel manchmal in finsteren Höhlen. Und diese Finsternis muss man durchqueren, um ans Licht zu gelangen.

In diesem Moment entdeckte sie einen Schatten, der einen Rosenstrauß in der Hand hielt. Es war dunkel, sie konnte das Gesicht nicht erkennen. Die Blumen beruhigten sie. »Die Engel verstecken sich manchmal in finsteren Höhlen«, wiederholte sie.

Jedenfalls im Märchen …

21.

»René! Als du im Bad warst, hat Jefke angerufen. Diese Nacht hat es noch einen Mord gegeben. Er erwartet dich heute Nachmittag bei Netje, im Café *Bij den Bich,* in der Nähe vom Justizpalast.«

»Noch ein Mord?«

»Siehst du, ich hab's ja gespürt …«

»Mehr hat er nicht gesagt?«

»Er war in Eile. Hatte einen Termin mit der Untersuchungsrichterin. Er wird dir alles erzählen. Ich kann's kaum erwarten! Kauf die Zeitung, wenn du mit Jackie rausgehst. Da steht vielleicht schon was drin.«

Magritte zog sich an. Eigentlich hatte er vor, erst zu frühstücken, aber Georgette wartete schon mit dem Hund an der Leine an der Tür.

»Du kannst später frühstücken. Ich hab' den Kaffee warm gestellt. Los, beeil dich!«

Ah, die Frauen! In Brüssel gelten sie als neugierige *»neus«*, weil sie immer überall ihre Nasen reinstecken. Aber René war im Grunde ja genauso, und auch er brannte darauf, mehr zu erfahren.

Die Hündin schien die Ungeduld ihres Herrchens zu spüren, denn sie machte sich einen Spaß daraus, herumzutrödeln und auch noch den letzten Schilderpfosten anzupinkeln. Magritte nahm sie schließlich auf den Arm, um schneller den Zeitungskiosk zu erreichen. Auf der Titelseite der Tageszeitung sprang ihm die Schlagzeile schon entgegen:

**Mord unter den Arkaden
im Parc du Cinquantenaire!**

Eine junge Frau namens Rosa Verbeek wurde erstochen unter den Arkaden aufgefunden. Es ist der zweite Mord innerhalb einer Woche. Die Polizei ermittelt. Zum jetzigen Zeitpunkt lässt sich noch nicht sagen, ob es einen Zusammenhang zwischen beiden Fällen gibt. Brüssels Oberbürgermeister rät den Bürgern der Stadt, vor allem den Bürgerinnen, zur Vorsicht.

Unter dem Artikel Rosas Passfoto.

Von Jefke würde er bestimmt mehr erfahren.

Wieder zu Hause marschierte Magritte sofort in die Küche. Er hatte Hunger! Wie erwartet riss ihm Georgette die Zeitung aus der Hand und begann, laut vorzulesen.

»Hab' ich's doch gewusst! Hab' ich's doch gewusst!«, rief sie. »Und glaub' mir, der macht weiter!«

»Hoffentlich täuschst du dich da.«

»Das würde ich mir auch wünschen, aber auf meine Intuition ist ja leider Verlass. Ah, ich bin so gespannt, was du von Jefke erfährst.«

»Bis dahin male ich. Das wird mich beruhigen«, verkündete Magritte.

»Ich habe gesehen, dass du noch mit dem Frauenkopf beschäftigt bist, dem ich den Blutfleck verpasst habe.«

»*Die Erinnerung* … Ja … Ich bin noch auf der Suche.«

Er malte oft Variationen zum selben Thema. Von dem Frauenkopf existierte bereits eine Variante mit einer Schelle, eine mit einem Blatt und eine mit Apfel und Glas, jeweils mit anderem Hintergrund. Das Überraschende an Georgettes Fleck war der Kontrast zwischen dem Blut und dem in Stein gemeißelten Kopf. Magritte dachte an ein Gedicht des Poeten Robert Desnos, den er sehr schätzte. Desnos war wie er von André Breton aus der surrealistischen Bewegung ausgeschlossen worden, und als auf dem Sender Radio-Paris seine *Moritat des Fantomas* ausgestrahlt wurde, hatte sich Magritte keine Folge entgehen lassen.

Une fourmi de dix-huit mètres
Avec un chapeau sur la tête
Ça n'existe pas, ça n'existe pas
Une fourmi traînant un char
Plein de pingouins et de canards
Ça n'existe pas, ça n'existe pas
Une fourmi parlant français
Parlant latin et javanais
Ça n'existe pas, ça n'existe pas
Et pourquoi pas?[8]

René Magritte nahm ein paar Änderungen an der Rose vor, die neben dem Gesicht der schweigenden Frau lag. Er gestaltete sie etwas verwelkter und den Himmel hinter ihr etwas düsterer.

8 Aus: *Chantefables et Chantefleurs* von Robert Desnos. Auf Deutsch: *Eine Ameise, achtzehn Meter lang, mit einem Hut auf dem Kopf, das gibt es nicht, das gibt es nicht, eine Ameise, die einen Wagen zieht, der voller Enten und Pinguinen ist, das gibt es nicht, das gibt es nicht, eine Ameise, die Französisch spricht, die Lateinisch und Javanisch spricht, das gibt es nicht, das gibt es nicht. Und warum nicht?*

22.

Magritte umrundete den monumentalen Justizpalast, den einige Clochards zu ihrem Wohnsitz gemacht hatten, ohne dass es auffiel, so viele dunkle Ecken hatte dieses verwinkelte Gebäude. Die Justiz warf ihren imposanten Schatten auf das weitläufige Pflaster, zu dessen Füßen der Stadtteil Les Marolles lag. Als er die graue Steinfläche, die wie von einer gigantischen Königskrone überragt wurde, hinter sich gelassen hatte, erreichte er bald die Rue des Prêtres. Und gleich an der Ecke das Café *Bij den Bich*, das so etwas wie eine Institution war und dessen Inhaberin Netje, neunundsechzig Jahre alt, man hin und wieder sagen hörte: »Ich habe zwei Mal geheiratet. Das erste Mal meinen Mann, das zweite Mal mein Bistro.«

Diese Kneipe war eine Reise wert! Die Deko war von anno dazumal, aber die Wirtin hielt es nicht für nötig, daran etwas zu ändern: »Die Gäste kommen doch meinetwegen, denen ist egal, was an den Wänden hängt. Außerdem erinnert es sie an das Esszimmer ihrer Großmutter, und das wirkt beruhigend.«

René liebte Orte wie diesen, wo alles erlaubt war. Anders als im Beichtstuhl, wo man für jede Sünde Buße tun musste, konnte man hier alles sagen, ohne verurteilt zu werden – stattdessen lachten alle, und man bekam ein Bier spendiert. Solche Bistros sollten als gemeinnützig anerkannt werden, fand er, denn sie waren ein Rückzugsort für Obdachlose, die hier den ganzen Tag vor einem einzigen Bier sitzen konnten, ohne dass man sie rauswarf. Netje bot ihnen sogar ein Butterbrot an. In solchen Bistros herrschte mehr Menschlichkeit als in der Kirche, fand Magritte.

Jefke saß in der Nähe des Ofens. »Ich bin verrückt nach dieser Frau«, sagte er und schaute dabei zu Netje. »Sie lächelt die ganze Zeit. Ihr Bier ist das billigste und beste im ganzen Stadtteil. Man ist hier immer willkommen. Und die Tauben, die im oberen Stock wohnen, zahlen keinen Pfennig Miete.«

»Für mich dasselbe wie mein Freund Jefke«, rief René der Wirtin zu. »Also, was hast du an Neuigkeiten?«, fragte er ungeduldig.

»Eine Leiche unter den Arkaden im Parc Cinquantenaire. Rosa Verbeek, achtunddreißig, unverheiratet und ziemlich hübsch. Was für ein Irrsinn! Sie war Modistin in der Rue Haute. Trug übrigens selbst einen hübschen Hut mit einem Vögelchen als Schmuck. Und was besonders seltsam ist: Auf ihrem Oberkörper lag ein Rosenstrauß und neben ihrem Kopf ein toter Rabe … Sie wurde mit einem Messer erstochen, genauso wie Madeleine. Und auch hier wieder diese makabre Inszenierung … Wir haben es wahrscheinlich mit demselben Mörder zu tun.«

»Ja, sieht ganz so aus«, sagte Magritte, den vor allem die Rosen irritierten. Er dachte an die Rose, die er dem steinernen, blutverschmierten Gesicht hinzugefügt hatte.

Aber auch der Rabe beschäftigte ihn. Was wollte der Mörder damit sagen? Und wieder Blumen … Ein Fliederstrauß unter Madeleines Kleid, Rosen auf Rosas Oberkörper.

Georgette würde ihm die Bedeutung der Rosen erklären.

Netje kam mit zwei Bieren, obwohl Jefkes Glas noch nicht leer war – sie kannte ihre Pappenheimer.

»Du bist aber vorausschauend«, amüsierte der sich.

Daniel Van Avermaete, Chef des Restaurants *Au Stekerlapatte* etwas weiter die Straße hoch, stieß murrend die Tür auf.

Er hatte seine Steuerbescheinigung bekommen und brauchte ein wenig Zuspruch.

»Bring mir mal gleich ein *kloech.*« Daniel war ein stattlicher, jovialer Mann, der immer einen guten Brüsseler Witz auf Lager hatte. Jetzt war ihm allerdings nicht danach.

Magritte führte Georgette gern ins *Stekerlapatte* aus. Es war für seine *bloempanch* berühmt, Blutwurst mit Kompott, auf einem Brettchen serviert. Und in dem schönen alten Dekor im Bistro-Stil fühlte man sich wie zu Hause. Neben seiner Tätigkeit im Restaurant war Daniel auch noch Filmproduzent, und René hatte immer große Freude daran, sich mit ihm über ihre gemeinsame Leidenschaft zu unterhalten.

»Bring Jefke und René auch noch ein Bier – geht auf meine Rechnung«, sagte Daniel, »und wo du schon dabei bist, mach 'ne Lokalrunde – das Geld kriegt der Fiskus dann schon mal nicht.«

Man prostete auf das Leben und den ganzen Quatsch, der damit einherging.

Louis, der Kommunist mit dem Kreml-Stern an seiner Baskenmütze vom Flohmarkt, fing an, das Brüsseler Kult-Lied[9] zu singen, und stand schon bald auf seinem Stuhl:

»Manneken Pis
Petit gars de Bruxelles
Manneken Pis
Mignon porte-bonheur
Manneken Pis

---

9 Auf Deutsch geht der Text von Maurice Chevaliers Lied über das Brüsseler Wahrzeichen so: »Manneken Pis, Kerlchen aus Brüssel, süßer Glücksbringer, berieselt die Schönsten, berieselt die Herzen, wenn er so macht: Pss … Pss«.

Arrose les plus belles
Manneken Pis
Arrose tous les cœurs
Quand il fait Pss … Psss …«

Worauf alle im Chor wiederholten: »Pss … Pss …«

Louis war im siebten Himmel. Er sah sich schon im Pariser Olympia.

»Siehst du, *menneke*«, wandte sich Netje an Magritte. »Brauchst gar nicht ins Theater zu gehen. Bei mir gibt's immer irgendeinen *maftaboel*, und schon ist für die Show gesorgt.«

»Und billiger ist's auch«, fügte Jefke hinzu und leerte sein Bierglas. »Komm, ich geb' noch eine Runde.«

Nachdem das Singen nun beendet war, reichte der Polizist seinem Freund René ein Kuvert. Darin befand sich die Fotokopie eines Briefs, den man in einem parfümierten blauen Umschlag in Rosas Handtasche gefunden hatte, wie auch die Adresse der Toten. Was bewies, dass man es wirklich mit demselben Mörder zu tun hatte. Magritte las den Brief:

Ich möchte dich auf einen Spaziergang entführen und den Raben nachschauen, die mit unseren Träumen emporsteigen. Treffen wir uns heute Abend um 20 Uhr unter den Arkaden im Parc du Cinquantenaire. Ich werde meiner Rosa einen Strauß Rosen bringen.

Deshalb also der neben dem Opfer gefundene Rabe. Aber warum ausgerechnet ein Rabe? War die Frage überhaupt von Belang? Georgette hatte ihm versichert, dass der Mörder nichts dem Zufall überließ. Sie würde es ihm erklären.

»Die Fotos der Leiche kriegst du morgen. Die werfe ich dir unterwegs in den Briefkasten. Und wenn du für deinen Detektivroman noch mehr Auskünfte brauchst, kannst du auch meine Freundin Anneke anrufen, sie ist Untersuchungsrichterin[10] im Justizpalast und auch diejenige, die sich um den Fall kümmert. Du dürftest ihr schon mal begegnet sein. Nach der Arbeit fährt sie mit ihrer Ente durch die Gegend und bringt den Obdachlosen Essen. Sie hat immer einen rosafarbenen Regenschirm dabei, und sie lebt mit einer … nun ja, mit einer Ratte zusammen, die oft auf ihrer Schulter hockt. Sie ist eine großzügige, offenherzige Super-meï.«

»Apropos Superwoman, wie sieht's denn mit deiner Liebesgeschichte aus?«

»Bin an einem toten Punkt, *fieu*«, seufzte Jefke. »Sie lehnt meine Avancen immer noch ab.«

»Hm, da ist Geduld gefragt …«

» Ja, schon … Aber meinen *tich* leg' ich deshalb nicht auf Eis! Also denn, zum Wohl!«

10 Anspielung auf Anne Gruwez, eine Untersuchungsrichterin von großer Menschlichkeit. Heldin des Dokumentarfilms *Ni juge, ni soumise* von Jean Libon und Yves Hinant. Der Film erhielt 2019 als bester Dokumentarfilm den César sowie den Preis Magritte du Cinéma. Anne Gruwez ist Autorin von *Tais-toi!*, Editions Racine 2020.

23.

Georgette wartete schon ungeduldig auf René, und das tat auch ihre Hündin, allerdings aus anderen Gründen. Wenn René ohne seine Loulou das Haus verließ, steckte er sich, bevor er zurückkam, immer eine kleine Überraschung in die Hosentasche. Diesmal war es einer der Karamellkekse, die Netje zum Kaffee servierte – in ihrem Bistro, wo Bier das Frühstück ersetzte, ein eher seltenes Getränk.

»Und?«, fragte Georgette, während sie ihrem Mann aus dem Mantel half.

»Ich brauche deine Expertise, mein Häschen.«

Und er folgte ihr in die Küche, wo es nach gedünstetem Chicorée mit Crème fraîche duftete. Die mochte Magritte für sein Leben gern! Sie setzten sich an den Resopaltisch.

René berichtete seiner Frau, was Jefke ihm anvertraut hatte, und zeigte ihr den Brief.

»Gleiche Schrift und gleicher Umschlag wie der, den du bei Madeleine geklaut hast«, stellte sie fest. »Und nach allem, was du erzählst, hat sich der Täter wieder einen Spaß daraus gemacht, den Mord zu inszenieren. Oder besser gesagt, eine Nachricht zu hinterlassen. Das Ganze ist wie ein Bilderrätsel: Flieder und *M – eine Stadt sucht einen Mörder* für Madeleine, und für Rosa Rosen und einen toten Raben.«

»Und was hat das deiner Meinung nach zu bedeuten?«

»Die Rose wird mit Aphrodite assoziiert, der Göttin der

Liebe. Es heißt, dass aus der Blutlache des Adonis, ihres ermordeten Ehemanns, ein Rosenstock gesprossen ist.«

»Und der Rabe?«

»Der Rabe ist ein Vogel, der nichts Gutes verheißt, der Unglück bringt und den Tod symbolisiert.«

»Ich mag Raben. Es ist dumm, an solche Dinge zu glauben.«

»Das sehe ich auch so, aber du hast danach gefragt, also erkläre ich's dir. Zusammenfassend können wir also sagen, dass wir in beiden Fällen der Liebe und dem Tod begegnen. Wusstet du übrigens, wie die Arkaden im Cinquantenaire auch genannt werden?«

»Nein«, gab René zu.

»Die Arkaden der abgehackten Hände! Weil die Bauarbeiten damals mit Kautschuk-Geld aus dem Kongo finanziert wurden, wo man die Menschen bis zur Versklavung ausgebeutet hat. Das wollte man anprangern, es war damals ein Skandal.«

»Woher weißt du das?«

»Habe ich in einer Zeitschrift über Brüssel gelesen, beim Friseur. Bei Mimiche gibt es immer einen Stapel alter Magazine, die er auf dem Flohmarkt aufstöbert. Was hat diese arme Rosa eigentlich beruflich gemacht?«

»Sie war Modistin in der Rue Haute.«

»Da solltest du mal hingehen.«

Was Magritte auch vorhatte: Nachdem er seinen gedünsteten Chicorée verzehrt hatte, begleitet von Kartoffeln und einer ausgezeichnete Fleischroulade, zog er wieder seinen Mantel an und setzte den Hut auf.

Draußen war es frisch. Er musste ein Stückchen zu Fuß gehen, um dann die Tram Richtung Les Marolles zu nehmen. In dem Arbeiterviertel fühlte er sich unglaublich wohl. Eigentlich gefiel ihm dort alles, die Spottlust seiner Bewohner, der Geruch der Meerschnecken und die Musiker, die an den Straßenecken standen und die Töne nicht trafen. Er sah einen alten Zigeuner mit blond gefärbtem Haar, der auf den zwei übrig gebliebenen Saiten seines zerbeulten Kontrabasses schrammelte. An jedem Finger trug er einen dicken Goldring.

Das Hutgeschäft war sehr alt; das Schaufenster erinnerte ihn ein bisschen an die englischen Läden, die er aus Filmen kannte.

Als er die Tür aufstieß, ertönte ein charmantes Bimmeln. Er stand einen Moment lang wartend an der Theke, bis eine hübsche junge Frau auftauchte, deren Bluse mit bunten Stecknadeln übersät war. Sie wirkte traurig.

»Guten Tag, was kann ich für Sie tun?«

»Ich bin nicht gekommen, um einen Hut zu kaufen«, fing Magritte an. »Jedenfalls nicht heute …«

»Der Chef ist noch nicht da. Er ist im Kommissariat. Ich nehme an, Sie haben die Zeitung gelesen. Mich werden sie auch verhören.«

»Ja … Ich bin Detektiv. Ich ermittle im Zusammenhang mit dem ersten Fall, der viel Aufsehen erregt hat. Man geht davon aus, dass die beiden Fälle miteinander zu tun haben.«

Die reizende Mademoiselle wurde blass, und Magritte fürchtete fast, dass sie in Ohnmacht fallen würde.

»Gla … glauben Sie?«, stammelte sie. »Würde das nicht bedeuten, dass ein Mörder unterwegs ist, der es auch noch auf andere Frauen abgesehen hat?«

»Ich fürchte ja, wobei es bisher keine Beweise gibt. Aber dennoch ist Vorsicht angebracht.«

»Weshalb glauben Sie, dass es derselbe Mörder ist?«

»Die Ermordung beider Opfer war inszeniert, und beide haben vorher sehr poetische Liebesbriefe bekommen, die in parfümierten blauen Umschlägen steckten. Waren Sie mit Rosa befreundet?«

»Ja … Ich habe sie sehr gemocht und … Ich kann gar nicht

glauben, dass das wirklich passiert. Als wäre es nicht wahr, verstehen Sie?«

»Wissen Sie etwas, das mir helfen könnte, den Mörder zu finden?«

»Sie wohnte mit ihrer Schwester Élise zusammen. Und an dem Tag, an dem sie ermordet wurde … hatten sich die beiden gestritten. Sie haben sich nie gut verstanden und hatten oft Streit, aber an dem Tag war es heftiger als sonst. Rosa hat mir nicht erzählt, was passiert ist. Sie war so gespannt auf ihr Rendezvous. Hat von nichts anderem geredet! Dabei war sie diesem Mann noch nie begegnet. Ich hatte sie gewarnt … Ich habe ihr gesagt, dass sie vorsichtig sein soll! Stimmt doch, oder? Man lässt sich doch nicht einfach so auf jemanden ein, den man gar nicht kennt. Aber sie schwebte ja wie auf Wolken – von da oben hätte sie keiner mehr runterholen können. ›Du bist eine Spielverderberin, Lily!‹, hat sie sogar zu mir gesagt. Tja, und jetzt ist sie im Himmel.«

»Dann war sie also nicht verheiratet und hatte keine Kinder«, sagte Magritte.

»Genau. Aber sie hatte einen Liebhaber. Also, jemanden, den sie zwar regelmäßig sah, der für sie aber vor allem eine Art Zeitvertreib war.«

»Ah! Was wissen Sie von ihm?«

»Einiges. Er war Kunde hier im Laden und hat oft Hüte gekauft. Am Anfang dachte ich, dass er Hüte sammelt. Aber ich habe bald gemerkt, dass er wegen Rosa kam. Er hat sie ins Restaurant ausgeführt, manchmal auch ins Kino. Er sah gut aus, aber das war alles ziemlich aufgesetzt, nach dem Motto: Geld reicht, um sich Frauen zu schnappen. Rosa hatte sich von seinem bourgeoisen Äußeren blenden lassen, sie fand das wahrscheinlich beruhigend, und er hat sie ja auch verwöhnt. Von dem bisschen, was ich weiß – sie hat nicht gern über ihre Kindheit geredet –, hat es ihr damals an Liebe und auch an vielem anderen gefehlt. Und Sie wissen doch, Frauen lieben kleine Aufmerksamkeiten … Aber die Krönung des Ganzen: Der Mann ist verheiratet! Ich habe Rosa geraten, den Typ fallen zu lassen. Aber es hat sie eben auf andere Gedanken gebracht, ab und zu auszugehen. Mit dem, was wir hier verdienen, können wir uns Restaurants nicht leisten. Und man muss schon sagen, dass er mit Geschenken nicht gegeizt hat.«

»Zum Beispiel?«, fragte René.

»Oh, zum Beispiel Blumen oder Schmuck. Apropos, bevor sie zu ihrem Rendezvous gegangen ist, hat sie mich gebeten, den Anhänger für mich aufzubewahren, den sie sonst immer getragen hat. Sie fand es bestimmt unanständig, einen Mann zu treffen und dabei das Medaillon um den Hals zu tragen, das sie von ihrem Geliebten bekommen hat.«

»Haben Sie es hier? Kann ich es mal sehen?«

»Ja, es ist in meiner Tasche, warten Sie …«

Sie verschwand im Hinterzimmer und kam kurz darauf zurück, in der Hand ein herzförmiges Medaillon aus Gold, in das ein *R* eingraviert war. Der gleiche Anhänger wie der von Madeleine!

»Können Sie es mir anvertrauen?«

Sie wirkte nicht gerade begeistert. Bestimmt wollte sie diese Erinnerung an ihre Freundin behalten.

»Ich verspreche Ihnen, Sie bekommen es von mir zurück«, sagte René.

»Na gut«, antwortete sie schließlich und gab ihm den Anhänger.

»Wissen Sie, wie er heißt, dieser Monsieur?«

»Ja, er heißt Roger. Warten Sie … Mein Chef schreibt immer den Namen auf die Rechnung, und er hat vorgestern einen Hut abgeholt.«

Lily schlug ein dickes braunes Heft auf. Natürlich hatte sich Magritte längst zusammengereimt, um wen es hier ging, aber er wollte Gewissheit haben.

»Roger Dutilleul.«

Just in diesem Moment kam der Ladenbesitzer durch die Tür. Ein großes Mannsbild von wenig ansprechendem Äußeren, mit spärlichen kleinen Löckchen, die an die Druckfedern von Kugelschreibern erinnerten.

»Was ist hier los, Lily?«

Sie errötete. Der Chef brachte sie sichtlich in Verlegenheit.

»Monsieur ist Detektiv. Er ermittelt im Zusammenhang mit Rosas Tod …«

»Ich komme gerade aus dem Kommissariat. Lassen Sie die Polizei ihre Arbeit machen, wir brauchen hier keine Amateure. Ich habe bereits alle Fragen beantwortet.«

»Ich verdächtige Monsieur Dutilleul«, entgegnete Magritte.

Der Satz schlug wie eine Bombe ein. Finster richtete sich der Blick des Chefs auf seine Angestellte, die offensichtlich zu viel geredet hatte.

»Seien Sie gewiss, Monsieur, dass mein Kunde ein rechtschaffener Mann ist und für den Abend des Mordes im Übrigen ein Alibi hat. Er hat nämlich seine Mutter besucht. Das weiß ich, weil er sie jeden Donnerstag besucht, und der Mord an Rosa geschah an einem Donnerstag. Und nun – es sei denn, Sie benötigen einen Hut – auf Wiedersehen.« Mit diesen Worten öffnete er die Tür.

Und schon fand sich René auf dem Bürgersteig wieder wie ein Stück Dreck.

Eins war sicher: Bei diesem Rüpel würde er keine Melone kaufen.

24.

Magritte beschloss, Rosas Schwester einen kleinen Besuch abzustatten. Die Adresse stand auf dem blauen Umschlag, den Jefke zusammen mit dem darin enthaltenen Brief für ihn fotokopiert hatte. Mit der Tram war es nicht weit. Er schätzte dieses Transportmittel und liebte das Klingeln an jeder Haltestelle. Es machte ihm Spaß, die Menschen zu beobachten. Ihm gegenüber saß eine Dame mit ihrem *zinneke,* einem Mischlingshund, der ihr auffallend ähnelte. Er hatte ein graues Haarbüschel auf dem Kopf, das wie ein Toupet aussah, und das hatte sie auch. Das Gesicht des kleinen Kläffers war so platt, als wäre er damit vor eine Tür gedonnert, und ihres sah genauso aus. René war schon oft aufgefallen, dass Hunde ihren Besitzern ähnlich sahen. *Zeige mir deinen Hund, und ich sage dir, wer du bist.* Zu Katzen war seine Affinität nicht so groß, auch wenn er selbst schon die eine oder andere gehabt hatte.

Ihr Leben lang hatten Georgette und er immer Hunde derselben Rasse gehabt, immer Zwergspitze, deren Farben sich abwechselten: mal waren sie schwarz, mal waren sie weiß … Der Spitz hatte als Haustier nur einen Nachteil: Wenn René mit Jackie spazieren ging, wurde er permanent von Omas angehalten, die ihre Schoßhündchen Gassi führten und die Gelegenheit nutzten, ihn mit Banalitäten vollzuquatschen. Er hasste dieses Geschwätz, es war immer dasselbe: »Oh, der ist aber süß, meiner springt mir immer aufs Sofa, nicht wahr, Monsieur, wir haben doch nichts als Freude mit unseren Tieren, wer die Tiere liebt, der liebt auch die Menschen«, und so weiter, und so weiter … Nö. Er nicht. Ihm gingen die meisten Menschen auf die Nerven. Er mochte seine Frau, er mochte seine Freunde, und das war's. Seine Schweigsamkeit führte dazu, dass die Omas ihn bald nicht mehr ansprachen und er im Stadtteil als ungehobelter Klotz galt. Umso besser, so hatte er seine Ruhe.

Als Magritte das Haus entdeckte, in dem Rosa gewohnt hatte, durchfuhr ihn ein Schock: Es erinnerte ihn an das Haus in seinem Gemälde *Das Reich der Lichter*[11]. Dieses Bild ließ ihn einfach nicht los, er arbeitete immer weiter daran, schuf immer wieder neue Versionen. Mit dem Ziel, die Gleichzeitigkeit von Tag und Nacht in einem einzigen Bild einzufangen – eine Vision, zu der ihn im Übrigen Lewis Carroll inspiriert hatte:

Die Sonne schien hinab aufs Meer, sie schien mit aller Macht,
und sie verlieh mit ihrem Licht den Wellen Glanz und Pracht.
Das war sehr seltsam, denn es war schon mitten in der Nacht.

Der Wohnsitz, vor dem er stand, sah genauso aus wie das Haus auf seinem Gemälde! Mit großen schwarzen Bäumen, die wie Dolche in den Himmel ragten. Es war noch nicht spät, doch dank dieser riesigen Bäume, die ihre dantesken Schatten auf die Fassade warfen, war das Haus wie in einen dunklen Lichthof getaucht. Waren deshalb die oberen Fenster erleuchtet, obwohl es mitten am Nachmittag war? Die Läden der vier Fenster im Erdgeschoss hingegen waren geschlossen. Mitten im verlassenen Garten stand eine Straßenlaterne, die ebenfalls leuchtete. Die ganze Szenerie spiegelte sich zudem im anthrazitfarbenen Was-

---

11 *Das Reich der Lichter* war Vorbild für eine Szene in dem Film *Der Exorzist* von William Friedkin.

ser der Étangs d'Ixelles. Magritte fand diese genaue Nachbildung seines Gemäldes ausgesprochen irritierend.

Aber warum war er so überrascht? Ausgerechnet er, der ständig mit dem Unerwarteten spielte? Und oft sagte: »Rätsel sind das Einzige, was wir immerzu um uns haben, so ahnungslos wir diesbezüglich auch sind.« Momente wie dieser waren genau das, was er mochte. Wenn die Realität seine »Träume«, seine Sicht der Dinge einholte und seine Malerei zu einem wahren Mysterium machte.

Wenn er gewusst hätte, was in diesem düsteren Haus geschehen war, hätte er sein Bild *Das Reich der Finsternis* betitelt.

Rosas Schwester öffnete ihm nicht sofort die Tür. Er sah sie oben herumgehen, hörte dann ihre Schritte auf der Treppe. Und schließlich das Geräusch der Tür, die sich einen Spalt weit öffnete, durch eine Kette blockiert. Wer in diese »Burg Spinnennetz« gelangen wollte, musste sich offenbar erst als vertrauenswürdig erweisen. Magritte überlegte, was er sagen würde …

Das in Schwarz gehüllte Biest – trug die Schwester tatsächlich schon Trauer? – tauchte schließlich auf. René unterstellte ihr, dass sie Farben und alles, was mit Lust und Freude zu tun hatte, verabscheute. Er gab sich als Journalist aus. Einem Detektiv hätte sie misstraut. Nein, lieber ein netter, etwas dümmlicher Journalist, der gekommen war, um einen Artikel zu schreiben, in dem er sie mit großer Nachsicht ins rechte Licht rücken würde, diese arme Frau, die mit einer widerlichen Schwester zusammengelebt hatte …

So öffnete sie ihm also die Tür und ließ ihn, ein schäbiges Tuch fest um sich gewickelt, das riesige Foyer durchqueren. Koketterie war eindeutig nicht ihr Ding.

Dann forderte sie ihn auf, in einem abgewetzten, kackgrünen Sessel Platz zu nehmen. Alles in diesem Raum verströmte einen vergammelten, schimmeligen, moderigen Geruch ... dazu kam noch ein Gestank nach Katzenpisse. Ein wahres Paradies!

»Ein Glas Wasser? Etwas anderes kann ich Ihnen nicht anbieten, ich habe außer der Polizei mit niemandem gerechnet, und diesen Leuten serviert man ja keine Getränke.«

Magritte lehnte ab. Er hätte mit seinen Lippen beim besten Willen kein Glas berühren können, das diese Vogelscheuche ihm reichte, mit ihren dreckigen Fingernägeln, als hätte sie damit eben noch Erde durchwühlt.

»Ich war gerade dabei, oben Rosas Sachen aufzuräumen. Was für ein Durcheinander! In Sachen Haushalt fehlte ihr jedes Talent. Eigentlich in allem. Nur ihren Arsch verkaufen, das konnte sie gut ...«

Peng! Gleich rein in den Mistkübel, ohne ein Blatt vor den Mund zu nehmen!

»Das dürfen Sie ruhig schreiben«, sagte sie. »Ah, ich kann Ihnen Sachen erzählen! Wenn Leute sterben, werden sie ja mit Komplimenten überhäuft, der Pfarrer ist wie im Rausch, und die ganze Familie, die mit der verstorbenen Person verkracht war, sitzt schniefend auf den Bänken und heult die Messbücher voll. Der reinste Zirkus! Was für eine Heuchelei! Ich habe keine Angst auszusprechen, dass sie eine herzlose Schlampe war. Sollte sie auf eine Beerdigung erster Klasse gehofft haben, mit Weihwasserwedel und allem Drum und Dran, kann sie sich das sonst wohin stecken.«

»Sind Sie nicht ein bisschen hart?«, entgegnete Magritte.

»Hart? Im Gegenteil! Ich bin noch viel zu nett! Wenn Sie die gekannt hätten ... Hinter ihrem fröhlichen Gehabe war sie ein Monster! Sie hat bekommen, was sie verdient hat, dieses Miststück. Meine Mutter hätte sie sich vom Hals schaffen sollen, als sie noch in ihrem Bauch war, mit 'ner Stricknadel, das hätte uns einigen Ärger erspart. Bis sie kam, hatte ich's schön bei meinen

Eltern. Aber kaum wurde meine Mutter schwanger, war es schon nicht mehr dasselbe. Noch nicht auf der Welt, kriegte dieses Baby die ganze Aufmerksamkeit. Als meine Mutter dann ins Krankenhaus musste, ist mein Vater gefahren wie ein Besessener, und prompt hatten sie einen Unfall. Er war sofort tot. Meine Mutter konnte noch entbinden, aber dann ist sie Papa gefolgt. Meine verfluchte Schwester hat das Leben meiner Eltern und mein Leben zerstört. Meine Tante und mein Onkel haben mich dann aufgenommen. Aber Rosa kam in ein Waisenhaus. Geschieht ihr recht!«

»Und dann? Was ist denn passiert, dass Sie so rachsüchtig geworden sind?«, fragte er und gab dabei vor, sich in seinem kleinen Büchlein Notizen zu machen.

»Diese Schlampe hat mein Baby umgebracht.«

»WAS?«

»Meinen Kater. Meinen kleinen Liebling. Sie hat ihn an dem Baum im Garten regelrecht gekreuzigt, mit dem Messer, mit dem sie sonst ihre Lammkeule aufschneidet. Wenn ich Ihnen doch sage, dass sie böse war!«

»Das ist wirklich sehr grausam!«, gab Magritte zu. »Allerdings wird sie doch einen Grund gehabt haben, oder?«

»Aus welchem Grund auch immer – es ist und bleibt skandalös! Sie hat es getan, weil mein Kater hin und wieder einen Gartenvogel gefressen hat, was bei einer Katze ja wohl normal ist, oder? Das machen sie von Natur aus. Und im Übrigen: Um diese Federviecher vergieße ich keine Träne, die kacken doch nur alles voll! Als ich seine sterblichen Überreste gefunden habe, hatte ich einen Nervenzusammenbruch. Ich hätte sie umbringen können!«

»Haben Sie das denn nicht getan, aus Rache?«

»Für wen halten Sie mich?«, erwiderte sie empört. »Ich bin doch nicht so wie die. Das Schicksal hat die Aufgabe übernommen, mich zu rächen.«

Sie merkte, dass Magritte ihre unappetitlichen Fingernägel betrachtete.

»Ich habe ihn eben beerdigt … Das arme Tier … Ich konnte mich gar nicht von ihm trennen und habe seinen kleinen Leichnam erst noch mit ins Bett genommen. So haben wir eine letzte gemeinsame Nacht verbracht. Am nächsten Morgen war ich blutverschmiert.«

»Kennen Sie den Geliebten Ihrer Schwester?«

»Welchen? Sie hatte mehrere, diese Nutte. Sie ging gern aus, liebte den Luxus, liebte das Geld.«

»Was ist daran schlecht?«, entgegnete Magritte, der den Freudenmädchen schon immer eine gewisse Nachsicht entgegengebracht hatte.

»Ach, dann ist es für Sie moralisch, seinen Körper zu verkaufen? Sie haben ja eine reizende Einstellung!«

Er merkte, dass er kurz davor war, rausgeschmissen zu werden. Moral … er hasste dieses Wort. Nichts als ein Vorwand, andere in den Käfig der Tristesse zu sperren, sie der Freude zu berauben, auf die jeder Mensch, wenn er das Licht der Welt erblickt, ein Anrecht hat. Wenn man alle Schüler gesunden Menschenverstand lehren würde, bräuchte es keine Moral, und jeder würde nach seinem Gewissen handeln. Es gab einen Satz von Nietzsche, den er sehr schätzte: »An die Moral glauben, heißt das Leben verteufeln.«

Innerlich kochte René. Er musste sich beherrschen, um dieser Giftspritze nicht eine zu klatschen. Und wie immer, wenn ihn die Wut packte, zückte er seine wirksamste und somit gefährlichste Waffe: Er schenkte der Frau ein strahlendes Lächeln.

Sie wurde wieder umgänglicher. Uff!, da hatte er sich in letzter Sekunde noch vor dem Rauswurf gerettet …

René war sich sicher, dass sie noch etwas Wichtiges auszuplaudern hatte.

»Ich nehme an, Sie haben für den Abend, an dem der Mord geschah, ein Alibi …«

»Ich war zu Hause. Nach 18 Uhr verlasse ich nie das Haus. Die Nachbarn werden Ihnen das bestätigen.«

Aber sicher doch! Die Nachbarn standen bestimmt Tag und Nacht am Fenster; im Übrigen war das Haus ziemlich abgelegen. Also kein solides Alibi …

»Abgesehen von Ihren Eltern, die auf so tragische Weise verstorben sind, haben Sie keine Verwandten mehr, ist das richtig?«

»Meine Tante und mein Onkel Charles, der uns diesen Schuppen vererbt hat, sind tot.«

»Nachdem jetzt auch ihre Schwester verstorben ist, sind Sie die einzige Erbin, stimmt das?«

»Worauf wollen Sie hinaus?«, fragte sie misstrauisch.

»Auf nichts. Die Frage war dumm.« Wem nutzt das Verbrechen?, dachte Magritte. »Haben Sie vom Mord an Madeleine Dutilleul gehört, letzte Woche?«

»Ja … Wie jeder andere auch, in den Nachrichten, was hat das mit Rosa zu tun?«

»Es gibt ein paar Gemeinsamkeiten, die ich Ihnen nicht verraten darf, aber es könnte sich um denselben Mörder handeln. Ich vermute, dass Sie ihm eher dankbar sind, Sie von Ihrer Schwester befreit zu haben, nur könnte der Verdacht leider auch auf Sie fallen. Bestimmt wissen Sie, wie die Polizei tickt … Die beißen sich sofort im engsten Umfeld fest. Wenn Sie also etwas wissen, ein Detail, das Sie entlasten könnte …«

Sie schwieg, was er in ihrem Fall ungewöhnlich fand, denn diese Schlange schien doch jede Gelegenheit, Gift zu verspritzen, begeistert wahrzunehmen. Sie zögerte, und schließlich sagte sie: »Ich kenne ihren Mann, Roger Dutilleul. Ich habe ihn sofort wiedererkannt. Er war einmal hier. Er wirkte sehr aufgebracht. Ich habe verstanden, dass er Rosas Geliebter war und sie ihn verlassen wollte.«

»Woher wissen Sie das?«

»Dafür musste man an keiner Tür lauschen. Er hat gebrüllt, dass er sie umbringt, wenn sie ihn verlässt.«

25.

»Und wenn Roger Dutilleul nun beide Frauen umgebracht hat? Immerhin hat er kein Alibi. Wäre gut, den Besuch bei seiner tatterigen alten Mutter zu überprüfen.«

Auf dem Heimweg hatte Magritte laut nachgedacht. War doch möglich, dass der betrogene Ehemann seine Frau umgebracht hatte, als er von ihrer Untreue erfuhr, und dann – als er merkte, dass sich auch noch seine Geliebte verkrümeln wollte – ausgerastet war!

Zu Hause angelangt, hatte er Georgette, die schon Gewehr bei Fuß stand, alles erzählt. Weil er fest damit rechnete, dass sie seiner Theorie zustimmen würde, der zufolge es durchaus möglich war, dass Roger seine beiden Frauen auf die Probe gestellt und mit einem erfundenen Verehrer in die Falle gelockt hatte, überraschte ihn ihre Antwort.

»Er ist es nicht.«

»Ja, aber, mein Mäuschen, wie kannst du dir da so sicher sein?«

»Nach allem, was du mir erzählt hast, ist er nicht der Typ, der solche poetischen Briefe schreibt.«

»Vielleicht hatte er ja einen Komplizen. Jemanden, der das auftragsmäßig für ihn gemacht hat«, schlug René vor.

»Nein … So schräg scheint er mir nicht zu sein. Er ist eher einfach gestrickt, ein Apfel ist ein Apfel. Ach, übrigens, Jefke hat angerufen, um zu sagen, dass er den Umschlag in unseren Briefkasten geworfen hat. Ich habe ihn gefragt, was die Ermittlungen machen. Seine Antwort als dienstbeflissener Polizist: ›Es geht voran, es geht voran …‹ Ich habe versucht, ihm die Würmer aus der Nase zu ziehen. Der Kommissar sieht Verdachtsmomente gegen Dutilleul. Dem gehen sie nach …«

»Ah!«, sagte Magritte erfreut. »Siehst du?«

»Auf die Polizei ist kein Verlass, die irrt sich doch regelmäßig.«

Er kannte seine bessere Hälfte, sie würde ihre Meinung nicht ändern. Aber ihre Argumente waren schwach. Ein Gefühl, mehr nicht. Eine »weibliche Intuition«, wie sie das nannte. Also nichts, worauf man sich entspannt ausruhen konnte.

Magritte erzählte ihr von der Katze, die mit einem Küchenmesser erstochenen worden war. Und stellte nun die Theorie der Schwester als Täterin in den Raum, die den »Journalisten« auf eine falsche Fährte führen wollte, nämlich die des Ehemanns.

»Nehmen wir mal an, du hast damit recht«, sage Georgette, »dann sind wir uns aber doch einig, dass es eine Verbindung zwischen den beiden Morden gibt und sehr wahrscheinlich auch nur einen Täter … Welches Motiv hätte die Schwester denn gehabt, Madeleine zu töten?«

»Vielleicht fand sie, dass der Ehemann für Rosas Ausschweifungen verantwortlich war?«

»Nein, das passt nicht zusammen. Ihre Schwester scheint ihr doch, nach allem, was du erzählt hast, piepegal gewesen zu sein. Hör zu, René, ich sage dir, es wird noch einen Mord geben, und Dutilleul ist nicht der Täter.«

»Es kann ja auch sein, dass er mehrere Maitressen hatte, und wenn du erst mal einen Mord begangen hast, sind alle weiteren nur noch Routine.«

»Nach deiner Beschreibung hat er aber mit dem Älterwerden

an Attraktivität eingebüßt. Und Mäuse fängt man immer noch mit Speck, solange man keinen Dudelsack hat, der die belgische Nationalhymne spielt. Er muss also Geld haben. Als Vertreter kann er kein Vermögen verdient haben. Woher kommt also das Geld?«

Gute Frage! Daran hatte René nicht gedacht. In diese Richtung würde er weiterbohren und Dutilleuls Mutter einen kleinen Besuch abstatten, ehe er nochmal beim Sohnemann aufkreuzen würde. Alte Leute mit Alzheimer darf man nicht unterschätzen, die geben manchmal die tollsten Wahrheiten von sich. Zumal sie ja wissen, dass man ihnen kein Wort glaubt.

»Deine Freunde warten im *La Fleur en Papier Doré* auf dich«, ließ Georgette ihn wissen. »Aber mach den Umschlag auf, bevor du gehst, ich will wissen, was drin ist ...«

»Hast du noch nicht reingeschaut?«, wunderte sich René, der die Neugier seiner Frau kannte.

»Wollte ich gerade, da bist du zurückgekommen.«

»Dacht' ich's mir doch ...«

Er legte die beiden Fotos, die Rosas Leichnam zeigten, auf den Tisch. Darauf sah man sie ausgestreckt auf dem Boden liegen, das Kleid blutverschmiert, auf ihrem Oberkörper ein Strauß scharlachroter Rosen und neben ihrem Kopf ein toter Rabe. Georgette wurde auf ein Detail aufmerksam, das die Polizei bestimmt übersehen hatte: Die Blumen waren in Zeitungspapier eingewickelt, darauf das Foto eines Tango tanzenden Paars.

26.

Nachdem Magritte am nächsten Morgen mit seinem Hund Gassi gegangen war, holte er noch einmal *Das Reich der Lichter* heraus. Einen Moment lang stand er davor, und die Ähnlichkeit mit Rosas Haus verwirrte ihn sehr. Was passierte da mit ihm? Wie merkwürdig, dass er nach der Vision von Madeleine neben ihrem eigenen Körper jetzt auch noch feststellen musste, dass das Wohnhaus des zweiten Opfers fast identisch war mit dem, was er sich beim Malen dieses Bildes vorgestellt hatte!

Er erzählte Georgette davon, und sie versicherte ihm, das sei normal; Künstler hätten einen siebten Sinn, und manche Bilder oder Informationen seien schon da, bevor sich etwas ereignet habe, ein bisschen so wie bei den seit Lichtjahren erloschenen Sternen, deren Leuchten man noch heute von der Erde aus sehen könne.

»Und dafür muss man nicht unbedingt Maler oder Schriftsteller sein«, fügte sie hinzu. »Eine sensible Seele und Offenheit für das, was kommt, reicht schon aus. Alles ist da, direkt vor unseren Augen. Wir müssen sie nur aufmachen.«

Georgette hatte recht. Und sagte nicht auch sein Freund Scutenaire, dass das Unsichtbare dem Blick nicht verborgen sei?

Magritte war sich nicht sicher, ob ihn diese Erklärungen beruhigten oder noch mehr verwirrten. Aber egal, er war ja gern verwirrt.

Wenn man ihn fragte, wie er seine Gemälde konzipierte, antwortete er: »Am Anfang steht bei mir immer die Idee von etwas oder von mehreren Dingen, die durch die Malerei sichtbar werden können. Das gleichzeitige Heraufbeschwören von Tag und Nacht etwa scheint mir in der Lage zu sein, uns zu überraschen und zu bezaubern. Diese Fähigkeit nenne ich ›Poesie‹.« Und manchmal fügte er dann noch schelmisch hinzu: »Die Poesie ist eine Pfeife!«

In einem Gedicht hatte Edgar Allan Poe beschrieben, wie er eines Nachts, als er um seine verstorbene Geliebte trauerte, Besuch von einem großen Raben bekam. War der Rabe gekommen, um ihn wissen zu lassen, dass sie im Himmel war, oder verkörperte er den Geist der Verstorbenen? Auf alle Fragen gab der Vogel immer wieder eine einzige Antwort: »Nimmermehr!« Die Wiederholung dieses Wortes trieb den Erzähler in eine solche Verzweiflung, dass er schließlich dem Wahnsinn verfiel.

Dieser poetische Text hatte bei René Magritte unauslöschliche Bilder erzeugt, und er kannte das Ende auswendig: »... seine Feueraugen funkeln gar dämonisch aus dem dunkeln, düstern Schatten um ihn her; und mein Geist wird aus dem Schatten, den er breitet um mich her, sich erheben – nimmermehr!«

Magritte glaubte an Ideenassoziationen. Für ihn waren sie ein Schlüssel, der Türen öffnete, hinter denen sich neue Türen öffnen ließen und immer so weiter, bis ins Unendliche. Solange man weiterging, war man lebendig. Ein Rätsel zu lösen, war nicht das, was ihm Freude bereitete, sondern das Entdecken neuer Rätsel. Und je undurchdringlicher sie wurden, desto zufriedener war er.

Wahnsinn ... Das Wort hallte wie das »nimmermehr« des Raben in seinem Kopf wider. Und er fragte sich, ob diese Morde geplant oder dem Wahnsinn der Person geschuldet waren, die sie begangen hatte.

27.

Ginette Dutilleul lebte allein in ihrem kleinen Brüsseler Häuschen, angesichts ihrer Alzheimer-Erkrankung wahrscheinlich von Nachbarn umgeben, die auf sie aufpassten. Hätte Magritte Jefke nach ihrer Adresse gefragt, wäre das verdächtig gewesen. Jefke war lieb und nett, aber alles hatte seine Grenzen, und warum hätte sich René danach erkundigen sollen, wo die alte Dutilleul wohnte? Inwiefern sollte ihm das für seinen Krimi nützlich sein? Kurzum, Magritte hatte den Donnerstag abgewartet, um noch einmal zum Haus von Roger Dutilleul zu gehen und sich hinter den Büschen zu verstecken wie das Kind, das er ja immer noch war. Dutilleul hatte das Haus trotz trockenen Wetters mit Hut und Regenschirm verlassen. Wahrscheinlich bildete er sich ein, dass ihm so etwas Stil verlieh. René Magritte jedenfalls hatte die Vision eines geöffneten Regenschirms, auf dem ein leeres Glas stand. Und während er diesem Irren folgte, nahm er sich vor, das Bild vom Wasserglas am nächsten Morgen auf einer Leinwand festzuhalten. Er kam auf die Idee, dass der Philosoph Hegel – seiner Meinung nach ein Genie – sehr empfänglich für so ein Objekt gewesen wäre, das zwei konträre Funktionen hatte: Wasser auffangen und Wasser ableiten, sich davor schützen.

Auf diese Weise hatte er also herausgefunden, wo Rogers Mutter wohnte. Das Haus war einfach und etwas heruntergekommen.

Umso größer war seine Überraschung, als ihm, nachdem er

an der Tür geklingelt hatte, ein altes, aufgetakeltes Etwas in einem Hawaii-Kleid gegenüberstand, samt Strohhut und Sonnenbrille. Der Frühling kündigte sich vielleicht schon an, aber trotzdem! Es war frisch.

»Ich war auf meiner Terrasse und habe mich gebräunt«, sagte sie entschuldigend, obwohl der Himmel bewölkt war. Um nicht zu sagen bleiern. René hatte sogar eine Wolljacke angezogen.

Er gab vor, der neue Nachbar zu sein, er sei vor Kurzem in der Straße eingezogen und wolle sich vorstellen. Ein Höflichkeitsbesuch, wie nett!

»Kommen Sie doch herein! Bei mir lässt sich nie jemand blicken, und ich freue mich, einen so eleganten Mann empfangen zu dürfen.« Sie klimperte mit den Wimpern wie eine gealterte Betty Boop. Im Haus sah es aus wie Kraut und Rüben. Als hätte sie alles, was sie je besessen hatte, auf einen Haufen geschmissen und mit einem kräftigen Fußtritt durcheinandergewirbelt. Auf dem Boden lagen aufgeschlagene Bücher neben Zuckerpackungen, Schwämmen und kaputten Tassen. Und am Kronleuchter hingen Kleider!

»Geben Sie mir Ihre Jacke«, sagte sie und warf sie auf das durchlöcherte Sofa. »Hier herrscht gerade ein bisschen Durcheinander, ich suche meinen Autoschlüssel.«

»Sie fahren Auto?«, fragte er überrascht. Nach seiner Einschätzung stellte sie durchaus eine Gefahr für die Allgemeinheit dar.

»Ja, ja … Gestern war ich in Monaco. Und vorgestern in Honolulu. Mein Rolls-Royce steht im Garten, kommen Sie, schauen Sie.« Sie zog ihn zum Wohnzimmerfenster.

Im hinteren Teil eines verwilderten Gartens moderte das Wrack eines Citroëns vor sich hin, die Karosserie zerbeult, der Lack abgeplatzt. Keine Reifen mehr. Ob sich damit noch nach Honolulu fahren ließ, war die Frage.

»Eine Tasse Kaffee?«

»Äh, nein, danke.«

»Da sagt man doch nicht nein, kommen Sie! Ich habe so selten Besuch …«

»Ich habe gehört, Ihr Sohn würde Sie jeden Donnerstag besuchen.«

»Wer?«

»Ihr Sohn, Roger.«

»Ich habe keine Kinder. Sind jedenfalls alles undankbare Leute.«

Sie verschwand in der Küche und machte dort einen Krach, als wäre sie dabei, all ihre Schränke zu leeren. Sie sucht den Kaffee, dachte Magritte und nutzte den Moment, um sich kurz ein paar an die Wand gepinnte Fotos anzuschauen. Er erkannte Roger.

Die Strandkönigin tauchte mit einer Schnapsflasche wieder auf und füllte damit eine Kaffeetasse.

»Ich hoffe, der ist nicht zu stark. Zucker und Milch dazu?«

»Nein, danke«, antwortete René freundlich. Er hoffte, irgendwo noch eine Topfpflanze zu entdecken, um dort den Inhalt seiner Tasse loszuwerden. Nicht dass er etwas dagegen hatte, ein Gläschen zu trinken; im Gegenteil, aber der Rahmen lud wenig dazu ein, und das Zeug roch nach schmutzigen Socken. »Wer ist das auf dem Foto?«, fragte er und zeigte dabei auf Roger.

»Das ist der König von England … Nein, Quatsch, das ist mein Sohn, Gérard.«

»Ah! Mir hat man gesagt, dass er Roger heißt.«

»Ich hätte meinem Sohn niemals den Namen Roger gegeben! Die Leute erzählen so einen Blödsinn. Was für ein dämlicher Name!«

Magritte wusste, dass man Menschen mit Alzheimer nicht widersprechen sollte, und so ignorierte er die widersprüchlichen

Äußerungen der alten Dame. Allerdings fragte er nach, ob sie wirklich nur einen Sprössling hatte.

»Natürlich! Ich hätte doch nicht zwei gemacht. Einer allein ist ja schon kein Honigschlecken … Man hat doch nichts als Scherereien mit denen. Wenn sie klein sind, kacken sie ihre Hosen voll, sabbern und schreien, und später kommen sie und wollen dich aussaugen.«

»Verlangt er Geld von Ihnen?«

»Ja, was denken Sie denn?! Jedes Mal, wenn er hier aufkreuzt, bringt er mir ein Tütchen Backpulver mit, für meinen Kuchen, und dann klaubt er alle Geldscheine aus meinem Portemonnaie. Da geht meine ganze Rente bei drauf!«

»Für ein Tütchen Backpulver?«, wunderte sich Magritte.

»Ja! Das ist gutes Zeug, sagt er immer. Spitzenqualität. Und das stimmt auch, mein Kuchen macht mich immer richtig fröhlich, aber alles, was süß ist, macht einen ja glücklich, oder?«

Dem hätte ihr Besucher keinesfalls widersprochen, denn er liebte Desserts.

»Sagen Sie mal«, fragte er weiter, »hat Ro … äh, Gérard Sie gestern besucht?«

»Moment mal, das kann ich Ihnen sagen. Jedes Mal, wenn er kommt, tue ich das Backpulver-Tütchen in meine Dose«, erklärte sie und steckte suchend ihre Hand in eine Stiefelette, die neben der Anrichte auf dem Boden lag. »Ha! Da ist es!«

Sie reichte René das Tütchen und winkte ab, als er es ihr zurückgeben wollte. »Das ist für Sie. Man mischt das Pulver in den Teig, und das war's schon. Es gibt dem Kuchen ein seltsames, feines Etwas.«

René steckte das Geschenk in seine Hosentasche. »Und den Donnerstag davor? Hat Ihr Sohn Sie da auch besucht?«

Sie wühlte wieder in ihrer Stiefelette und schien bitter enttäuscht. »Nein.«

»Sind Sie sicher?«

»Absolut. Ich habe immer ein Tütchen im Voraus und jetzt gar nix mehr. Tss.«

Was für eine Zeugin! Bei der Alten klapperte es ordentlich im Oberstübchen, die warf ja alles durcheinander.

Aber wenigstens würde er jetzt vielleicht erfahren, was Roger anstellte, um seine Einkünfte aufzubessern und seine Geliebte auszuhalten … Alles hing nun vom Geschmack des Kuchens ab.

»Wo habe ich nur diesen verdammten Schlüssel hingelegt?«, knurrte Rogers Mutter vor sich hin. »Ich muss doch heute Abend zu meiner Tante Berthe nach Bangkok. Die erwartet mich. Ich werd' Ihnen ein Geheimnis anvertrauen, kommen Sie mal näher …«

Und als hätten die Wände plötzlich Ohren, flüsterte sie: »Das dürfen Sie aber Gérard nicht sagen, ist ja sein Auto. Jedes Mal, wenn er mich besucht, macht er den Kofferraum auf und vergewissert sich, dass der Wagen nur gestanden hat. Er weiß nicht, dass ich den zweiten Schlüssel habe …«

Magritte verabschiedete sich von der Alten, die ihm einen gierigen Abschiedskuss auf die Wange drückte und ihm dabei ins Ohr raunte: »Danke, dass du deine Maman besucht hast, das ist lieb von dir, Junge. Und vergiss nicht, mir nächstes Mal wieder Backpulver mitzubringen, hörst du! Ich mag diese kleinen, bösen Leckereien doch so gern …«

28.

Georgette wartete auf ihren René. Sie langweilte sich nie mit ihm. Mit seinen Bildern überraschte er sie nach all den Jahren immer noch. Am Anfang hatte sie versucht, ihn davon zu überzeugen, sich ein kleines Atelier einzurichten, und ihm erklärt, dass er dort in Ruhe arbeiten könne, aber er hatte das abgelehnt. Im Grunde war Georgette froh darüber, denn so lebte sie mit seinen Gemälden.

Sie dachte oft an ihre Jugend mit ihm zurück; er war ein Spaßvogel und Fantast, er war witzig, elegant und rätselhaft. Es gab Grauzonen, in die Georgette – das wusste sie – nie vorstoßen würde. Etwa der Selbstmord seiner Mutter, über den er sich kategorisch zu sprechen weigerte. Sie hatte ihn auch im Verdacht, manchmal anderswo zweifelhaften Umgang zu pflegen. Aber in ihren Augen war dies seine Methode, die Verbindung mit dem Früchtchen, das er früher war, nicht abreißen zu lassen. Und Männer, dachte Georgette, haben einfach das Bedürfnis, sich ihrer selbst zu vergewissern. Wichtig war ihr nur, dass er keine andere liebte als sie, und dessen konnte sie gewiss sein. Die beiden waren seit ihrer Kindheit fest zusammengeschweißt. Auch der Krieg konnte sie nicht auseinanderreißen, denn sie hatten sich tatsächlich im Botanischen Garten wiedergefunden! Georgette erinnerte sich gern an die Momente zurück, die sie mit ihrem Liebsten im Cinéma Bleu verbracht hatte. Die Fassade, die Wände, die Türen, die Fensterläden, alles war blau gestrichen! Ein Brand hatte dieses kleine Paradies zerstört, doch man hatte es glücklicherweise wieder aufgebaut und daraus das Palais du Film gemacht. Was hatte Georgette dort nicht alles für Filme gesehen, damals mit René! Er hatte auch ein Bild mit dem Titel *Le Cinéma Bleu* für sie gemalt.

Am Abend ihres Wiedersehens hatte er ihr zwei Rosen geschenkt – auf ein Blatt Papier gemalt. Und am nächsten Tag dann vor der kunstgewerblichen Kooperative, wo sie gemeinsam mit ihrer Schwester Léontine als Verkäuferin arbeitete, auf sie gewartet. Die beiden Schwestern hatten Charleroi kurz nach dem Tod ihrer Mutter verlassen, wütend auf ihren Vater, der so schnell wie möglich wieder heiraten wollte.

Georgette und René hatten sich dann verlobt, ohne die Familie zu informieren, und etwas später auch geheiratet. In seine Bilder streute er als kleine Liebesbotschaften an seine Frau häufig Rosen hinein. Die Rosen, die er Georgette bei ihrem Wiedersehen geschenkt hatte. Als Bild ihrer gelebten Liebe. Mit Dornen zwar, aber sie würden gemeinsam welken, ohne jemals ihre Blütenblätter zu verlieren.

René Magritte war ein freundlicher, großzügiger Mensch. Lesen gehörte zu seinen Leidenschaften. Georgette fand, dass ihm etwas Gutbürgerliches anhaftete, etwas von einem Beamten, dem seine Ruhe lieb und teuer ist, der aber auch gern Freunde zu Hause empfängt. Sie mochte diese Truppe von Ikonoklasten und Hallodris, die sich fortwährend irgendwelche Verrücktheiten ausdachten und ihren Spaß dabei hatten. Aber sie konnten eben auch nachdenken.

René war das Gegenteil eines Geschäftsmanns, Geld interessierte ihn nicht. Übrigens auch nicht der Wert, den seine Werke in hundert Jahren vielleicht haben würden. Aber man musste ja auch von etwas leben, weshalb seine Frau darauf achtete, dass er sich nicht übers Ohr hauen ließ …

Georgette saß im Wohnzimmer und blickte auf eine der vielen Pendeluhren, die den Raum schmückten. Es wurde langsam spät, und er war immer noch nicht zurück. Sie begann, unruhig zu werden. Die Treffen mit seinen Freunden im *La Fleur en Papier Doré* kündigte er ihr immer an. Und wenn es wegen einer Partie Schach im *Greenwich,* das nicht weit von ihrem Stammcafé entfernt war, einmal später wurde, machte er sich die Mühe, sie von dort aus anzurufen. Sie stand auf und schaute aus dem Fenster. Die Laternen, die René beim Malen so oft inspiriert hatten, projizierten ihre Pfützen aus Mondlicht wie stille Phantome auf die menschenleere Straße.

Und was, wenn er nicht zurückkam? Wenn er von einem Auto oder einer Tram erfasst worden war? Sie verscheuchte diese finsteren Gedanken. René mochte das nicht.

Dennoch konnte sie sich nicht dazu durchringen, ins Bett zu gehen, und schlief schließlich in ihrem Sessel ein. Sie träumte, dass es vor hohen Häuserfassaden mit roten Dächern lauter kleine Männer regnete, die alle eine Melone trugen, lauter kleine Renés, alle identisch, nur für sie.[12]

12 *Golconda* ist der Titel eines Bildes von Magritte, das genau diese Melonenmänner zeigt. Und so heißt auch eine indische Stadt, die für ihre Diamantminen berühmt war und heute in Ruinen liegt. Kann man daraus ableiten, dass Männer so wertvoll wie Diamanten sind?

29.

Nachdem sich René von Roger Dutilleuls durchgeknallter Mutter verabschiedet hatte, besann er sich eines Besseren und beschloss, noch zu warten, bis der Mond aufging, um dann einen Blick auf das Autowrack im Garten zu werfen. Was heckte dieser Sohnemann da hinten wohl aus, wenn er seine Maman besuchte? »Jedes Mal, wenn er mich besucht, macht er den Kofferraum auf und vergewissert sich, dass der Wagen nur gestanden hat.« Aha, aha.

René wollte wissen, woran er war. Er würde so lange spazieren gehen, bis sich die kleine honigfarbene Sichel am Sternenhimmel zeigte. Er mochte diese stillen Abende am Rand der Stadt, wenn das Kindergeschrei verstummte und die Seiten der Bilderbücher, die er als Junge gelesen hatte, umgeblättert wurden. Von *Tigrette, das eingebildete Huhn* war er zwar bald zu Zigomar und den Pieds-Nickelés-Comics übergelaufen, aber er hatte sich eine tiefe Zuneigung zu den Bilderbüchern seiner Kindheit bewahrt. Immer wenn er sie sah, war der Zauber der Sorglosigkeit wieder da. Besonders die Illustrationen weckten den kleinen Jungen, der noch in ihm schlummerte.

Kaum war der Mond aufgegangen, kehrte René zu Ginette Dutilleuls Haus zurück und kletterte über das Mäuerchen, das ihren Garten von dem der Nachbarn trennte. Eine recht hohe Hecke schmälerte die Gefahr, gesehen zu werden, vor allem um diese Uhrzeit, wo die alten Leute schon im Bett lagen und alle anderen vorm Fernseher saßen. Wehmütig dachte er an vergangene Zeiten zurück, als sich seine Familie noch ums Radio versammelte, um gemeinsam die damaligen Serien zu hören. Doch er verscheuchte diese Bilder schnell.

Der Garten, schmal und lang, war eine ziemlich triste Angelegenheit. Keine Blumen, nur ein ausgemergelter Baum, viel Farn … und ganz hinten im Gestrüpp der Rolls-Royce von Madame, allzeit bereit für atemberaubende, imaginäre Abenteuer. Sind erfundene Reisen nicht die allerschönsten?

René stieß die Tür des verrotteten Geräteschuppens auf und fand ein Brecheisen.

Bevor er sich daranmachte, den Kofferraum aufzustemmen, warf er mit Hilfe des Feuerzeugs einen Blick in den Wagen. Auf der Rückbank saß ein Teddybär mit herausgerupften Augen. Er trug eine kleine, verschlissene Seemannsjacke. Ob er das Frauchen auf seinen Expeditionen begleitete?

Vom Licht der Flamme aufgeschreckt, schoss eine behaarte Spinne aus einem der abgewetzten Teddyohren, kullerte ihm wie eine dicke Träne über die Wange und landete auf seinen Füßen, von wo sie unter der Seemannsjacke wieder Zuflucht fand. Als René klein war, fürchtete er sich vor diesen Viechern und schrie, sobald er eine Spinne sah. Bis zum Selbstmord seiner Mutter – danach hatte er vor nichts mehr Angst. Vor nichts und niemandem. Er war erwachsen geworden. Auf einen Schlag. Aber seine Spielzeugkiste, die hatte er tief in sich verwahrt. In ihr versteckte er sich, um seinen Phantomen zu entkommen.

Es war nicht schwer, den Kofferraum aufzustemmen. Die Karosserie war völlig verrostet. Und darin entdeckte er … jede Menge Tütchen, die mit einem weißen Pulver gefüllt waren. Backpulver, dachte Ginette. Ihr lieber Junge sorgte dafür, dass sie immer alles im Haus hatte, um ihren Kuchen zu backen, und vor allem, dass dieser Kuchen sie jedes Mal glücklich machte.

Denn ein glücklicher alter Mensch ist ein Mensch, der niemandem auf die Nerven geht. Und Roger hatte es gern ruhig. Ruhig und entspannt, um seine Geliebte zu treffen und mit den Stadtteil-Dealern seine kleinen Mauscheleien abzuwickeln, die ihm einen guten Lebensstandard und luxuriöse Geschenke für diejenige ermöglichten, die er sich dank seiner Spendierfreudigkeit ins Bett holte.

René kam nicht dazu, den Kofferraum wieder zu schließen. Ein Schlag traf ihn am Hinterkopf, und er sank ins Gras.

Am nächtlichen Himmel, tiefblau wie aus Tausendundeiner Nacht, hing der Mond wie ein Komma über dem Garten, während auf der Rückbank artig der alte Teddy saß und René aus seinen toten Augen anstarrte.

30.

Magritte lag auf dem Boden, als er unter Mithilfe der Alten, die ihn schüttelte wie einen Sack Kartoffeln, wieder zu sich kam.

»Hier wird nicht geschlafen, nicht hier! Los, aufgestanden! Ab ins Bett!«

»Was?«, stammelte er. »Kommt nicht in Frage, meine Frau wartet auf mich und …«

»Keine Diskussion!«, bellte sie, ihr Gewehr auf ihn gerichtet.

René stand murrend auf. Ob das Gewehr geladen war? Er ging lieber nicht das Risiko ein, den Helden zu spielen, und gehorchte. Diese Bekloppte war zu allem fähig und schien es ernst zu meinen.

»Kann ich meine Frau anrufen?«, fragte er, als sie das Haus betraten.

»Nein. Es ist spät. Sie soll weiterschlafen.«

»Ich bin mir sicher, dass sie nicht schläft, sondern krank vor Sorge ist.«

»Von wegen!«, höhnte die Alte. »Die Männer lügen sich einen in die Tasche. Womöglich ist sie gerade mit ihrem Liebhaber zusammen.«

»Sie Giftschleuder! Lassen Sie mich nach Hause gehen.«

»Nein. Jetzt hab' ich mal so einen dicken Fisch an der Angel, da werd' ich doch nicht auf eine Liebesnacht verzichten.« Worauf sie mit der heiseren Stimme einer Raucherin, die in ihrem Leben nicht nur Tabak geschmaucht hat, *Nuits de Chine, nuits câlines, nuits d'amouuur* … vor sich hin trällerte.[13] »So, und jetzt gibt der Kleine dem Dornröschen mal seine Patschhände, dann fesselt sie ihn ans Bett und kann mit ihm machen, was sie will.«

»Kommt nicht in Frage!«, brüllte René.

»Na, na, na! Jetzt wird schön stillgehalten und getan, was die Tante sagt«, erwiderte sie, das Gewehr auf ihn gerichtet.

Also hielt er ihr beide Hände hin, die sie umgehend mit einem Hanfseil an die Bettpfosten fesselte. Die Knoten zurrte sie ordentlich fest, damit er sich nicht davonmachen konnte. Diese alte Schabracke hatte noch verdammt viel Kraft!

Dann legte sie ihr Gewehr auf die Kommode und begann, sich zu entkleiden …

Nein, bitte nicht!

»Was sagst du?«, fragte Ginette, als könnte sie Gedanken gelesen.

»Sie müssen das nicht tun.«

»Nein, ich weiß, aber das ist meine liebenswürdige Ader. Sie sind ja mein Gast.«

»Nicht ganz freiwillig, Sie haben mich schließlich festgebunden …«

»Das ist erotischer.«

Magritte schwieg. Es hatte keinen Sinn, sie zu verärgern, sie war starrköpfig und wollte nichts hören. Obwohl …

»Wenn Sie mich losbinden, könnte ich Ihnen die Kamasutra-Schubkarre machen.«

»Für Gartenarbeit bin ich nicht zu haben.«

Damit hatte sie wohl recht, ihr Garten war wirklich verwildert.

Der Anblick ihrer schlaffen Brüste, die ihn an Dalís zerlau-

---

13 *Chinesische Nächte, zärtliche Nächte, Liebesnächte* … Ein französischer Schlager aus dem Jahr 1922 …

fende Uhren erinnerten, gab Magritte den Rest. Er zog es vor, die Augen zu schließen und so zu tun, als sei er eingeschlafen.

Als sie splitterfasernackt war, schüttelte sie ihn, doch er hielt die Augen geschlossen.

»Du weißt ja nicht, was dir entgeht, du Armleuchter«, flüsterte sie.

Worauf er schließlich einschlief.

Im Morgengrauen wurde er mit steifen Gliedern wieder wach; auf dem Kopf hatte er die Melone. Die Alte stand in einem uralten, verschlissenen Bademantel neben seinem Bett und betrachtete ihn neugierig, eine Tasse Kaffee in der Hand.

»Was macht Monsieur in meiner Schlafstätte?«

»Sie haben mich doch gefesselt und dazu genötigt, hier zu liegen.«

»Ach ja? Unmöglich. Ich habe noch nie jemanden genötigt. Die Männer fallen mir wie Fliegen vor die Füße.«

»Aber sicher doch!«, spottete René.

»Und? Hat mich Monsieur vergewaltigt?«

»Geht's noch?«

»Schade, hätte er mal tun sollen. Es ist noch nicht zu spät …«

»Danke, sehr freundlich. Und jetzt binden Sie mich los, ich muss nach Hause. Meine Frau hat wahrscheinlich die Polizei alarmiert, und wenn Sie nicht möchten, dass die Bullen bei Ihnen aufkreuzen, sollten Sie mich freilassen.«

»Ja, die kann ich nicht riechen«, sagte sie und band ihn los. »Deren Socken stinken. Mein Mann war Polizist, ich weiß, wovon ich rede. Der Arme, ein Fisch hat ihn das Leben gekostet. Diese Viecher sind gefährlich. Die darf man nicht essen …«

»Sollten Sie aber. Fisch ist gut fürs Gedächtnis.«

»Niemals! Wenn Sie wüssten, wie er gestorben ist, würden Sie das nicht sagen, Sie Verbrecher. Damals hatte unser Nachbar ein Aquarium, und mein Mann ging gern zu ihm, ein Bierchen trinken. Jedes Mal kam er *krimineel zat* zurück. Irgendwann hat sich der Nachbar dann mal über einen seiner Fische beschwert, weil der immer die anderen Fische aufgefressen hat. Um ihm einen Gefallen zu tun, hat mein Mann ihm angeboten – wie gesagt, sternhagelvoll, aber eben immer hilfsbereit –, den ganzen Fisch einfach runterzuschlucken. So ein Pech aber auch! Der Fisch hat sich in seiner Kehle festgebissen und sich immer weiter in ihn reingefressen. Als der Notarzt kam, war's schon zu spät. Die Schwanzflosse ragte ihm noch aus dem Mund.«[14]

»Na, sagen Sie mal«, amüsierte sich Magritte, »besonders schlau war er aber nicht, Ihr Gatte, dass er einen Piranha runterschlucken wollte!«

»Klar, war ja auch Polizist.«

»Man sollte nicht verallgemeinern.«

»Doch, ein bisschen schon.«

Magritte bedankte sich für ihre »Gastfreundschaft« und sah zu, dass er rauskam aus diesem Irrenhaus.

Georgette fand er dann schnarchend auf dem Sofa vor. Also wirklich, dann hatte Ginette Dutilleul also doch nicht ganz unrecht. Der verschollene Ehemann hatte Georgette nicht am Schlafen gehindert. Aber gut, immerhin gab es keinen Liebhaber im Kleiderschrank.

---

14 Eine wahre Geschichte! Tja, es gibt halt Leute, die lassen ihr Hirn im Aquarium.

31.

Als René seine Frau weckte, wusch sie ihm ordentlich den Kopf. Damit hatte er gerechnet!

»Tut mir leid, mein Häschen, aber mir ist eine verrückte Sache passiert, und dabei wäre ich beinahe draufgegangen. Ich konnte dich nicht verständigen, ich war gefesselt.«

»WAS? Oh, mein armer René, das tut mir leid, ich dachte, du treibst dich noch mit deiner Bande herum und hättest vergessen, mich anzurufen … Ich war wirklich beunruhigt.«

Er nahm sie in den Arm und vergrub seine Nase in ihrem Haar. Georgettes Geruch verzauberte und beruhigte ihn. Noch immer roch sie für ihn nach Kindheit, so wie damals, als sie sich kennengelernt hatten. Er schloss die Augen und sah sie wieder an seiner Seite, die kleine Zwölfjährige, so hübsch mit ihren hellen Augen, kristallklar wie ein See, in den die Feen hinabtauchen, und für ihn wie ein Spiegel, in dem er sich ihr Leben zu zweit ausmalte. Und dann ihre Haut, so zart wie die eines Babys. Und er, dieser junge Mann, mit seinen fünfzehn Jahren an ihrer Seite geradezu alt … Später war der Altersunterschied zwischen ihnen nicht mehr spürbar gewesen. Aber René war immer ihr Beschützer geblieben. Und sie liebte es, dass er auf sie achtgab.

Er erzählte ihr, was geschehen war. Am Küchentisch, so wie immer. Sie hörte ihm zu, während sie den Kaffee kochte.

»Dann wissen wir jetzt also, woher Roger Dutilleul die ganze

Kohle hat. Der kleine Handelsvertreter ist auch als Dealer unterwegs. Aber er hätte wenigstens darauf verzichten können, seiner Mutter Geld aus dem Portemonnaie zu stibitzen. Teuer, so ein Tütchen Backpulver …«

»Sie hat ihn halt schlecht erzogen.«

»Und was willst du jetzt machen? Es der Polizei sagen?«

»Ja, Jefke. Das bin ich ihm schuldig.«

»Und dann erzählst du ihm, dass du unerlaubt in den Garten eingedrungen bist und diesen Kofferraum aufgebrochen hast?«

»Nein, ich erzähle ihm eine Lügengeschichte.«

»Aha, das kannst du ja ziemlich gut …«, frotzelte Georgette, die an *Der Verrat der Bilder* dachte.

»Lügen dienen dazu, das Leben zu verschönern. Die Pfeife ist ein Stück Poesie! Ich werde ihm sagen, dass ich Ginette Dutilleul besucht habe und sie mir anvertraut hat, dass ihr Sohn jedes Mal, wenn er bei ihr ist, zu diesem Autowrack hinten im Garten geht. Das wird die Polente dazu anregen, mal nachzuschauen, und dann werden sie ihm auf die Schliche kommen.«

»Gute Idee. Ja, man sollte sich bei der Polizei generell nicht zu sehr einbringen, sonst wird man am Ende noch selbst verdächtigt«, stimmte Georgette ihm zu. »Allerdings macht dieser kleine Drogenhandel Roger Dutilleul nicht zum Mörder!«

»Du bleibst dabei? Für dich ist er immer noch nicht der Täter?«

»Nein.«

»Aber der Typ ist wirklich nicht sauber, mein Mäuschen. Was brauchst du denn noch? Er hat das Profil eines Lügners und eines Perversen.«

René ließ es dabei bewenden. Er wusste, dass seine Frau ihre Meinung nicht ändern würde, solange es keinen eindeutigen Beweis gab. Was in seinen Augen nur eine Frage der Zeit war. Irgendwann macht jeder Kriminelle einen Fehler, und René würde schon den Beweis dafür finden, dass an Rogers Händen Blut klebte.

Die Lust zu malen war ihm für heute vergangen … Die Alte hatte ihm einen ziemlich heftigen Schlag versetzt, und er nahm eine Kopfschmerztablette. Aber sich ausruhen, dazu hatte er auch keine Lust.

Weil die Fotografie ihn begeisterte, hatte sich René im dunkelsten Zimmer des Hauses ein kleines Labor eingerichtet und das Fenster mit einem dicken schwarzen Stück Stoff abgedeckt. Aber auch darauf konnte er sich jetzt nicht konzentrieren.

Und so beschloss er, seinen Freund Jefke anzurufen, um mit ihm über diese interessante neue Spur zu Roger Dutilleul zu sprechen. Er musste mit jemandem darüber reden, es ließ ihm keine Ruhe.

»Es ist noch geheim, René, aber die Polizei glaubt, dass er der Mörder ist«, verriet Jefke. »Wir sind uns fast sicher.«

Magritte freute sich mächtig. Er war also nicht der Einzige, der diesen Typen im Verdacht hatte. Als er seinem Freund dann anvertraute, dass er bei der alten Dutilleul gewesen war, um zu sehen, wo Roger seine Kindheit verbracht hatte – solche Dinge brauche er, um seine Romanfiguren zu unterfüttern –, war Jefke keineswegs überrascht. Logisch, alle guten Schriftsteller waren Schnüffler … René erzählte ihm von dem Citroën hinten im Garten und was die Alte ihm gesagt hatte.

»Bei der schauen wir mal vorbei«, versicherte ihm der Polizist. »Man kann nie wissen …«

Sie würden es nicht bereuen.

Das Aspirin begann zu wirken, und René bekam nun doch wieder Lust zu malen. Er nahm ein Bild in Angriff, für das er sich später den Titel *Der Pilger* ausdenken würde. Ein frontal gezeigter Mann in dunklem Anzug mit roter Krawatte, dessen Kopf sich verschoben hatte und oberhalb seiner Schulter schwebte, während die Melone an Ort und Stelle geblieben war. Es war das Bild, das sich René von Roger Dutilleul gemacht hatte. Ein Typ, der im Leben offenbar nie seinen Platz gefunden und jetzt den Kopf verloren hatte. Geblieben waren nur noch Anzug und Melone, ohne das Gesicht. Darüber verging der Nachmittag. Morgens arbeiten war besser, da hatte er einen klareren Kopf. Diese Ermittlungen brachten ihn ganz durcheinander …

Er legte den Pinsel aus der Hand, als ihm der Duft einer Rosenkohlsuppe in die Nase stieg, die Georgette gekocht hatte. Mit Croûtons und Petersilie aus ihrem Gemüsegarten. In diese Suppe hätte er sich reinlegen können.

Ausgerechnet er, der immer vor der Langeweile davongelaufen war, hatte mit seiner Frau einen Weg gefunden, den Alltag zu genießen. Mit ihr war jeder Moment voller Annehmlichkeiten, aber auch voller Rätsel. Und was seine Dummheiten betraf, denen widmete er sich jenseits des häuslichen Herdes. Tatsächlich kam es immer noch ziemlich oft vor, dass er an fremden Türen klingelte und wegrannte. Ansonsten waren die Gemälde seine Traumblasen. Sie brachten ihn wie ein Fesselballon in imaginäre Welten.

Ferne Erinnerungen wurden in ihm wach … Er war noch klein und konnte von seinem Bettchen aus zusehen, wie Männer eine schlaffe Ballonhülle vom Dach der Nachbarn entfernten – an Festtagen stiegen in Charleroi immer mal wieder Heißluftballons auf. Aber seine allererste Erinnerung, die später in seinem Werk eine zentrale Bedeutung haben würde, war eine verschlossene Kiste, die neben seiner Wiege stand. »Die Welt bot sich mir in Gestalt einer Kiste an«, hatte er Georgette einmal gesagt.

Was sie enthielt, erfuhr er nie. Kam daher vielleicht seine Freude an Rätseln und Geheimnissen?

Am nächsten Tag bekam René einen Anruf von Jefke. Sie hatten in dem Kofferraum Drogen gefunden und waren zum Haus von Roger gefahren, um ihn festzunehmen …

Sie hatten an seiner Tür geklingelt. Niemand hatte aufgemacht. Schließlich hatten sie die Tür gewaltsam geöffnet. Und ihn gefunden, aufgehängt an einem Balken in seinem Wohnzimmer.

»Hat er einen Abschiedsbrief hinterlassen?«, fragte René.

»Ja, darin schreibt er, dass er Gewissensbisse hat und darum lieber in den Tod geht. Seine Mutter muss bei ihm angerufen und ihn gewarnt haben, dass man den Kofferraum seines Wagens geöffnet hatte. Bestimmt spürte er, dass man ihn schnappen würde. Vielleicht konnte er die Aussicht auf den Knast nicht ertragen … oder er konnte eben mit der Last seiner Schuldgefühle nicht weiterleben. Sein Brief lässt jedenfalls keinen Zweifel und beweist eindeutig, dass er der Täter ist. Jetzt können die Menschen und vor allem die Frauen endlich wieder entspannt das Haus verlassen. Der Fall ist gelöst«, seufzte Jefke.

Neben dem Bakelit-Telefon ans Klavier gelehnt, hatte Georgette das Gespräch mit angehört. Sie spielte ein paar Takte von *M – Eine Stadt sucht einen Mörder*. Dann schenkte sie ihrem Mann ein geheimnisvolles Lächeln.

32.

Georgette stand am Wohnzimmerfenster und blickte nachdenklich in den Regen hinaus. Der graue Himmel erinnerte sie an Renés gewittergraue Augen.

Alles schien wieder seinen gewohnten Gang zu gehen. Die Polizei hatte ihren Schuldigen, die Frauen konnten abends wieder mit ihren hübschen Glockenhüten das Haus verlassen und ihre Liebhaber treffen … Aber René war in unguter Stimmung. Georgette kannte ihren Mann. Magritte war einer, der jedem Rätsel auf die Spur ging. Er wühlte nicht umsonst in allen Dunkelzonen, um auf jenes Gelb zu stoßen, das er in seinen Gemälden praktisch nie verwendete, weil er wusste, dass es an das Gelb von Van Goghs Sonnenblumen nicht heranreichen würde. »Dieses bleiche Schwefelgelb, dieses zitronenblasse Gold« von jenem Vincent, der sich mehrmals umbringen wollte, einmal durch Schlucken seiner Farben, was ihm nicht gelang. Zum Glück! Denn später malte er von seinem Zimmer aus, das er in der Anstalt des Klosters von Saint-Rémy-de-Provence bewohnte, *Die Sternennacht*. Genau jene Nächte, die Magritte so liebte, mit ihrem Mondhimmel, der das Rätsel der schweigsamen Figuren noch geheimnisvoller machte.

Roger Dutilleul hatte den Tod durch Erhängen gewählt und außer Spuren von Blut und Kokain nichts zurückgelassen. Hatte seine verrückte Mutter begriffen, dass er tot war?

Magritte konnte der Versuchung nicht widerstehen, noch

einmal zu ihr zu gehen. Noch ein bisschen herumstöbern … Trotz allem ging ihm nicht aus dem Kopf, was Georgette gesagt hatte. »Er ist es nicht … Er ist nicht der Typ. Er hätte niemals solche Briefe schreiben können.« Immerhin hatte sie mit ihrer Vermutung, dass Rogers Gehalt nicht seinem Lebensstil entsprach, Recht behalten. »Woher kommt also das Geld?«

Nichtsdestotrotz hatte er in seinem Abschiedsbrief ein Geständnis abgelegt.

Irgendetwas stimmte da nicht, aber was?

Als Ginette ihm diesmal die Tür öffnete, war sie in eine dicke Strickjacke gemummt und trug Stiefeletten mit einer schäbigen Fellbordüre, dazu eine Kapuzenmütze, aus der wie Unkraut struppige Haarbüschel hervorschauten. Dabei schien die Sonne, und die Vögel zwitscherten.

»Ich habe den Ofen angemacht«, sagte sie, als müsste sie ihn beruhigen.

»Was für eine gute Idee«, erwiderte er spöttisch. Angesichts des schönen Wetters war er ohne Mantel gekommen. »Erkennen Sie mich wieder?«

»Nein, sollte ich?«

»Nun ja … Ich habe immerhin eine Nacht in Ihrem Bett verbracht. Aber das scheint sich nicht in Ihr Gedächtnis eingebrannt zu haben.«

»Nein. Wissen Sie, hier gehen so viele Leute ein und aus. Seit gestern hört das gar nicht mehr auf.«

»Aha. Und die landen auch alle in Ihrem Bett?«

»Ich kann Bullen nicht leiden. Die haben Stinkefüße. Mein Mann, der Polizist war …«

»Ja, ich weiß, das haben Sie mir schon erzählt«, fiel Magritte ihr ins Wort.

»Oh«, sagte sie enttäuscht.

Meine Güte, dachte er, das ist also von ihrem verstorbenen

Ehemann als Erinnerung geblieben! Nachdem er sein Leben lang der Justiz gedient hat: Seine Stinkefüße.

»Haben Sie Neuigkeiten von Ihrem Sohn?«, fragte er auf gut Glück. Er wusste ja nicht, ob die Polizei sie benachrichtigt hatte.

»Ich habe keine Kinder. Mit denen hat man doch nur Scherereien.«

»Aber Sie haben mir doch von Gérard erzählt …«

»Ach ja, stimmt. Dieser Dreckskerl hat sich letzte Nacht mit meinem Auto dünnegemacht. Als ich heute Morgen aufgewacht bin, war's nicht mehr da. Wer bringt mir jetzt das Backpulver für meinen Kuchen? Und wie soll ich jetzt reisen? Wie soll das gehen?«

»Sie nehmen die Tram.«

»Kommt nicht in Frage! Ich fahre doch nicht mit der Tram zum Buckingham Palast, *zeg*! Das schadet meinem Ansehen. Bitte nicht weitersagen, weil es viel Neid geben wird, aber Prinz Charles erwartet mich. Wir werden uns verloben.«

»Hoffentlich laden Sie mich auch zur Hochzeit ein!«

»Nein, dafür sind Sie nicht vornehm genug. Wir laden nur Leute ein, die zur Hautevolee gehören.«

Magritte musste ein Lachen unterdrücken.

»Als Sie Ihren Sohn das letzte Mal gesehen haben, hat er Ihnen denn da gar nichts gesagt?«

»Doch … ›Pass auf dich auf.‹ Das hat mich überrascht, weil er so was sonst nie sagt. Der ist nicht sentimental.«

»Und er hat Ihnen nichts gegeben, nicht irgendwas anvertraut?«

»Ach ja, doch, als ich ihn gestern angerufen habe, um ihn vor diesen Aasgeiern in meinem Garten zu warnen, hat er gesagt: ›Wenn du Geld brauchst, geh zum Nikolaus, der schuldet mir noch eine Menge.‹«

»An den Nikolaus glaube ich nicht mehr«, sagte Magritte, enttäuscht über diese idiotische Information.

»Schade, der wohnt nämlich in Anderlecht, hat da eine Autowerkstatt, aber ich weiß die Adresse nicht.«

»Soso …«

René verabschiedete sich von Prinz Charles' Zukünftiger, die ihm noch hinterherrief: »Wenn Sie meinen Sohn sehen, sagen Sie ihm, er soll mir meinen Wagen zurückbringen, sonst enterbe ich ihn!«

Gedächtnisverlust, dachte Magritte, hat den Vorteil, dass man in eine Welt abtaucht, in der es den Tod nicht gibt.

33.

René Magritte fuhr also nach Anderlecht. Dort ging er sofort in die erstbeste Kneipe, das *Café des Sportifs,* denn wie jeder weiß, sind solche Orte eine unschätzbare Informationsquelle. Drinnen drängte sich ihm der Gedanke auf, dass er im Wohnzimmer der Inhaberin gelandet war, die tatsächlich in ihrer Kneipe zu wohnen schien. Eine Katzenallergie war hier nicht empfehlenswert, überall Katzenhaare, und sobald man sich der Theke näherte, stank es entsprechend nach Pisse. Und tatsächlich, auf dem Sofa, das auch schon bessere Zeiten gesehen hatte, schnarchten drei gestreifte Fellpuschel vor sich hin. Die Wände des Raums hatten eine Patina aus Nikotin. Und in all diese »exotischen« Gerüche mischte sich dann auch noch der Mief von Bier.

»Was soll ich dir bringen, *menneke*?«, fragte die Chefin, eine große Frau mit graumeliertem Haar, die sich in eine gehäkelte Stola gewickelt hatte.

Der Ton war gesetzt: herzlich, familiär, man fühlte sich sofort wie zu Hause.

»Ein Bier. *Vieux Temps*.«

»Ich bin Jeanneke. Und du?«

»René.«

»Du bist nicht von hier. Ich hab' dich noch nie in meinem Café gesehen.«

»Nein, ich komme aus Schaerbeek.«

»Autsch! Ein Fremder!«

Jeanneke gehörte offenbar zu den Menschen, die so tief in ihrem Stadtteil verwurzelt sind, dass er für sie das Zentrum der Welt geworden ist. Ihn zu verlassen war in ihren Augen ein Abenteuer, das einer Besteigung der Annapurna gleichkam. Für das Bedürfnis fortzugehen, wo man es doch zu Hause so gut hat, fehlte ihr jedes Verständnis.

»Ich suche jemanden«, sagte Magritte. »Einen gewissen Nikolaus, der hier wohl eine Werkstatt hat. Sagt Ihnen das was?«

»Werkstätten gibt es mehrere. Aber wenn Sie den Nikolaus suchen, kann es eigentlich nur der dicke Louis sein, der spielt hier nämlich jedes Jahr den Nikolaus und zieht mit seinem Korb und seinem Esel durch die Straßen. Nebenbei gesagt, dieses Scheißtier macht sich jedes Jahr einen Spaß daraus, vor der Tür meiner Kneipe seine Visitenkarte zu hinterlassen. Der Typ ist ein Idiot! Wenn er sich nicht mit seinem Bischofsstab und seinem Prahlemann-Hut wichtigmacht, repariert er in seiner Werkstatt alte Rostlauben.«

»Das wird er wohl sein«, entschied Magritte.

»Na, dann richte ihm mal von mir aus, er soll seinen Esel nächstes Jahr woanders hinkacken lassen, *zeg*. Er wohnt neben dem Friedhof, *Place du Repos*, den übersiehst du nicht.«

René bedankte sich, trank sein Bier aus und legte das Geld auf den Tresen. Zu Hause würde ihn seine kleine Loulou wie eine eifersüchtige Maitresse beschnüffeln. Bestimmt stank seine Hose nach Straßenkatze.

Die Strecke bis zum Friedhof legte er zu Fuß zurück, um den hartnäckigen Geruch ein bisschen loszuwerden.

Die Autowerkstatt des Nikolaus sah genauso aus wie die, mit der René und seine Brüder gespielt hatten, als sie klein waren. Dieser Heilige schien die für artige Kinder gedachten Süßigkeiten selbst zu essen, so dick war seine Wampe. Mit kahlem

Schädel und schweißüberströmter Stirn begrüßte der ölverschmierte Mann seinen Besucher mit einem Brummen. Man spürte sofort, dass er ein Poet war, ein echter Baudelaire der Karosserien, ein Dalí der Schraubenbolzen.

Magritte ging sofort ans Eingemachte und fragte ihn, ob er einen gewissen Roger Dutilleul kenne. Worauf ihn ein böser Blick traf, dem auch ein Pfeil gefolgt wäre, hätte der Dicke einen Bogen zur Hand gehabt.

»Warum?«, fragte er misstrauisch.

»Weil er tot ist. Er hat sich gestern erhängt.«

»Was?«

»Es steht noch nicht in der Zeitung, aber ich wollte Sie warnen. Könnte sein, dass die Polizei Sie verhört.«

»Ach ja? Und warum? Was habe ich denn mit diesem *snul* zu tun?«

»Er erwähnt Sie in seinem Testament …«

»Wer sind Sie überhaupt?«

»Ein Freund seiner Mutter Ginette, die mir aufgetragen hat, zu Ihnen zu gehen. Damit Sie ihr auszahlen, was Sie ihrem Sohn noch schulden.«

»Was ist das denn für ein Blödsinn?« Der Nikolaus wurde langsam wütend.

»Leugnen Sie es nicht. Er hat seinen letzten Willen in einem Brief festgehalten. Und da steht auch drin, dass Sie seine Mutter auszahlen sollen. Ich bin nicht von der Polizei, habe aber einen guten Freund, der Kommissar ist. Wenn Sie nicht wollen, dass ich ihm Rogers Brief zeige, sollten Sie das Geld lieber lockermachen, mein Freund. Ich weiß, dass Sie in seine kleinen Drogengeschäfte involviert sind. Schön, oder? Wissen Sie, wer ihn beliefert hat?«

»Warum? Sind Sie interessiert?«, erwiderte der andere und musterte ihn spöttisch.

»Ich gehe den Dingen gern auf den Grund …«

»Wenn ich's wüsste, bräuchte ich keinen Mittelsmann. Aber ich hab' mit diesen Typen lieber nicht direkt zu tun. Sind ja keine Chorknaben …«

»Sehr gut«, erwiderte Magritte. »Ich warte auf die Kohle.«

Der dicke Louis stieß einen Seufzer aus. Er ging zum Wasserhahn, wusch sich die Hände, trocknete sie an der Latzhose ab und steuerte auf sein Büro zu. Vor einem Schrank, in dem sich offenbar ein Safe verbarg, blieb er stehen. René sah, wie er einen Code eintippte, um die Tür zu öffnen. Er nahm ein Bündel Geldscheine heraus und brachte es ihm, dem Unheilsboten. Jeder Nikolaus hat nun mal seinen Knecht Ruprecht.

So hatte Magritte nun den Robin Hood gespielt. Es tat ihm für die alte Dutilleul in der Seele weh, auch wenn sie gar nicht kapierte, dass ihr Sohn sich erhängt hatte. René und sie hatten nun etwas miteinander gemein, einen Selbstmord, und so sehr er diese Wunde sein Leben lang verdrängte, wusste er doch, dass sich die Schlinge eines Gehängten für immer um die Herzen der Hinterbliebenen legt; dass in seinen Adern für immer das rote Wasser der Sambre floss.

Bevor er heimging, warf er einen Umschlag mit dem Geldbündel in den Briefkasten von Mutter Ginette. Darauf stand: vom Nikolaus. Davon könnte sie sich viele Backpulvertütchen kaufen, um ihre Kuchen zu backen. Was beweist, dass wir nie aufhören sollten, an die Lügen unserer Kindheit zu glauben.

34.

Mathilde arbeitete bei einem Trödler und Antiquitätenhändler in der Rue Blaes, nicht weit vom Flohmarkt entfernt. Sie verkaufte *brols*, wie man das im Brüsseler Dialekt nannte: gebrauchte Möbel, Schmuck, alte Schinken, Spielzeug, das schon viel erlebt hatte, Bücher mit vergilbtem Schnitt … Sie fühlte sich wohl zwischen diesen Gegenständen, die alle eine Geschichte hatten. Ein bisschen wie sie selbst … Als sie klein war, hatte man sie in einem von Ordensschwestern geführten Waisenhaus untergebracht. Ihr sagte man später nur, eine Frau sei mit ihr ins Kloster gekommen und habe darum gebeten, man möge für das Kind sorgen. Das Einzige, was sie damals am Leib hatte, war eine blaue Strickjacke und ein weißes Baumwollkleidchen mit Kirschen darauf. Das sei im Winter gewesen, hatte ihr die Mutter Oberin erzählt, und sie habe am ganzen Leib gezittert.

Mathilde selbst erinnerte sich an all diese Dinge nicht. Es waren Erzählfetzen, aus denen sie Bilder zusammengesetzt hatte, die ihre Realität geworden waren. War diese Frau ihre Mutter? Lebten ihre Eltern noch? Anfangs wollte sie gar nicht wissen, wer diese Unmenschen waren, die sie weggegeben hatten. Aber nach und nach kam das Bedürfnis, die Wahrheit zu erfahren. Ihr Hass hatte sich nun hinter einer Maske der Vernunft versteckt. Verlassen zu werden, ist etwas, das man niemals verzeihen kann, aber man kann versuchen, es zu verstehen. Vielleicht hatten ihre Eltern kein Geld mehr, um sie zu ernähren? Oder war ihre Mutter vielleicht von ihrem Ehemann verlassen worden, der sich lieber anderswo vergnügte? Oder der zu früh vom Tod dahingerafft worden war? *Sorgen Sie für das Kind* … Dieser einfache Satz, diese Andeutung eines gebrochenen Herzens, hatte ihren Groll schließlich gelindert.

Man muss schon in größter Verzweiflung sein, sagte sich Mathilde, um so ein kleines Mädchen mit nichts als einer Strickjacke am Leib im Stich zu lassen. Das Jäckchen verwahrte sie in einer Holztruhe. Es war das Einzige, was ihr von ihren Eltern geblieben war. So sehr sie sich auch auf der Suche nach einem Geruch, einer Farbe, einer zärtlichen Geste den Kopf zerbrochen hatte – sie war einfach noch zu klein gewesen, um sich an irgendetwas zu erinnern.

Dann hatte Mathilde Nachforschungen angestellt. Ohne Erfolg. Von ihren Eltern keine Spur. Sie hatten sich in Luft aufgelöst! Und als wollte das Leben sie dafür entschädigen, sah sie auffallend gut aus, diese Mathilde. Sie war ein schönes junges Mädchen mit langem blondem Haar geworden, das vielen den Kopf verdrehte und dem die Schürzenjäger hinterherpfiffen. Aber keiner von denen brachte sie ins Wanken. Die Liebe machte ihr Angst. Sie hatte genug darunter gelitten, dass man sie damals loswerden wollte, sie einfach weggelegt hatte wie einen Haufen dreckiger Wäsche. Und so hatte sie ihre Gefühle in einem ausbruchsicheren Käfig eingeschlossen.

Es gab allerdings einen Mann, auf den sie aufmerksam geworden war … Aber sie hielt sich zurück und verwahrte ihn lieber in ihren Träumen. Die Realität hätte vielleicht alles zerstört, und dieses Risiko wollte sie nicht eingehen. Wenn sie Blumen sah, reagierte sie ähnlich: Sie mochte sie nicht pflücken, der Duft reichte ihr. Dieser Mann war viel älter als Mathilde. Er hätte ihr Vater sein können. Der Vater, den sie nie gehabt hatte. Er gefiel ihr. In seinen Augen war so ein schelmisches Funkeln, und er sagte Dinge, die alles andere als banal waren. Dabei sah er aus wie ein richtiger Bourgeois, immer gut gekleidet, mit Krawatte und Hut; bestimmt versteckte er dahinter den jugendlichen Schlingel, der nachts über die Dächer turnte. Er kam manchmal und kaufte alte Pendeluhren, um sie seiner Frau zu schenken. Er hatte Mathilde erzählt, dass er diese Uhren sammelte, was nicht ganz stimmte, denn weder René noch Georgette waren geborene Sammler. Das Sammeln als Solches interessierte sie so wenig, dass Georgette einmal ein wertvolles Kunstwerk – eine vom Dadaisten Hans Arp geschaffene Skulptur, die sie als »Kieselstein« bezeichnete – gegen eine Pendeluhr getauscht hatte!

Mathilde kannte seinen Namen. Er hatte ihn letztes Mal auf einen Zettel geschrieben, um eine Uhr zu reservieren, die ihm besonders gut gefiel, die er aber nicht sofort mitnehmen konnte. René Magritte.

35.

Magritte teilte seinem Freund Jefke mit, dass die alte Dutilleul einen gewissen Nikolaus erwähnt hatte, der offenbar nicht nur Süßigkeiten hortete. Er erzählte lediglich, Ginette habe ihm anvertraut, dass dieser Heilige in der Nähe des Friedhofs von Anderlecht Inhaber einer Autowerkstatt sei. So lag es nun in den Händen der Polizei, Erkundigungen über dessen himmlisches Königreich einzuziehen.

Vielleicht würde er auf diese Weise mehr über Rogers Tod erfahren. Wieder war es Georgette gewesen, die ihm Zweifel eingeflüstert hatte. War es wirklich Suizid oder hatte hier jemand einen Mord als Selbstmord kaschiert? Warum sollte es nicht ein Vergeltungsakt gewesen sein, der mit seinen Drogengeschäften zu tun hatte? Es war durchaus vorstellbar, dass ihm jemand den Brief diktiert hatte, von dem René im Übrigen gern eine Kopie bekommen hätte.

»Kein Problem«, sagte Jefke, »bringe ich dir heute vorbei. Falls du nicht zu Hause bist, gebe ich sie deiner Frau.«

Georgette war der Ansicht, dass die Polizei etwas übereilte Schlüsse gezogen hatte, eine typische Reaktion von Beamten, die sich nicht verausgaben wollten: Roger Dutilleul hatte sich aufgehängt, weil er wegen der von ihm begangenen Morde Schuldgefühle hatte; also Ende gut, alles gut, ab nach Hause und nichts wie rein in die Pantoffeln.

René kannte Jefke. Auch wenn er zu den gleichen Schlussfolgerungen neigte wie seine Kollegen, gehörte er doch zu den gewissenhaften Polizisten, die immer bereit waren, sich zu hinterfragen. Bestimmt würde er der Spur nachgehen, die ihm sein Freund da auf einem silbernen Tablett servierte.

Magritte freute sich, in sein gemütliches Nest heimzukehren. Er war ein ziemlich häuslicher Mensch, so sehr er die Kneipenbesuche mit seinen Freunden auch schätzte. Zu seiner Überraschung saß Georgette vor einem Bild, das er schon vor Jahren gemalt hatte: ein Portrait ihres verstorbenen weißen Zwergspitzes, für das René den Titel *Der Zivilisator* gewählt hatte. Dieses sehr persönliche Gemälde hatte den leicht impressionistischen Einschlag, der seine »solare« Periode geprägt hatte, die er auch seine »Renoir-Periode« nannte. Das Bedürfnis nach warmen Farben war während des Zweiten Weltkriegs entstanden, wohl um der Düsternis dieser traurigen Jahre etwas entgegenzusetzen. Und auch um der Melancholie der Besatzung zu entfliehen.

Manchmal wurde behauptet – weiß der Henker, warum die Leute dummes Geschwätz so gern wiederholen –, dass der kleine René grausam zu Tieren gewesen sei. Tatsächlich mochte Magritte Tiere und ganz besonders Hunde. Seine Tierliebe äußerte sich auch darin, dass er viele von ihnen malte, etwa Pferde in seinem Gemälde *Der Meteor*, eine Eule in *Der Schlafwandler* oder ein Schwein in dem Bild *Ein Glücksfall*, das ein bisschen an Jacques Brels Chanson *Les Bourgeois* erinnerte. Der von Magritte sehr bewunderte Brel war wie er Belgier. Ein bisschen lokalpatriotisch, dieser Magritte? Aber klar doch!

In einem Brief an seinen Freund, den Schriftsteller und Fotografen Marcel Mariën, hatte Magritte geschrieben: »Ich denke, es ist ein seltsamer Anblick, wenn menschliche Figuren durch Tiere ersetzt werden, die das Leben scheinbar besser veranschaulichen.« Womit er das echte Leben meinte, nicht das Leben, das Politiker sich ausdenken. Kaum zwei Monate später malte er eine zweite Version von *Der Zivilisator*, diesmal mit seinem Hund im Profil vor einer hellen Landschaft.

Georgette wirkte fasziniert von dem Gemälde, das ihren verstorbenen Spitz zeigte, und sie saß mit Jackie im Schoß davor. Anders als sonst hatte die Hündin die Rückkehr ihres Herrchens nicht gehört und war deshalb auch nicht losgerannt, um sich auf ihn zu stürzen. Sie schlummerte nämlich tief und fest.

»Sie hat sich mit Waffeln vollgestopft«, erklärte Georgette. »Ich hatte einen ganzen Teller voll gemacht. Und gierig, wie sie ist, hat sie den Moment genutzt, als ich mit unserer Putzfrau am Telefon war. Die mir übrigens angekündigt hat, dass sie am Donnerstag wieder kommt und dass ihre Ferien in Blankenberge schön waren, nur dass sie sich an einer *Babulette* einen Zahn kaputt gebissen hat. Kein Wunder, diese Karamellbonbons sind schlimmer als jeder Klebstoff!«

»Im Grunde hat sie doch das ganze Jahr Ferien«, spottete René. »Schließlich bezahlen wir sie dafür, dass sie kommt, um auf unserem Sofa zu lümmeln und fernzusehen.«

»Komm schon, René, du weißt doch, dass sie selbst keinen Fernseher hat, die Arme.«

»Für diese faule Socke hast du immer eine Entschuldigung parat.«

»Was sollen wir denn machen, sie ist schon so lange bei uns, sie gehört zur Familie. Und außerdem komme ich durch sie an Neuigkeiten, sie ist ein wandelndes Klatschblatt. Und sie bringt mich zum Lachen!«

»Na, dann einigen wir uns eben darauf, dass wir eine Komikerin bezahlen. Ein bisschen so wie früher die Könige, die sich Hofnarren geleistet haben.«

»Du bist gemein!«

»Das ist meine subversive Ader. Weißt du noch, mein Muschelchen, wie wir zu diesem Diner eingeladen waren, wo man uns Foie gras in Scheiben serviert hat?«

»Und wie ich mich daran erinnere! Du hast sie erst mit deiner Gabel zermatscht und dann in die Luft geworfen! Das war vielleicht ein Skandal!«

»Was haben wir beide hinterher gelacht, oder?«

»Oh ja. Ich sehe die Gesichter noch vor mir.«

»So sind wir um ein sterbenslangweiliges Diner herumgekommen.«

Wieder lachten beide. Und weckten damit Jackie, die sich vor Freude, ihr Herrchen wiederzusehen, gleich auf ihn stürzte. Die Freude war allerdings von kurzer Dauer. Schon begann sie, an Renés Hosenbeinen zu schnüffeln, die nach Katzenpisse rochen. Beleidigter als jede eifersüchtige Ehefrau wandte sie ihm den Rücken zu und verkroch sich knurrend in ihrem Korb. Undankbares Herrchen …

»Warum hast du das Bild rausgeholt?«

»Ich weiß auch nicht … Man könnte meinen, dass mich unser lieber verstorbener Spitz durchdringend anschaut und dass er ein strenges Urteil über die amoklaufende Menschheit fällt. Ich habe das Gefühl, dass er mir etwas sagen will …«

Magritte war schon immer der Meinung gewesen, dass Tiere weitaus vernünftiger sind als Menschen. Sollten sie eines Tages doch wieder ihren Platz in dieser Welt einnehmen, würde es dem Planeten deutlich besser gehen.

36.

Roger Dutilleuls Tod machte am nächsten Morgen Schlagzeilen:

Mörder der beiden jungen Frauen hat sich erhängt!

Hatte er Schuldgefühle?

Um die Bevölkerung zu beruhigen, hatte die Polizei schließlich ausgepackt, und die Journalisten stürzten sich auf diese Neuigkeit, damit ihre Käseblätter gekauft wurden. Auf den Terrassen von Brüssel redete man über nichts anderes.

Mathildes Chef war erleichtert, denn die junge Frau machte oft spät Feierabend, und er hatte ihr die Verantwortung übergeben, den Antiquitätenladen abends zu schließen. Dass sie nachts allein in den Straßen unterwegs war, solange dieser Mörder durch die Stadt streifte, gefiel ihm nicht. Zum Glück war der Fall jetzt gelöst. Er mochte sie und vertraute ihr. Mathilde war fleißig, und die Arbeit machte ihr Spaß. Dieses Metier lag ihr einfach im Blut. Sie konnte einem Menschen, der keine Kinder hatte, eine Kiste Spielzeug verkaufen, weil sie ihn davon überzeugen würde, dass in dieser Kiste all seine Kindheitsträume auf ihn warteten. Oder einem Blinden ein Gemälde, weil sie mit ihm die Oberfläche abtasten und dabei den Zauber des Bildes beschreiben würde.

Mathilde hatte ein Gemälde entdeckt, das ihr besonders gut

gefiel. Es hatte ein unbeschreibliches Gefühl in ihr ausgelöst, als sie es zum ersten Mal sah; es war fast so etwas wie Liebe auf den ersten Blick. Hatte vielleicht auch der Titel des Bildes sie berührt – *Die Verlassenheit* –, weil er auf ihre eigene Geschichte anspielte? Oder waren es die neun Tränen, die auch ihre Tränen hätten sein können? Das Seltsamste an ihnen war, dass sie nicht über ein Gesicht liefen, sondern wie aus dem Nichts kamen und vor einer braunen Holztäfelung zu schweben schienen. Mathilde hätte das Gemälde gern gekauft, doch es war leider zu teuer für sie. Also hatte sie es hinter einem Schrank versteckt. Dieser Laden, in dem ein herrliches Drunter und Drüber herrschte, war ohnehin eine einzige Fundgrube. Die Kunden mochten sein chaotisches Flair, es gab ihnen das Gefühl, dass sich dort wahre Schätze heben ließen.

Immer wenn Mathilde abends allein im Laden war, schaute sie sich das Bild an. Wer war dieser Maler, der ihren Kummer abgebildet hatte? Unten rechts stand es, ganz klein. Bisher hatte sie sich keine Gedanken darüber gemacht, denn sie verstand nichts von Malerei. Hin und wieder hatte sie sich ein bisschen informiert – vor allem über Gemälde, die eine Geschichte erzählten –, sich ansonsten aber damit begnügt, ihr eigenes Urteil zu fällen. In ihren Augen waren Bilder Traumblasen, aber die Traumblasen anderer Menschen. Und manchmal fehlte ihr der Schlüssel, um einen Zugang zu finden. Ihre eigenen Traumblasen waren, als sie noch ein kleines Mädchen war, in den Maschen einer blauen Strickjacke hängengeblieben.

Aber dieses Bild hier bildete keinen Traum ab, nein, es war ein Spiegel dessen, was sich in ihrem Inneren verbarg. Deshalb war sie auch jedes Mal, wenn sie es betrachtete, so aufgewühlt. Dieses Bild war ihr stiller Schmerz.

Wenn sie zufällig bemerkte, dass sich Kunden dem Schrank näherten, hinter dem sie ihren Schatz versteckt hatte, stürzte sie hin und empfahl ihnen »ein außergewöhnliches Stück, das gerade erst reingekommen ist, ich zeig's Ihnen, kommen Sie, Sie sind die Ersten, Sie Glückspilz!«

Die Kunden schätzten sie. Sie war hübsch und sehr lebhaft. Und außerdem weckte sie mit ihrem kindlichen Lachen, durch das sich die Türen mancher Schränke wie von selbst zu öffnen schienen, die darin verborgenen Geister. »Das war der Wind«, hieß es dann. Dabei gab es in dem Geschäft nicht den geringsten Luftzug.

Bevor Mathilde abends den Laden zumachte, hörte sie es, das verstohlene Murmeln, so wie sie damals auf das Flüstern der Puppen gelauscht hatte, wenn alle schliefen und man sie erst mit den Lidern klappern und dann miteinander reden hörte. Damals im Kloster hatte sie auch eine, in ihrem Zimmer. Eine Stoffpuppe mit braunen Zöpfen und Knopfaugen. Wahrscheinlich ein Geschenk der Nonnen, die für das Spielzeug der Kinder, die sie aufnahmen, eine Gemeinschaftskasse angelegt hatten. Eine der Schwestern hatte ihr erzählt, dass die Puppen nachts redeten, worauf Mathilde erwiderte, dass sie ihre aber noch nie gehört habe. »Das ist normal, sie sprechen erst, wenn die Kinder schlafen«, hatte Schwester Isabelle ihr erklärt.

Also hatte Mathilde beschlossen, so zu tun, als schliefe sie, und so kam es, dass sie ihre Puppe in einer Vollmondnacht tatsächlich flüstern und lachen hörte. Ob es ein Streich der Schwestern war, versuchte sie auch später nicht herauszufinden. Kindheitsträume darf man nicht anrühren, denn sie bewahren uns davor, ins Leere zu stürzen.

An diesem Abend wartete Mathilde wie immer, bis alle Kunden gegangen waren, und schloss dann den Laden. Aber sie ging nicht nach Hause, sondern zu dem Gemälde. Sie holte es abends gern aus seinem Versteck, um es von der Enge und Dunkelheit zu erlösen und im Schein einer Kerze zu betrachten. Im flackernden Licht der Flamme schienen sich die Tränen zu bewegen. Es war seltsam. Und kaum wahrnehmbar, so wie damals das Flüstern der Puppen. Plötzlich kam Leben in das starre Bild, und Mathilde begann schließlich, mit ihm zu sprechen. Sie erzählte ihm von ihren Verletzungen, ihren Hoffnungen und ihren Illusionen. Sie ließ das Licht der Kerze über das Gemälde wandern und stieß einen leisen Schrei aus, als sie den Namen des Malers las: Magritte ...

Magritte, das war dieser eigenartige Mann, dessen Ausstrahlung sie angezogen hatte, dieser Kontrast zwischen dem, was er darstellte, eine Art bürgerliche Vernunft, und dem, was sie tief in ihm spürte, diesen kleinen, in einer Melone eingesperrten Satansbraten.

Er hatte die Pendeluhr noch nicht abgeholt. Doch das würde er bald tun, er hatte sie ja schon bezahlt. »*La pendule [...] au salon, qui dit ›oui‹, qui dit ›non‹, et puis qui les attend*«[15], hallte plötzlich Jacques Brels Stimme in ihrem Kopf, und dann sang er weiter, nur für sie: »*Moi, je t'offrirai des perles de pluie venues de pays où il ne pleut pas ...*«[16]

Mathilde warf einen letzten Blick auf die kullernden Tränen. In ihrem Herzen regnete es schon so lange, dass sie von diesem Land, in dem es niemals regnete, nur träumen konnte. Aber gab es Engel ohne Flügel?

15 Refrain aus Jacques Brels Chanson *Les Vieux* (»Die Alten«), übersetzt: »Die Pendeluhr [...] im Wohnzimmer, die ›ja‹ sagt, die ›nein‹ sagt und dann auf sie wartet«.

16 Eine Zeile aus Jacques Brels Chanson *Ne me quitte pas* (»Verlass mich nicht«): »Ich werde dir Regenperlen schenken aus Ländern, in denen nie Regen fällt ...«

37.

Georgette hatte *tomates-crevettes* zubereitet, mit Garnelen gefüllte Tomaten. Die Garnelen waren ein Mitbringsel ihres Freundes Scutenaire, der in Ostende gewesen war. René liebte dieses Rezept, bei dem die Nordseegarnelen mit Mayonnaise, Petersilie und kleinen Zwiebeln vermischt wurden. Dazu gab es natürlich Pommes frites und frischen Salat aus dem Garten. Dieses Essen hatte bei ihm jedes Mal den Proust-Effekt. Er liebte die Nordsee so sehr – übrigens genauso wie Georgette –, dass er behauptete, beim Verzehren von *tomates-crevettes* auf seinem Teller das Rauschen der Wellen zu hören!

Sie hatten an der Côte d'Azur Urlaub gemacht und das Mittelmeer gesehen, ein Meer so blau wie der Himmel bei Matisse. Sie hatten es schön gefunden, dieses Meer, aber so bezaubernd es auch war, etwas hatte doch gefehlt: die Belgier.

Magritte hatte schon immer Heimatgefühle gehabt und hätte sich nie im Leben gewünscht, er wäre anderswo auf die Welt gekommen. Seine Landsleute hatten einfach diesen Sinn für Freiheit, diesen Hang zu Spötteleien, diesen Schalk im Nacken, den es nirgendwo anders gab. »Du kannst zu den schönsten Stränden der Welt fahren, da herrscht einfach nicht diese gemütliche Atmosphäre, da gibt es nicht diesen einmaligen Akzent, keine Krepppapierblumen, keine Babulettes, nicht diese Sehnsucht nach dem grauen Meer, über dem tief der Himmel hängt und wo du dennoch die kleinen Freuden der Kindheit wiederfindest, die Lust am Strandkuchenbacken, sogar in einem Alter, in dem man die Unbeschwertheit längst an der Garderobe abgegeben hat«, sagte er oft.

»Ist bei dir alles in Ordnung?«, fragte Georgette, der Renés Blick nicht entgangen war, denn seine Augen konnten nicht lügen.

»Warum? Wieso fragst du?«

»Na ja … Du hast schon eine ganze Weile nicht mehr gemalt. Und ich kenne dich.«

»Du hast recht, mein Häschen, ich habe so viele Fragen im Kopf.«

»Das ist normal, ein Künstler, der nicht zweifelt, ist wie ein Radfahrer, der immer geradeaus fährt, ohne sich umzuschauen. Irgendwann kracht er gegen eine Mauer.«

Er war empfänglich für die Art und Weise, wie seine Frau die Dinge sah. Die Worte, die sie dafür fand, waren unkompliziert, immer treffend und von gesundem Menschenverstand. Das lag an ihren wallonischen Wurzeln, lag an dieser Erde, die von ruhigen, robusten Zugpferden gepflügt wurde, lag an dieser Welt, in der man mit einem großen Messer ein Kreuz in das ofengebackene Brot ritzte, ehe es in dicke Scheiben geschnitten und auf dem schweren Holztisch verteilt wurde.

»Ich habe einen Satz von Picasso gelesen, der gesagt hat: ›Ich mache keine Bilder, ich forsche‹. Und seit ich anfange, mit den Bildern meinen Lebensunterhalt zu verdienen, habe ich Angst davor, mich auf das zu beschränken, was meinen Galeristen und meinen Käufern gefällt. Verstehst du?«

»Mach dir keinen Kopf, René, was die Leute mögen, bist doch du. Und was du machst, ist authentisch, weil du nicht schummelst.«

»Ein Gemälde kann auch lügen, um etwas Wahres ans Licht zu bringen … Es ist eben ein Spiel, und genau das gefällt mir daran. Nachdenken und dabei meinen Spaß haben. Aber ich will nicht in diese Falle laufen, die andere mir stellen, und mich im Kreis drehen wie manch erfolgreicher Schriftsteller oder Maler, der irgendwann in seinem Schneckenhaus gefangen ist. Du kennst die Meinung unserer Surrealisten-Freunde, Mariën und die der anderen: Geld tötet Talent. Deshalb haben sie alle einen anderen Beruf. Ich könnte das nicht. Ich bin zu aufmüpfig gegenüber Autoritäten. Schon in der Schule … Was habe ich nicht alles an Verweisen gekriegt! Allein die nackten Frauen, die ich immer auf meine Hefte gemalt habe …« Er lachte. »Ich habe eben gern verbotene Dinge getan. In mir steckt etwas von Edgar Allan Poes *Dämon der Perversität*. Seit meiner Kindheit habe ich diese Neigung, manche Dinge ausgerechnet deshalb zu tun, weil man sie nicht tun soll.«

»Ich weiß … Ich erinnere mich noch gut an den Abend im *Aux Armes de Bruxelles*, wo wir hingegangen waren, um ein Waaterzooi zu essen. Da war plötzlich dieser Mann, der sich vor einer Dame verneigt hat, um ihr einen Handkuss zu geben, und du hast ihm einfach so einen Tritt in den Hintern verpasst, worauf beide, die Frau und der Mann, auf den Boden geknallt sind! Bei dir muss man immer mit allem rechnen. Da kommt keine Langeweile auf! Ich frage mich manchmal, was in solchen Momenten in dich fährt …«

»Die Lust, immer noch ein kleiner Junge zu sein. Und genau das möchte ich auch nicht verlieren, wenn ich male. Diese Freiheit, einfach zu tun, was ich will.«

»René, genau das gefällt doch den Leuten. Und auf die anderen kannst du pfeifen.«

»Du hast recht, mein Mäuschen. Und wenn ich mich irgendwann im Kreis drehe, dann sagst du's mir doch, oder?«

»Verlass dich drauf!«

»Ach ja, Jefke ist gestern Abend gar nicht mehr vorbeigekommen … Er wollte mir die Fotokopie von Roger Dutilleuls Geständnis bringen.«

»Vielleicht ist ihm etwas dazwischengekommen, oder wir waren schon im Bett, und er hat ihn in den Briefkasten gesteckt. Ich habe noch nicht nachgeschaut.«

»Ja, und heute Nachmittag nehme ich die Tram, um eine Pendeluhr abzuholen, die ich in dem Antiquitätenladen in der Rue Blaes reserviert habe.«

»Noch eine Uhr?«, rief Georgette. »Wir haben doch schon so viele!«

»Aber die ist doch für dich, mein Mäuschen.«

»Hm … Das klingt verdächtig! Ist sie hübsch, die Verkäuferin?«

Worauf René das Messer in den Deckel seiner gefüllten Tomate rammte und sich daraus eine Clownsnase machte.

38.

Spaziergänge im Stadtteil der Trödler und Antiquitätenhändler gehörten zu Magrittes Lieblingsbeschäftigungen, und in den Läden der Rue Blaes gab es Kuriositäten in Hülle und Fülle. Er nutzte diese Ausflüge, um sich neue Eindrücke und Motive zu holen, die manchmal – wie die Schellen oder die Bilboquet-Spiele – in seinen Bildern auftauchten.

Im Antiquitätengeschäft empfing ihn die hübsche Verkäuferin mit dem langen blonden Haar, die immer so fröhlich wirkte; und doch nahm er in ihrem Blick einen Hauch Traurigkeit wahr. Sie schenkte ihm ein so zartes Lächeln, dass er für einen Moment aus der Fassung geriet. Vom Alter her hätte sie seine Tochter sein können. Beruhige dich, René!, ermahnte er sich.

»Oh, Monsieur Magritte! Sie kommen, um die Pendeluhr abzuholen. Ich habe sie zur Seite gelegt.«

»Sie wissen noch, wie ich heiße?«, fragte er überrascht.

»Ihr Name steht auf der Rechnung.«

»Trotzdem, Sie haben ein gutes Gedächtnis!«

»Na ja … ich merke mir nicht von allen Kunden die Namen, aber Sie zu vergessen, ist schwierig.«

Magritte schwieg. Er war verwirrt. War es nicht gewohnt, dass er den Frauen auffiel. Vor allem den jungen, schönen. Seinem Gegenüber dürfte es nicht an Bewerbern fehlen, die attraktiver waren als er. Nicht dass er sich hässlich fand, nein, schließlich hatte Georgette, in seinen Augen die schönste Frau der Welt, ihn geheiratet! Und zwar nicht wegen seines Vermögens, er hatte ja keins. Noch keins … Er hatte gelernt, eine Maske zu tragen, und pflegte nach außen hin einen gediegenen Allerweltstil, mit dem er in der Masse unterging. Er wollte keine Aufmerksamkeit auf sich lenken. Hatte diese junge Frau hinter seine Maske geblickt und gesehen, was sich dahinter verbarg? Seine Malerei …

Sie ließ ihn mit diesen Gedanken allein und holte die Uhr.

»Bitte sehr«, sagte sie. »Es ist eine Pendeluhr im Louis-seize-Stil, gezeichnet Degré, und sie zeigt einen Soldaten der Napoleonischen Alten Garde, der gerade vom Schlachtfeld zurückkehrt.«

René Magritte stieß einen bewundernden Pfiff aus.

»Ich habe mich informiert«, gab sie bescheiden zu. »Soll ich sie Ihnen einpacken?«

»Nein, das ist nett von Ihnen, aber ich nehme sie so mit.«

»Schade …«, sagte sie traurig.

Jetzt hat sie plötzlich etwas von diesen alten Damen, dachte er, die einem eine Tasse Tee anbieten und sehr verdrießlich wirken, wenn man die Einladung ausschlägt. Es war nicht zu übersehen, dass sie ihn noch ein bisschen dabehalten wollte. Das Geschäft war leer. René hätte sie gern umarmt, aber er verkniff es sich. Er hatte Angst, dass sie dann die Flucht ergreifen würde. Das Verhalten von Frauen war manchmal überraschend. Sie reichen dir die Hand, und wenn du sie ergreifst, sind sie plötzlich empört. Er schenkte ihr lieber ein geheimnisvolles Lächeln. Geheimnisvoll kommt immer gut an, hatte sein Vater ihm einmal verraten, dieser Vater, der ein unverbesserlicher Frauenheld war, ein Exzentriker und Kirchenhasser, und der nach dem Tod seiner Ehefrau nicht gewartet, nicht erst getrauert hatte, ehe er sich seine Geliebte ins Haus holte. Er war ein seltsamer *zig*, verhasst bei den Nachbarn, die er verachtete, aber seine Söhne, die liebte er. Und das ist ja schon was, hatte René damals gedacht.

Die junge Frau kam mit der Uhr zurück, die sie in graues Papier eingeschlagen hatte. »So ist sie besser geschützt«, sagte sie.

Magritte hatte gelernt, in kleinen, verräterischen Alltagsgesten die Absichten anderer Menschen zu lesen. In diesem Fall lautete seine Übersetzung: »Ich würde gern mit dieser Uhr tauschen und wäre auch gern geschützt …«

Er hatte sich nicht getäuscht.

Denn sie schaute sich um, der Laden war immer noch leer. »Monsieur Magritte, ich … Ich wollte Ihnen sagen, dass mich eins Ihrer Gemälde sehr berührt hat.«

Na, so was, er konnte es gar nicht glauben! Er hatte mit allem gerechnet, aber doch nicht damit, dass diese kleine Verkäuferin ihn auf seine Malerei ansprechen würde.

»Kommen Sie«, sagte sie und führte ihn zu dem Schrank, hinter dem sie sein Bild versteckt hatte. »Nehmen Sie es mir nicht übel, aber ich habe es hierhin gestellt, damit niemand es kauft. Ich wäre zu traurig, wenn ich mich davon trennen müsste. Bevor ich abends zumache, komme ich immer hierher, um es zu bewundern. Ich verstehe selbst nicht, was da mit mir passiert. Noch nie hat ein Gemälde solche Gefühle in mir ausgelöst …«

Seine Überraschung war groß, als er *Die Verlassenheit* widersah, dieses Gemälde, das er in einer Zeit, als das Geld nicht reichte, dem Metzger angeboten hatte, um Fleisch zu kaufen. Es war ein Tauschhandel gewesen. Dieser Gaston, der ein rotes Gesicht hatte und sehr dünn war, mochte Magrittes Bilderwelten. Nach seinem Tod hatten die Kinder das Erbe angetreten, und Renés Gemälde entsprach offensichtlich nicht ihrem Geschmack.

»Ich kenne mich überhaupt nicht aus«, entschuldigte sich die junge Frau, »aber wenn ich es betrachte, fühle ich mich nicht so allein, und mir kommen die Tränen. Ich kann es Ihnen nicht erklären …«

»Man soll vor allem nicht nach Erklärungen suchen«, sagte Magritte. »Ein Gemälde betrachtet man mit dem Herzen, das ist alles.«

»Es spricht mit mir, es flüstert mir Dinge zu, die in mir verschüttet sind … Wahrscheinlich auch deshalb, weil ich ausgesetzt wurde, als ich noch klein war. Diese Tränen sind auch ein bisschen meine Tränen. Und diese Holzvertäfelung hat Ähnlichkeit mit der Wand in meinem Zimmer bei den Schwestern, die mich aufgenommen haben.«

»Was soll es kosten?«, fragte Magritte.

Sie drehte das Gemälde um und las ab, was auf dem Schildchen stand: tausend Francs.

»Ich kaufe es.«

»Ist es nicht komisch für Sie, Ihr eigenes Werk kaufen zu müssen? Nein, sagen Sie nichts, ich schenke es Ihnen. Das Risiko, dass der Chef es merkt, ist sehr gering, hier sind so viele Sachen, und …«

»Und wenn er es in seinen Unterlagen notiert hat und irgendwann Inventur macht, wird er Sie des Diebstahls beschuldigen. Nein, schenken Sie es mir nicht, ich kaufe es.«

»Na gut«, willigte sie etwas geknickt ein. »Es macht mich traurig, mich davon zu trennen, aber es tröstet mich, dass Sie der Käufer sind.«

René Magritte bezahlte, und sie ging, um es einzupacken. Er ließ es geschehen, weil er ahnte, dass es ihr ein Bedürfnis war. Dieser letzte Blick, dieser Abschied von etwas, das ein Teil von ihr war.

Und als sie dann mit dem Gemälde zurückkam, schenkte er es ihr.

39.

Mathilde konnte es nicht fassen! Sie war überwältigt von Magrittes Freundlichkeit und Großzügigkeit. Was für ein Geschenk! Sie brachte es nach Hause und nahm sich Zeit, um einen geeigneten Platz dafür zu finden. Aber den gab es nicht … Wenn sie es im Wohnzimmer aufhängen würde, müsste sie sich abends, wenn sie ins Bett ging, ja von ihm trennen. Nach einer Weile wurde ihr klar, dass das Gemälde frei sein, sie in ihrer Wohnung überallhin begleiten musste. Morgens würde sie es in die Küche stellen, abends ins Wohnzimmer und nachts in ihr Schlafzimmer. Frei wie ein Vogel, bloß keinen Käfig, bloß nicht an die Wand nageln.

Was *Die Verlassenheit* für sie bedeutete, war der eine Aspekt, aber sie sah auch den Künstler, der das Bild gemalt hatte, und seine Absicht, ihr eine Freude zu machen. Ihr, dieser kleinen Verkäuferin, die man als Kind vor einer Haustür abgelegt hatte. Mathilde war mit vielen Ängsten großgeworden, mit der Angst zu sterben natürlich, aber vor allem mit der Angst, wieder im Stich gelassen zu werden, und so hatte sie es immer vermieden, sich an andere Menschen zu binden. Sie wusste, dass Angst ein Handicap ohnegleichen ist, dass Angst den Blick hinter Fassaden versperrt und es unmöglich macht, Zeichen zu erkennen, die uns auf unserem Weg begegnen, Zeichen wie die Steine des kleinen Däumlings, die uns den Weg weisen – wenn wir sie denn sehen können. Diese kleinen Steine bewahren uns davor, bei lebendigem Leib vom Oger gefressen zu werden, der immer irgendwo lauert, meistens dort, wo man am wenigsten mit ihm rechnet ... Man muss aufpassen! Weil der Oger manchmal auch das Gesicht eines Engels hat.

Diese Wirkung hatte das Gemälde auf Mathilde. Es war viel mehr als nur ein Bild. Es war eine wohlwollende, stille Präsenz, ein Freund, der sie nie im Stich lassen würde.

Darüber hatte sie ganz vergessen, ihren Briefkasten zu leeren, aber es war egal, sie bekam außer Rechnungen ohnehin keine Post. Sie aß die restlichen Schinken-Käse-Nudeln, die sie am Vortag gekocht hatte. Was das Kochen betraf, war sie nie besonders begabt gewesen und begnügte sich mit einfachen Gerichten. So blieb sie wenigstens schlank.

Während Mathilde ihre Makkaroni hinunterschlang, betrachtete sie das Gemälde. Sie konnte sich nicht sattsehen daran und wusste, dass dieses Bild sie bis ans Ende ihrer Tage überallhin begleiten würde. Und sollte sie eines Tages in Not geraten, würde sie gemeinsam mit ihrem Magritte ein Leben unter der Brücke führen; sie würde ihn niemals verkaufen.

Mathilde war dem Reiz des Künstlers und seines Werks erlegen. Was keine Selbstverständlichkeit ist. Man kann einen Menschen lieben, aber nicht das, was er erschafft, oder umgekehrt. Hier aber war die Alchemie perfekt. Dabei wusste Mathilde nichts von ihm. Hatte er Kinder? Was machte er abgesehen von seiner Malerei? Nur von ihr konnte man doch nicht leben!

Egal, dachte sie, ich muss es nicht wissen. Wenn der Schleier gelüftet ist, gibt es kein Geheimnis mehr. Und es war ja gerade das, was sie anzog, diese Schattenzone, die ihr erlaubte zu träumen. Mathilde war ein kleines Mädchen, verloren mitten im Wald. Aber seit sie Magritte und seiner Malerei begegnet war, hatte sie keine Angst mehr. Er würde immer da sein und auf sie aufpassen, auch wenn er selbst es nicht wusste. Ein Mensch, der unser Spiegelbild ist, muss manchmal nur kurz unseren Weg kreuzen, damit er für immer in unser Herz eingebrannt ist. Auch wenn wir ihn nicht wiedersehen, ist er da, für immer in uns und bei uns. Und selbst wenn der Spiegel zerbricht, blickt er uns weiter aus jeder Scherbe entgegen.

40.

Magritte war nicht sofort nach Hause gegangen, nachdem er die Pendeluhr abgeholt hatte. Diese junge Frau, deren Vornamen er nicht einmal kannte, hatte ihn durcheinandergebracht, und er wollte keinesfalls, dass Georgette, der nichts entging, etwas merkte. Zumal seine Erregung nicht sexueller Art war, nein, es ging viel tiefer als das. Diese junge Frau hätte er gern malen wollen. In seinem Kopf nahm schon ein Bild Gestalt an, das über sie hinausging. Es war eher das, was sie in ihm wachrief. Nach und nach entstand in seiner Fantasie ein großer grüner Vogel, dessen Körper in ein Geflecht aus tränenförmigen Blättern überging. Eine Raupe krabbelte an ihm hoch, vielleicht ja die aus *Alice im Wunderland*, nur dass diese hier keine Wasserpfeife rauchte. Musste sie auch nicht. Magrittes Welt tauchte völlig ungekünstelt aus trüben Gewässern auf. Und seine Herzdame war Georgette. Aber manchmal geraten die Karten durcheinander, und das Spiel entgleitet uns.

Der Titel dieses Bildes wäre: *Der Geschmack der Tränen*, und es wäre mit *Die Verlassenheit* verknüpft. Ob der majestätische Vogel mit dem Kopf einer Taube über diese Tränen in Pflanzenform wachte? Im Hintergrund war ein Gewitterhimmel zu sehen. Ein schlechtes Vorzeichen? Und wer versteckte sich hinter dem roten Vorhang?

Er genoss den Moment, in dem seine Bilder entstanden, sehr viel mehr als die spätere Umsetzung, die ihn geradezu langweilte. Vor allem das Malen von Himmeln machte ihm überhaupt keinen Spaß!

René hatte also beschlossen, den Abend mit seinen Freunden im *La Fleur en Papier Doré* zu verbringen. Von seinem aufgewühlten Innenleben hatte er niemandem erzählt. Er wollte sie geheim halten, diese besonderen Momente, die ihn wachrüttelten und Türen in ihm öffneten, Visionen. In seiner Jugend, als er sich schuldig fühlte, weil er so ein »Teufel« war, immer aus der Reihe tanzte und die Schule schwänzte, anstatt vorgezeichnete Wege zu gehen, hatte er sich viele Fragen gestellt – aber was wäre aus ihm geworden ohne diese gehörige Portion Ungehorsam?

Er legte sich neben Georgette, die entspannt eingeschlafen war, denn er hatte sie ja vom Bistro aus angerufen und ihr gesagt, dass er spät nach Hause kommen würde. Nun ja, spät bedeutete bei ihm gegen zehn Uhr abends. Spätestens dann neigte er dazu, sich zu verabschieden, übrigens ganz gleich, wo er war. Auch dann, wenn sie zu Hause Gäste hatten.

Als er am nächsten Morgen aufwachte – niemals in aller Herrgottsfrühe – hatte seine Frau das behagliche Nest bereits verlassen.

Er fand sie am Küchentisch, wo sie eine *jatte*, eine »Schale« Kaffee trank, wie man das in der Wallonie nannte. Mit dem Frühstück – eine Schnitte Graubrot mit Schmalz und Erdbeermarmelade, deren Früchte aus dem Garten kamen – wartete sie immer auf ihn.

»Gut geschlafen, mein Häschen?«, fragte er sie und gab ihr einen Kuss auf die Stirn.

»Nein, ich hatte einen Alptraum. Ich habe geträumt, die Tür unseres Kleiderschranks hätte sich von selbst geöffnet. Ich bin hin, und da ist plötzlich ein kleines Mädchen in einem weißen Nachthemd vor mir aufgetaucht. Es hatte das Gesicht einer alten Frau und langes graues Haar und hat sich an mich geklammert! ›Sie ist wieder da …‹, hat es mir ins Ohr geflüstert. Und dann plötzlich angefangen, mir das Gesicht abzulecken! Da bin ich aufgewacht, und Jackie lag an meinem Kopf und hat mich tüchtig abgeschleckt! Sie muss gehört haben, dass ich geschrien habe, ich hatte im Traum solche Angst, dass ich bestimmt ein paar Mal aufgeschrien habe. Das hat Jackie beunruhigt. Braves Mädchen! Und jetzt frage ich mich die ganze Zeit, was dieses Phantom mir wohl sagen wollte …«

Wer war dieses kleine Mädchen mit dem Gesicht einer alten Frau?

»Glaubst du, dass wir ein Gespenst im Haus haben, René?«

»Das ist ganz einfach herauszufinden: Du lässt diese Nacht einen Apfel auf dem Tisch liegen, dann siehst du ja, was passiert.«

»Essen Phantome denn Äpfel?«

»Ich kann ja einfach *Dies ist kein Apfel* dranschreiben«, amüsierte sich René.

»Und … was ist, wenn das Mädchen sagen wollte, dass die Stunde des Todes wieder gekommen ist?«

»Hör auf mit diesen düsteren Gedanken, mein Häschen. Der Täter hat sich umgebracht und ein Geständnis hinterlassen«, rief ihr René wenig überzeugt in Erinnerung.

Er wollte sie beruhigen.

Georgettes Traum erinnerte ihn an eins seiner Gemälde, *Hommage an Mack Sennett*[17], das einen geöffneten Kleider-

---

17 Mack Sennett war ein kanadisch-amerikanischer Regisseur, Schauspieler und Produzent. Geboren 1880, wurde er als »King of Comedy« bekannt. Er war einer der bedeutendsten Regisseure des amerikanischen Stummfilms und produzierte eine beeindruckende Anzahl von Filmen (u. a. auch einige mit Charlie Chaplin).

schrank zeigte, darin ein weißer Morgenrock, von dem sich zwei nackte Brüste abhoben.

»Ich glaube«, sagte er, »du hast von einem meiner Bilder geträumt, dem mit dem Morgenrock im Kleiderschrank. Das hat dir doch schon immer ein bisschen Angst gemacht …«

»Ja, vielleicht«, räumte Georgette ein. »Aber trotzdem, sie hat mit mir gesprochen und mir wahrscheinlich eine Nachricht überbracht. Meine Großmutter hat immer gesagt, dass Träume gute oder schlechte Vorzeichen sind, dass es aber Zeit braucht, sie zu verstehen. Und manchmal ist es dann zu spät …«

41.

Als Georgette den Briefkasten leerte, fand sie den fotokopierten Abschiedsbrief von Roger Dutilleul, dazu eine kurze Nachricht von Jefke, der sich für sein spätes Kommen entschuldigte, aber er habe länger gearbeitet und bei ihnen sei schon alles dunkel gewesen.

Im Briefkasten lag zudem ein roter Umschlag, adressiert an … Carmen! Seltsam, es stand keine Adresse darauf und auf der Rückseite auch kein Absender. Nur der Name ihrer Putzfrau, mit schwarzer Tinte in Schönschrift geschrieben. Georgette schob den Umschlag in ihr Mieder. Den würde sie später lesen … Die Neugier, wer der Verfasser war und was drinstand, war einfach zu groß. Aber das roch eindeutig nach einem Verehrer. Damit kannte Georgette sich aus, an Verehrern fehlte es ihr ja auch nicht. Sie würde den Brief im Wasserdampf über dem Kessel öffnen. Carmen würde an ihrer Stelle im Übrigen dasselbe tun, dachte sie.

Sie rannte fast durch den Garten, um René den Brief zu zeigen. Er war im Wohnzimmer und malte, weshalb sie kurz überlegte, ob sie ihn stören sollte, aber sie wusste ja, dass er auf diese Kopie wartete. Tatsächlich ließ er sofort den Pinsel fallen und setzte sich an den Küchentisch, um den Abschiedsbrief mit der gebotenen Achtsamkeit zu lesen. Fürwahr! Bekenntnisse eines Toten verlangen schon ein gewisses Zeremoniell.

Vorsichtig faltete er den Brief auseinander, legte ihn auf die

Tischplatte und strich mit der flachen Hand die Knickfalten glatt. Dann las er ihn Georgette laut vor:

Ich gehe, weil ich den Dreckskerl, der ich bin, nicht mehr ertrage. Manchmal verbergen sich hinter Morden andere Morde, die noch viel heimtückischer sind. Der Mörder ist nicht immer derjenige, der die Mordwaffe in der Hand hält, sondern derjenige, der sie ihm in die Hand gelegt hat. Adieu, ich habe ein Rendezvous mit dem Sensenmann.

Roger

»Wie seltsam«, flüsterte Georgette, als könnte der Tote sie hören. »Findest du nicht?«

»Doch. Es ist merkwürdig, dass ein Typ, der vorhat, sich anschließend zu erhängen, so etwas schreibt. Wobei er in den Briefen an seine Frau und seine Geliebte ja auch schon ziemlich lyrisch war.«

Georgette hatte diese in eine Schublade der Kommode gelegt und nahm sie heraus. Sie verglichen die Briefe miteinander. Die Handschrift war dieselbe; ohne Zweifel hatte Roger Dutilleul sie alle geschrieben.

»Die Schrift ist elegant, und er drückt sich sehr gewählt aus«, sagte Georgette. »Wenn ich nicht wüsste, dass er Frauen geliebt hat, hätte ich gedacht, er wäre vom anderen Ufer.«

»Das heißt ›homosexuell‹, mein Muschelchen. ›Vom anderen Ufer‹ ist abwertend.«

»Ach, René, du weißt ganz genau, dass ich diese Leute mag. Wir sind doch hier unter uns. In den besseren Kreisen passe ich ja auf. Aber ein bisschen verweiblicht wird er doch wohl gewesen sein, oder?«

»Nein, das würde ich nicht sagen. Und Lily, die Freundin der armen Rosa, hat mir erzählt, dass er zwar eine elegante Erscheinung war, aber eigentlich nur so getan hat als ob. Das erinnert mich ein bisschen an meinen Vater, der gern im feinen Anzug, mit Krawatte und Melone herumstolziert ist. Er war eingebildet, manchmal auch herablassend, weshalb ihn viele nicht leiden konnten. Und er war genau wie Roger Dutilleul als Handelsvertreter unterwegs, unter anderem … Wenn's ans Bescheißen und um schmutzige Geschäfte ging, war er der Größte! Und sonntags wählte er einen Pferdekarren als Fortbewegungsmittel. Er liebte die Provokation und stellte sich gern zur Schau. War ein Blender, der Widrigkeiten nicht ertragen konnte. Was für eine Nervensäge! Wollte immer recht haben. Und natürlich ein Schürzenjäger, genau wie dieser Roger. Ja, ja, sie waren sich in einigen Dingen ähnlich, diese beiden Schlawiner. Nur dass mein Vater an einem Herzinfarkt gestorben ist. Man muss schon verdammt verzweifelt sein, um sich aufzuhängen!«

»Du hast Dutilleul doch getroffen. Würdest du sagen, dass die feine Schrift und der poetische Stil dieser Briefe zu ihm passen?«

»Nein, aber eine Maske tragen wir doch alle, mein Mäuschen. Schau mich an, wenn man mich sieht, würde man dann vermuten, dass ich solche seltsamen Bilder male?«

»Nicht die Bohne! Du hast recht. Ich stelle mir zu viele Fragen. Die Polizei hat ermittelt, man sollte ihr also vertrauen.«

»Und immerhin waren seine Alibis nicht nachprüfbar, denn er hat ja behauptet, dass er allein zu Hause war, als Madeleine ermordet wurde, und bei seiner dementen Mutter, als Rosa gestorben ist.«

»Ja, du hast recht«, wiederholte Georgette.

Sie zog ihre rot karierte Schürze an und ließ René vor den auf dem Küchentisch ausgebreiteten Briefen sitzen, während sie sich ans Spülen machte. Er beobachtete sie aus den Augenwinkeln und merkte sehr wohl, dass ihr irgendetwas keine Ruhe ließ.

»Was treibt dich um, mein Mäuschen? Los, spuck's aus!«

»Er hat nie zugegeben, dass er diese Briefe geschrieben hat.«

»Genau. Das war ja auch nicht in seinem Interesse, weil man ihn dann der beiden Morde verdächtigt hätte. Und dieser letzte Brief beweist nun, dass er es doch war.«

»René, wenn du eine Geliebte hättest, ich meine eine Geliebte, die du regelmäßig siehst und an der dir etwas liegt, würdest du uns dann alle beide umbringen?«

»Nein, du hättest sie ja längst abgemurkst«, lachte er.

»Das stimmt«, gab Georgette zu. »Ich kann hinnehmen, dass deine Füße auf Reisen gehen, aber nicht dein Herz.«

»Dich würde ich behalten ...«

»Es war eine unsinnige Frage von mir, weil du nicht so bist wie die anderen. Aber versuch mal, dir vorzustellen, was ein normaler Mann tun würde, los ...«

»Er würde seine Frau umbringen und seine Geliebte behalten. Aber Roger war eifersüchtig und wollte beide auf die Probe stellen. Und weil beide angebissen haben, hat er beide umgebracht.«

»Wer seine Ehefrau betrügt, hat nicht das Recht, eifersüchtig zu sein«, sagte Georgette.

»Es liegt in der menschlichen Natur, Dinge, die man bei anderen nicht toleriert, bei sich selbst akzeptabel zu finden. Der Mensch neigt dazu, sich auf einen Sockel zu stellen, meine Liebe.«

Georgette spülte weiter. Ja, sie musste zugeben, dass Renés Theorie stimmig und auch am plausibelsten war, und ja, sie akzeptierte die Erkenntnisse der Polizei, aber trotz allem war sie nicht überzeugt. Irgendetwas rotierte in ihrem Hirn wie ein Hamster in seinem Rad, da war dieser quälende Gedanke ... dieses *Sie ist wieder gekommen* ... Verdammter Alptraum!

Sie wartete, bis René wieder im Wohnzimmer verschwand, um weiter zu malen. Dann zog sie den mysteriösen roten Umschlag aus ihrem Mieder und hielt ihn über den Wasserdampf. Was sie dann las, verschlug ihr die Sprache:

Carmen, Sie sind das Juwel meines Lebens, die schönste Frau der Welt. Ihr Blick ist betörender als ein See, in dem der Taumel verbotener Träume versinkt. Sie geistern durch meine Tage und Nächte. Doch ein Anflug von Hoffnung entwindet sich meinem Herzen, dessen Herrscherin Sie für immer sind.

Jean-Marcel de Montalembert

»Nicht zu fassen«, murmelte Georgette. »Einer aus der Hautevolee! Das wird Carmen gefallen …«

42.

Mathilde fand Magritte außerordentlich elegant, als sie ihn an diesem Tag wiedersah. Sie hatte sich kundig gemacht und dabei erfahren, dass er bei Galeristen inzwischen ein gewisses Renommee hatte. Nicht alle konnten ihm und seiner Kunst etwas abgewinnen, aber er machte neugierig. Sein bürgerliches Erscheinungsbild stand im Gegensatz zu seinen Gemälden. Und wozu ein ganzes Bild mit einem riesigen Apfel »vollstopfen«? Wozu einen Vogel malen, der mit seinen Krallen nach einem Schuh greift, und das Ganze mit *Gott ist kein Heiliger* betiteln?

Sie hatte außerdem erfahren, dass er mit einer sehr schönen Frau verheiratet war, die er liebte. Umso besser, dachte Mathilde. Platonische Liebe war ohnehin das, was sie mochte, eine Liebe, die folgenlos blieb, weil sie ewig war. Die meisten Paare, die sie gekannt hatte, waren wegen Untreue auseinandergegangen. Sie hatte nicht das Bedürfnis, diesbezüglich zur Tat zu schreiten. Ihre einzige sexuelle Beziehung hatte sie mit dem Don Juan ihrer Schule gehabt, an dessen Namen sie sich nicht einmal mehr erinnerte. Er war mit ihr umgegangen wie mit einer Gummipuppe, weil er nur die Liste seiner Eroberungen vervollständigen wollte, und das hatte sie angewidert. Da träumte sie doch lieber weiter. Und es gab ja auch schon eine große Liebe in ihrem Leben, da war kein Platz mehr für jemand anderen. Aber er zog sie an, dieser Magritte – oder das, was sie beide nun durch seine Malerei verband. Er war, um genauer zu sein, schon Teil ihres heimlichen Paradieses.

»Guten Tag, Mademoiselle, ich kam gerade vorbei, und da dachte ich mir, es wäre doch eine gute Gelegenheit, Ihnen kurz hallo zu sagen. Wie geht es Ihnen?«

»Mir geht es gut, danke! Und Ihnen?

»Sehr gut.«

Sie tauschten Banalitäten aus. Mathilde hasste das. Sie hätte gern Menschen getroffen, die Dinge sagen würden wie: »Also, gestern habe ich meine Großmutter verspeist, und die liegt mir dermaßen schwer im Magen« oder »Mir ist mein Ehering in einen Gully gefallen, eine Ratte hat ihn verschluckt, und ich habe meinen Mann mit dem Rattenfänger betrogen«.

Und als könnte er ihre Gedanken lesen, sagte Magritte plötzlich: »Sie erinnern mich an eins meiner Gemälde, *Die unwissende Fee* …«

»Ach ja?« Sie horchte auf und fragte dann: »Finden Sie mich dumm?«

»Das habe ich nicht gesagt. Unwissenheit hat nichts mit Dummheit zu tun. Ich habe einmal die Tochter eines befreundeten Anwalts gemalt, Anne-Marie Crowet, und Sie ähneln ihr. Hübsch, langes blondes Haar … und ein Blick, in dem man sich bis ins Unendliche verliert. Ich habe zwei Versionen gemalt, eine mit Kerzenständer und Bilboquet-Spiel, die andere mit Rose und Nachthimmel …«

»Und warum dieser Titel? Ich nehme mal an, dass diese junge Frau Sie an eine Fee erinnert, aber warum unwissend?«

»Feen haben nach dem Vorbild der blauen Fee aus *Pinocchio* in unserer Vorstellung meistens langes blondes Haar. Aber der Schein trügt, wir wissen, dass sie verkleidete Hexen sind, die das Kind anlocken, das in uns schlummert, und ihm Lust machen, in den vergifteten Apfel zu beißen. Es lebe diese göttliche

Frucht, denn sie hat uns in die Sünde geführt, die doch die beste Erfindung der Menschheit ist!«

»Sie sollten trotz allem vor Blondinen auf der Hut sein«, sagte Mathilde amüsiert.

»Im Gegenteil! Ich liebe Pfefferbonbons.«

»Aber Sie haben meine Frage immer noch nicht beantwortet: Warum ›unwissend‹? Und wieso erinnere ich Sie an diese Person, abgesehen von den blonden Haaren, die alles in allem ziemlich verbreitet sind, und den blauen Augen – auch nicht gerade selten.«

»Anne-Marie Crowet war unwissend, weil sie genauso wie Sie nicht geahnt hat, dass sie lange vor ihrer Geburt schon in meinen Gemälden aufgetaucht ist.«

Magritte hatte ihr nur den Ansatz einer Antwort gegeben. Tatsächlich lieferten die Titel keine Erklärung seiner Gemälde, und die Gemälde illustrierten auch nicht seine Titel; die Beziehung zwischen beiden war rein poetischer Natur, eine Art freie Ideenassoziation. Ein Titel lieferte bei ihm nie die Lösung des Rätsels.

Mathilde dachte an die Liebe ihres Lebens, dieses Geheimnis, das sie tief in ihrem Herzen verbarg, eine Liebe, die von ihr sprach, ohne zu wissen, dass es sie gab. Genau in dieser Dunkelzone waren sich Magritte und sie nun begegnet.

»Ich würde mich freuen, wenn Sie einverstanden wären, für mich Modell zu sitzen.«

»Nackt?«, fragte Mathilde, in ihren Augen plötzlich ein kalter Schimmer.

»Nein, das ist nicht nötig. Wenn ich male, entkleide ich Sie. Der Blick eines Malers durchdringt das Äußere, geht über das hinaus, was sich ihm zeigt. Ein Gemälde muss den Betrachter mitnehmen und für ihn die Grenzen unserer Welt öffnen. Meine Bilder zeigen keine Lösungen auf, nur Möglichkeiten, sich dem

Rätsel weiter zu nähern. Und das Rätsel liegt in der Beschaffenheit des Menschen, der Frage, warum wir hier sind …«

»Ich weiß nicht … Wissen Sie, ich bin ziemlich scheu.«

»Das dachte ich mir. Ich weiß nicht einmal, wie Sie heißen …«

»Mathilde Willem.«

»Ich könnte Sie aus der Erinnerung malen. Oder ein Foto von Ihnen nehmen. Wobei auf Fotos leider alles wie erstarrt wirkt. Die Erinnerung lässt uns dagegen mehr Freiheit. Ich würde Sie gerne – natürlich ohne jeden Hintergedanken – in Ihrer Umgebung erleben, das würde mir helfen. Wären Sie bereit, mich auf einen Kaffee zu sich einzuladen?«

»Nein.«

Magrittes sichtliches Erstaunen über diese kategorische Weigerung machte Mathilde wieder umgänglicher, und sie erklärte ihm, dass sie nicht allein lebe.

Dazu schwieg er, aber seine Neugier wuchs. Der Detektiv, der in ihm steckte, hatte es nicht lassen können, Erkundigungen einzuholen über diese junge Frau, die ein Prickeln in sein Herz gezaubert hatte – diese kleinen, kribbelnden Bläschen, die uns aufleben lassen, die Wasser zu Champagner machen und den Alltag zu einer Romanze.

Mathildes Chef, der Antiquitätenhändler, hatte Magritte berichtet, dass seine Angestellte ledig sei und allein lebe.

Gehörte René nun zu den wenigen Eingeweihten?

43.

Das Geheimnis, das Mathilde umgab, hatte für René Magritte so einen Reiz, dass die Fantasie mit ihm durchging, hinein in verbotene Zonen, wo Kerzen am Meer entlangkrochen und männliche Meerjungfrauen an Galgen hingen, bis sie in sitzenden Särgen endeten.

Weil er noch Lust auf ein Glas Bier hatte, machte er, bevor er nach Hause ging, im *Clef d'or* halt, einem Bistro an der Place du Jeu de Balle. Diesen Platz mochte er morgens besonders gern, wenn die Trödler dort ihre Stände aufbauten und man sich in Ruhe umsehen konnte. An Samstagen ging er oft mit Georgette zum Stöbern hin, und dann machten sie auf der Terrasse des Cafés *Chez Willy* halt, von wo es nicht weit zu seinem Lieblingsbouquinisten war, dem *L'Imaginaire*. René war nicht katholisch, aber Georgette trug stets ihr kleines Kreuz um den Hals. Jahr für Jahr ließ sie sogar ihren Spitz segnen, immer vom Pfarrer der Kirche L'Immaculée-Conception, die direkt neben dem Trödelmarkt emporragte und diese Tradition des Franz von Assisi fortsetzte. Man konnte mit seinem Hund kommen, seiner Katze, seinem Hamster, seiner Schlange, seinem Esel, seinem Fisch und sogar seiner Giraffe, wenn man denn eine hatte.

René bestellte sich ein Bier, ein Orval. Um diese Uhrzeit war die Place du Jeu de Balle leer. Er mochte es, wenn das Tageslicht langsam dem Blau der Nacht wich, jenem Blau, das noch etwas zu zögern schien, dem Tag an die Wäsche zu gehen. René ließ sich sein Bier schmecken und genoss den Augenblick. Er liebte diese Momente, in denen er sich in vollkommener Harmonie mit allem fühlte, was um ihn herum war, von den Wolken bis zu den Wurzeln im Erdreich. Und das passierte nicht oft. Da musste schon einiges zusammenkommen, körperliches und seelisches Wohlbefinden, aber eben auch dieser kleine Funke, den Mathilde in ihm entfacht hatte und der nicht nur zu seiner Lebenslust beitrug, sondern auch dazu führte, dass er noch verliebter in Georgette war. Ein seltsames Paradox …

In Sachen Liebe hatten die Menschen nichts kapiert. Sie hatten die Liebe in einen Käfig gesperrt, sie in den Stacheldraht der Eifersucht gewickelt und die Angst erfunden, das, was man liebt, zu verlieren. Wenn man Vögel liebt, will man sehen, wie sie ihre Flügel ausbreiten und sich zu den Wolken aufschwingen. Besitz war etwas, das Magritte nie gereizt hatte. Wahrscheinlich war er deshalb so wenig interessiert an materiellen Dingen und Geld. Nur Pendeluhren, die mochte er, da war er wie Georgette! Weil diese Uhren die Zeit nicht anhalten konnten … Die hatten schon immer getan, was ihnen passte, und selbst wenn man ihre Zeiger blockierte – die Zeit verging trotzdem.

Er bestellte sich eine Wurst und noch ein Bier. Ach ja, es ging ihm richtig gut, hier zu sitzen und den Leuten und ihrer *zwanze* zu lauschen, diesem selbstironischen Brüsseler Humor, in dem sich die Seele dieses Ortes widerspiegelte.

René schwelgte so in seinem Glück, dass er zuerst an eine Erscheinung glaubte, als er Mathilde auf dem Bürgersteig vorbeigehen sah. Im Nu hatte er bezahlt und folgte ihr. Sie ging die Rue du Chevreuil entlang und bog dann rechts ab. Plötzlich legte sie einen Schritt zu. Weil sie es eilig hatte, wieder zu Hause zu sein, oder um jemanden zu treffen?, überlegte Magritte. Sie überquerte den Boulevard du Midi und ging an Les Halles entlang Richtung Saint-Gilles. Mathilde wohnte an der Place Morichar, gegenüber einem kleinen Park. Das Haus war in reinstem Brüsseler Stil gebaut, hoch, grauer Backstein, mit einem Art-déco-Balkon und einem kleinen Vorgarten, durch einen Gitterzaun geschützt. Er sah sie hineingehen, und Sekunden später ging im Erdgeschoss das Licht an. Rote Vorhänge verdeckten die Fenster; bei ihrer Ankunft waren sie offenbar schon zugezogen. Außer dem Licht, das durch die Spalten drang, konnte René nichts sehen. In der ersten Etage bemerkte er einen Mann, dessen steife Bewegungen darauf hindeuteten, dass er ziemlich alt war. Bestimmt ihr Nachbar von oben.

Magritte blieb eine Weile vor dem Haus stehen. Was verbargen diese Theatervorhänge, die man auch in den meisten seiner Gemälde fand?

44.

Am nächsten Morgen, einem Donnerstag, verbrachte Magritte noch eine ganze Weile in den Federn – was für eine Wonne! Er dachte an Mathilde, und seine zwar platonische, aber hartnäckige Sehnsucht wurde durch das Geheimnis, das die junge Frau umgab, weiter angefacht. Was versteckte sie hinter diesen roten Vorhängen? Vielleicht einfach nur einen alten, gebrechlichen Ehemann oder einen … Bengalischen Tiger? Einen Mann ohne Kopf? Ein Posaune spielendes Einhorn?

Georgette war schon aufgestanden, er fand sie in der Küche, wo sie mit Carmen zusammensaß, die aus ihrem wohlverdienten Urlaub – aber klar doch, Urlaub! – zurückgekehrt war. Die Arme, die sich immer so viel Arbeit aufhalste … Wenn sie sich, was René vermutete, auch bei ihren anderen Arbeitgebern vorwiegend auf dem Sofa fläzte, lief sie Gefahr, sich zu überanstrengen! Menschen, die aus der Gutgläubigkeit oder Nachsicht anderer ihren Nutzen zogen, hatte René noch nie leiden können, aber Georgette hing nun mal an ihr. Und Léopold Magritte, sein Vater, hatte immer gesagt: »Eine zufriedene Frau ist eine treue Frau.« Nun ja … Wie dem auch sei, diese alten Redensarten waren jedenfalls nicht totzukriegen.

In der Küche wurde bei einer Tasse Kaffee tüchtig gequatscht und gelacht, Carmen mit einer Kippe im Mund in ihrem Sonntagsstaat, frei nach dem Motto »Wenn ich ausgeh', mach ich mich schick«. Nach Putzlappen roch es hier nicht!

»Guten Tag, Monsieur René!«, schmetterte sie ihm fröhlich entgegen.

Er knurrte ein kurzes »Tag« und nahm sich seinen Kaffee. Jetzt lieber nicht trödeln, denn wenn sie zu Ende gequasselt hatte, würde sie ratzfatz auf dem Sofa die Diva spielen und vorm Fernseher weiterqualmen. Aber genau dort, im Wohnzimmer, malte er ja, und diese Carmen ging ihm auf die Nerven. Geschminkt wie die Nutten, die an der Gare du Midi auf den Strich gingen, war sie mit ihrer knatschorangenen Strubbelfrisur und ihrem Leopardenkleid ein Bild vollendeter Eleganz! Und dann redete sie auch noch wie die Fischhändlerinnen, die auf dem Vieux Marché Meerschnecken verkauften.

»Carmen war an der Côte d'Azur!«, sagte Georgette in etwas neidischem Ton.

»Die kann es sich leisten!«, sagte Magritte spöttisch.

»Ich hab' ja auch eine richtige Arbeit!«, schmetterte Carmen zurück. »Ich hample nicht mit irgendwelchen Pinselchen rum und male kein Zeug, das nach nichts aussieht.«

»Mein Mann hat bei seiner letzten Ausstellung drei Gemälde verkauft«, entgegnete Georgette stolz.

»Tja, man kann ja nicht von den Leuten verlangen, dass sie Geschmack haben, oder? Heißt das, ich darf endlich auf eine Lohnerhöhung hoffen?«

»Dafür wär's auch mal gut, zu arbeiten, anstatt auf dem Sofa rumzulungern«, antwortete René.

»Er macht nur Spaß«, schaltete sich Georgette schnell wieder ein. »Wissen Sie, Carmen, mein Mann ist ja nicht nur Maler … Die Malerei ist nur sein Deckmantel.«

»Ach ja?«

»Ja, ja … Er ist Detektiv!«

»Oh! So wie Maigret?«

»Nein, Maigret ist Kommissar«, entgegnete Georgette. »Eher wie Nick Carter.«

»Kenn' ich nicht.«

»Das ist ein Detektiv und Held amerikanischer Romane. Und ich bin Renés Gehilfin! Gerade ermitteln wir zum Tod dieser beiden armen jungen Frauen, die vor Kurzem ermordet wurden: Madeleine und Rosa.«

Magritte sah seine Frau, die einfach nicht den Mund halten konnte, durchdringend an und verdrehte die Augen. Warum musste sie dieser dummen Putzfrau davon erzählen!

»Madame Madeleine, die hab' ich gut gekannt, wissen Sie! Als ich ihr Foto in der Zeitung gesehen habe, bin ich fast vom Stuhl gekippt.«

»Ach, ja?«

»Na, ich hab' ja bei ihr geputzt.«

»Wenn so wie bei uns«, feixte René, »wird's bei denen nicht gerade blitzblank gewesen sein.«

Jetzt war Georgette diejenige, die ihrem Mann einen bösen Blick zuwarf. Dieser Dummkopf würde noch die Gelegenheit vermasseln, Carmen zu der Sache ein paar Würmer aus der Nase zu ziehen. »Schwamm drüber, Carmen, hm?«, versuchte sie, die Sache wieder glattzubügeln. »Und wie war sie, diese Madeleine?«

»Sehr nett. Immer wenn ich gekommen bin, hat sie mir ein kleines Gläschen angeboten, damit ich auch in Form bin.«

Botschaft angekommen …

»Dann war es doch sicher ein Schock, als Sie erfahren haben, dass ihr Mann sie umgebracht hat.«

»Der war's nicht.«

»Ach, nein? Genau das habe ich mir auch gedacht …«, frohlockte Georgette.

»Aber die Polizei lässt keinen Zweifel daran«, warf René

streitsüchtig ein. »Und er hat ja auch ein Geständnis hinterlassen, als er sich umgebracht hat.«

»WAS? Er hat sich umgebracht?«, rief Carmen erstaunt. »In den Zeitungen stand, dass man ihn tot in seinem Haus gefunden hat. Ich habe an einen Herzinfarkt oder so was gedacht.«

»Er hat sich erhängt.«

»Das kann nicht sein! Das hätte Roger niemals getan! Der war ein Genießer. Und er hätte auch niemals seine Frau getötet.«

»Er hat sie betrogen … Und sie war ja auch keine Heilige«, fügte Georgette hinzu.

»Ja und? Warum soll er sie deshalb denn nicht mehr geliebt haben? Er hatte einfach Lust auf Abwechslung, wie die meisten von uns. Ist doch keine Sünde, dass jemand Lust hat, sich zu vergnügen. Aber er hätte ihr niemals wehgetan, das kann ich Ihnen versichern. Er hat ihr doch sogar einen goldenen Anhänger geschenkt, in Herzform, mit einem eingravierten M. Madame Madeleine hat ihn mir gezeigt. ›M wie Madeleine‹, hat sie zu ihm gesagt, und dann hat er gesagt ›Nein, M wie *aime*, das ist das französische Wort für Liebe, und man spricht es genauso aus wie den Buchstaben.«

»Ein wahrer Poet, dieser Roger«, sagte René sarkastisch.

Georgette, die begeistert war, dass auch ihre Putzfrau Roger Dutilleul für unschuldig hielt, schlüpfte nun in die Rolle des Advocatus Diaboli: »Vielleicht hat er ja aus einem Übermaß an Eifersucht getötet, kann doch sein, oder? Man könnte sich vorstellen, dass er seiner Frau und seiner Geliebten diese Briefe geschrieben hat, in denen er beiden ein Rendezvous vorschlug – natürlich so, als wäre er ein anderer Mann –, um ihnen damit eine Falle zu stellen und zu prüfen, ob sie ihm treu waren. Wer anderen das Rauchen verbietet, pafft heimlich selbst, das weiß man doch.«

»Pff, der war nicht eifersüchtig. Und seine Frau auch nicht. Da hat jeder gemütlich vor sich hingelebt, das war nicht deren

Ding, sich zu zanken, dem andern das Leben schwer zu machen. Madeleine wusste, dass er ein Schürzenjäger war, aber das war ihr egal, solange er sein Gehalt nach Hause gebracht hat und nett zu ihr war. Die war eine Träumerin, die hat noch an den Märchenprinzen geglaubt, wo doch jeder weiß, dass die genauso furzen wie jeder andere auch.«

»Sie sind die Musentochter des Feudels«, bemerkte Magritte.

»Hä?«

»Ach, nichts. Apropos Lohn«, fuhr René fort, »hat er Ihren in letzter Zeit nicht aufgestockt?«

»Nein, aber er hat mir immer ein üppiges Trinkgeld gegeben, für meine Extras.«

»Ach, schau an, haben Sie ihm die Hose abgestaubt?«

»Ich verbitte mir solche Anspielungen! Ich bin eine anständige Frau und …«

»Mein Mann nimmt Sie auf den Arm, Carmen.«

»Ja, das merke ich! Monsieur Roger jedenfalls war ein großzügiger Mann.«

»Vielleicht haben Sie bei ihm ja auch nicht die ganze Zeit auf dem Sofa gelegen«, entgegnete René. »Wir wissen doch alle, dass Sie in Sachen Staubputzen keine Meisterin sind.«

»Ich habe andere Talente …«, säuselte sie.

»Um wieder auf unsere Morde zurückzukommen«, sagte Georgette, »Sie glauben also nicht, dass Roger Dutilleul der Schuldige ist.«

»Bloß weil man ein *boentje* für eine andere hat, ist man doch kein Krimineller! Und überhaupt, kennen Sie viele Männer, die der geliebten Frau ein goldenes Herz schenken, eingraviert vom Juwelier der Königin, Avenue de la Toison d'Or?«

Georgette warf ihrem Mann, der die Information ebenfalls zur Kenntnis nahm, einen Blick zu. Er würde diesem Juwelier einen Besuch abstatten. Vielleicht konnte der ihm ja die eine oder andere Auskunft über seinen Kunden geben. Man durfte keine Spur außer Acht lassen. Das hatten ihm seine amerikanischen Helden beigebracht, Nick Carter und Pinkerton, wobei Pinkerton ja wirklich existiert und sein Leben lang Jagd auf die Täter mysteriösester Verbrechen gemacht hatte.

Als ihr Mann dann mit dem Hund Gassi ging, nutzte Georgette die Gelegenheit und überreichte ihrer Putzfrau den roten Umschlag. »Apropos Märchenprinz, das lag für Sie in meinem Briefkasten«, sagte sie und fügte rasch hinzu: »Die Farbe des Umschlags lässt mich vermuten, dass es ein Liebesbrief ist.«

»Einen Diamanten hätte ich besser gefunden«, stellte Carmen fest.

Sie nahm den Brief aus dem Umschlag, las ihn und steckte ihn kommentarlos wieder hinein. Dann sah sie Georgette an. »Sie fragen ja gar nicht, was drin steht …«

»Nein, ich bin nicht neugierig …«

»Männer schwafeln so gern. Was ich will, ist, dass mich jemand im Cabrio nach Biarritz fährt. Das Blabla ist mir schnurzegal, ich will Glamour.«

»Sie sind aber anspruchsvoll!«, sagte Georgette.

»Weil ich's wert bin! Vergessen Sie nicht, dass ich die Wahl zur Miss Butagaz gewonnen habe. Das will schon was heißen.«

»Natürlich!«

An Carmens Stelle, dachte Georgette, wäre sie ein wenig beunruhigt. Sie würde sich fragen, ob ihr dieser Verehrer gefolgt war oder woher er sonst wusste, dass sie für die Magrittes arbeitete …

Jetzt schwang sie große Reden, aber beim Lesen des Briefs hatte sie leise gelächelt, das war Georgette nicht entgangen. Der arme Briefträger! Er hatte nicht die geringste Chance. Aber es wäre zu grausam gewesen, ihm das mitzuteilen. Und so beschloss Georgette, ihn weiter hoffen zu lassen. Wie sagte noch ihre Großmutter: »Hoffnung hält dich am Leben.«

45.

Sobald Loulou gepinkelt hatte, war Magritte wieder nach Hause gegangen. In der Küche wurde immer noch gequasselt und gelacht. Umso besser, dann konnte er wenigstens anfangen zu malen, ohne dass Miss Butagaz ihn stören würde. Mit diesem Preis prahlte sie ständig und hatte ihn sogar in ihren Lebenslauf geschrieben. Demzufolge hatte die Putzlappen-Diva die Misswahl in ihrem gottverlassenen Heimatkaff gewonnen und war dann Star des *Café des Colombophiles* geworden. Hatte vielleicht dieser glorreiche Titel den Briefträger Ferdinand so betört, dass er jetzt hoffnungslos in sie verliebt war? In eine Carmen, die ihn jedes Mal abblitzen ließ, weil sie Hosenklammern fürs Fahrrad nun mal weniger interessant fand als den Zündschlüssel eines Mercedes?

Der Arme wusste nicht, was er tun sollte, um diese Giftnudel für sich einzunehmen. Einmal hatte er sich einen Schnurrbart wachsen lassen – in der festen Überzeugung, dass er nun Clark Gable ähnlich sah –, und als er merkte, dass es nicht funktionierte, dass sie sich sogar über »die drei Haare unter seinem Zinken« lustig machte, rasierte er ihn wieder ab. Ein anderes Mal schmierte er sich Pomade ins Haar, worauf sie ihn als Mafioso verspottete … Kurzum, er wusste nicht, was er noch tun sollte, um ihr Interesse zu wecken, es war alles vergeblich! Madame war der Briefträger schnurzpiepegal.

René wählte einige der Farbtuben und sortierte die zehn

Pinsel, die auf dem Beistelltisch lagen; dann nahm er seine Palette und stellte sich vor die Staffelei. Die stand in einer Ecke des Wohnzimmers, die er gern »Georgettes Boudoir« nannte. Er hatte begonnen, ein Bild zu malen, auf dessen Idee er schon nach seiner ersten Begegnung mit Mathilde gekommen war; seitdem wurde es mit jeder weiteren Begegnung lebendiger. In seinen Augen war Mathilde vielschichtig und verbarg mehrere Frauen in sich. Er stellte sie sich nackt vor, ihr Körper von blondem, gewelltem, sehr langem Haar umhüllt. Sowohl rechts als auch links von ihr stand noch einmal die gleiche Frau, und beide blickten auf die Brüste der mittleren Mathilde. Auf dem Rücken der rechten hockte eine Kröte, die sich an ihren Haaren festklammerte. War das er, Magritte, war er dieses Amphibientier? Hinter der verdreifachten Frau war ein wolkenverhangener Himmel zu sehen und zu beiden Seiten ein scharlachroter Vorhang ... Die drei Grazien verdeckten den Blick auf die Landschaft. Was war hinter ihnen? Diesmal drängte sich der Titel auf: *Das Flammenmeer*. Die langen Locken, die sich an die kurvigen Körper schmiegten, wirkten mit ihren rötlichen Reflexen wie Flammen, die im Begriff waren, auf die Vorhänge überzuspringen.

Er malte bis zum Mittag. Es duftete nach *cabu*, dem Lieblingsgericht der Wahrsagerin, denn ja, neben Carmens verborgenen Talenten, die ihr die ewige Dankbarkeit ihrer Arbeitgeber garantierten, war sie auch Kartenlegerin, und das machte sie in Georgettes Augen noch interessanter.

»René! Komm mal!«

Er hatte keine Lust auf die spitzen Fangzähne dieser Irren namens Carmen, die sich Urteile über seine Malerei erlaubte, obwohl sie nicht die geringste Ahnung hatte.

»Hab' noch zu tun!«

»Es geht um die Morde.«

Magritte seufzte, legte den Pinsel aus der Hand und säuberte seine zinnoberrot verschmierten Hände. Die Neugier war dann doch größer als die Unlust, Madame Solara Mystica wiederzusehen. Wahrscheinlich bildete sie sich ein, ihre hellseherischen Kräfte zu verzehnfachen, wenn sie mit ihren knotigen Fingern zur Maniküre ging und sie mit dicken Ringen schmückte – weshalb sie dann natürlich nicht putzen konnte, das Risiko, sich die Nägel abzubrechen, war einfach zu groß.

Carmen und Georgette hatten sich tief über einen Satz Tarotkarten gebeugt. Dank des Kohlgeruchs hatte die Szene etwas Burleskes.

»Erklären Sie's ihm mal, Carmen«, sagte Georgette.

»Ich weiß nicht, was das bringen soll, der kennt sich doch mit Tarot de Marseille nicht die Bohne aus, dieser *snul*.«

»Genauso wenig wie Sie mit Malerei. Aber Sie geben trotzdem Ihren Senf dazu«, feuerte Magritte zurück. Banausen wie Carmen, die sich anmaßten, mit ihrem Ego und ihrem ganzen Frust Kunst zu beurteilen, Leute wie sie, die sich mit einer Kritik aufspielten, der René nicht mehr Beachtung schenkte als einem Rülpser, hatten ihn schon immer auf die Palme gebracht.

»Hört auf, euch zu streiten wie die Kesselflicker! René, setz dich und hör zu.«

Widerstrebend gehorchte er und bereute längst, dass er seine Staffelei verlassen hatte.

»Auf Madeleine liegt der Tod.«

»Das ist aber eine Überraschung!«

»Madame Georgette, sagen Sie dem, er soll die Klappe halten, sonst hör' ich auf. Das nervt.«

Mit Blicken, die René wie ein Pfeilhagel trafen, forderte Georgette ihn auf, sich in Acht zu nehmen. Manchmal hatte er das Gefühl, ausgeschimpft zu werden wie ein kleiner Junge, der eine Dummheit begangen hat.

»Also gut, wenn ich jetzt nicht mehr unterbrochen werde, mach' ich weiter. Die Geister verziehen sich nämlich, wenn man sich über sie lustig macht.«

Dafür müsste so was wie ein Geist erst mal da sein, hätte Magritte gern gesagt, verkniff es sich aber.

»Auf Madeleine liegt also der Tod. Und daneben liegt der Teufel, was bedeutet, dass ihr Tod mit Intrigen, Geheimnissen oder verborgenen Dingen verbunden ist. Darüber haben wir den Gehängten, das ist Roger. Auf ihm liegt der Liebende, der zwischen zwei Frauen steht. Denen hätte er niemals etwas angetan, denn über seinem Kopf ist ja der Engel mit den Pfeilen.«

»Na, der Engel war jedenfalls durch seine Federn geschützt«, lästerte Magritte.

»Madame Georgette, sagen Sie, dass er endlich mal still sein soll, dieser Kommunist!«

»Mein Mann macht keine Politik.«

»Ach, ja? Dachte ich … Weil er so viel Mist redet …«

»Hören Sie einfach nicht hin, Sie sehen doch, dass er andere Menschen gern neckt, so ist er nun mal. Machen Sie weiter, ich höre Ihnen zu.«

Carmen stieß einen dröhnenden Seufzer aus.

»Und zum Schluss – das Gericht – werden Sie eine Offenbarung erleben! Der Erzengel, der in seine Posaune bläst, und die Menschen, die aus ihren Gräbern hervorsteigen. Die sind erleichtert! Ich sag's Ihnen, Sie werden noch Überraschungen erleben.«

»Nun ja«, sagte Magritte nicht gerade überzeugt. »Und wer sagt, dass Sie nicht Einfluss auf die Karten nehmen, hm?«

»Ach ja, Sie halten mich also für einen Scharlatan!« Jetzt zeigte Carmen endgültig ihre Krallen.

»Nein, nein«, sagte Georgette beschwichtigend. »Er ist halt ein Skeptiker. Das hat er von seinem ungläubigen Vater. Der hat seine Söhne gezwungen, aufs Kreuz zu spucken, das darf man nie vergessen! Können Sie sich das vorstellen, ist das nicht schrecklich?«

»Hm, langsam versteh' ich's.«

»Was verstehen Sie?«, fragte Magritte bissig.

»Warum Sie so ballaballa sind. Man muss sich doch nur Ihre Kritzeleien angucken, da sieht man doch gleich, dass Sie nicht alle Fritten in der Tüte haben. Na ja, sei's drum, wie meine Tante Strich gern gesagt hat. Kann er ja nichts für, wenn er als Kind zu heiß gebadet wurde.«

»Ihre Tante hat aber einen komischen Namen«, sagte Georgette amüsiert.

»Ja, die haben wir so genannt, weil sie in ihrer Jugend angeschafft hat. Und jetzt«, verkündete Carmen und versenkte die Karten wieder in ihrer Tasche aus Kroko-Imitat, »muss ich arbeiten.«

Was übersetzt hieß: Jetzt werde ich mich aufs Sofa fläzen, den Fernseher anmachen und Schwachsinn gucken.

Es war Zeit für Magritte, den Anker zu lichten.

Er setzte den Hut auf, zog den Gabardine-Mantel an, nahm den Schirm, denn es schüttete wie aus Eimern, und sagte seiner Frau, sie solle mit dem Essen nicht auf ihn warten, er habe zu tun.

»Ich hebe dir das *cabu* für heute Abend auf.«

Georgette wusste, wie versessen er auf Rotkohl war, vor allem nach wallonischem Rezept zubereitet, also roh, dazu Kartoffeln und in Butter knusprig gebratener Speck. Das Ganze wurde vermischt und mit Essig in der Specksauce angemacht. Manchmal kamen auch noch ein paar gekochte Äpfel dazu. Köstlich!

Sie fragte ihn nicht, wohin er ging. Sie wusste es ja.

46.

Monsieur Émile, Juwelier der Königin, hatte sein Geschäft in der Galerie de la Toison d'Or, die sich in der Straße gleichen Namens befand, den Champs Élysées von Brüssel. Mehr Chic war nicht drin. Eine goldene Krone über dem Schaufenster kündigte an, wohin die Reise ging.

Magritte öffnete die Tür des Juwelierladens und war erfreut, als er sich in einem fast höhlenartigen Raum wiederfand, der eher Geppettos Werkstatt glich als einem Luxusgeschäft. Natürlich glitzerte hier und da ein Schmuckstück, und die funkelnden Edelsteine waren effektvoll angestrahlt. Aber trotzdem war die Atmosphäre den von Roberto Innocenti illustrierten Büchern näher als dem protzigen Luxus tantenhafter Witwen vermögender Männer, die im Sommer schnatternd auf den Terrassen der Wichtigtuer-Cafés von Knokke-le-Zoute saßen und sich die Bäuche mit Waffeln vollschlugen.

Monsieur Émile, ein kleiner, pummeliger Mann mit runder Brille und schütterem Haar, empfing den Besucher mit dem freundlichen Lächeln des Kaufmanns, der glaubt, einen Kunden zu begrüßen, der bereit ist, seiner Geliebten einen Diamanten zu schenken. Von wegen!

Gekleidet wie ein Büroangestellter in einem makellosen weißen Hemd und einer Weste, aus der eine Taschenuhr hervorlugte, sagte er den gängigen Umgangsformen entsprechend: »Guten Tag, Monsieur, was kann ich für Sie tun?«

Mich unsterblich machen?, hätte René ihm fast geantwortet. Aber natürlich, kein Problem, hier, ich gebe Ihnen diesen Ring, der ewiges Leben schenkt.

»Ich komme, weil ich zu den Morden von Madeleine Dutilleul und Rosa Verbeek ermittle …«

»Oh, mein Gott! Was für eine traurige Geschichte!«

»Meinen Quellen zufolge war Roger Dutilleul einer Ihrer Kunden. Die Gravur dieser Anhänger in Herzform ist doch bei Ihnen gemacht worden, oder?«, sagte Magritte, während er die Schmuckstücke aus seiner Brieftasche nahm.

»Äh … Ja, in der Tat. Monsieur Dutilleul war ein guter Kunde. Was für ein Drama! Wer hätte sich das vorstellen können? Er war so ein liebenswürdiger Mann.«

»Der Schein kann täuschen. Ich versuche, seine Persönlichkeit ein bisschen besser einzuordnen. Meine Assistentin ist der Meinung, dass es in dieser Sache noch einige Grauzonen gibt …«

»Aber die Polizei hat doch gesagt, dass er der Schuldige ist!«

»Und die Polizei täuscht sich natürlich nie.«

»Doch, natürlich …«

»Aus diesem Grund gibt es Privatdetektive wie mich. Um den kleinen Geheimnissen auf die Spur zu kommen. Kannten Sie ihn schon lange?«

»Wir waren uns sympathisch, er kam manchmal zum Essen zu uns. Meine Tochter schätzte ihn sehr … Er war ein feiner Herr, wie man so sagt, sehr gentlemanlike und immer sehr elegant.«

Vielleicht zu höflich, um ehrlich zu sein, dachte Magritte. »Sie gehören also zu denen, die glauben, dass er diese Morde nicht begangen haben kann.«

»Ja! Ich halte das für undenkbar, aber gut … Die menschliche Natur hat immer wieder Überraschungen parat. Denken Sie nur an Doktor Petiot. Ein Arzt, und dann auch noch Politiker!«

»Das ist kein Kriterium …«

Monsieur Émile lächelte. »Er hat siebenundzwanzig Menschen getötet, stellen Sie sich das mal vor! Noch mehr als Landru, bei dem waren es elf. Er war sehr intelligent, schon früh blitzgescheit, nur dass es bei ihm bereits in jungen Jahren offenbar einen Hang zur Gewalttätigkeit gab. Angeblich hat er als Kind einer Katze die Pfoten verbrüht und sie anschließend erwürgt. Nun ja, seine Mutter war in der Irrenanstalt Sainte-Anne, vielleicht also eine Frage der Veranlagung. Seine Arztpraxis in Paris führte er über einem Geschäft für Devotionalien, was für eine Ironie des Schicksals, oder? Er hatte ein Netzwerk ins Leben gerufen, das er Fly Tox nannte, wie dieses Insektenvertilgungsmittel. Er versprach Juden, ihnen bei der Flucht zu helfen. Die Armen kamen mit ihren Koffern, vollgestopft mit Geld und Schmuck, und man sah sie nie wieder. Er tötete seine Opfer mit einer vermeintlichen Impfung, die er ihnen verabreichte. Anschließend hat er sie zerstückelt und in seinem Heizkessel entsorgt.«

René Magritte konnte es nicht fassen: ein Juwelier, der von Serienmördern fasziniert war!

»Sagen Sie mal, mit Serienmördern scheinen Sie sich ja gut auszukennen!«

»Ja, das beschäftigt mich. Ich verstehe nicht, wie es mit einem Menschen so weit kommen kann.«

»Ja, solche Typen sind beunruhigend«, sagte Magritte. »Und so einer kann durchaus der nette Nachbar sein, der einen zu seiner Geburtstagsfeier einlädt.«

»Petiot wurde mit der Guillotine hingerichtet und hatte bis zum Schluss ein Lächeln auf den Lippen. Und wissen Sie was: Seine Frau hat er nicht getötet! Das ist ein weiterer Grund, warum ich mir nur schwer vorstellen kann, dass Roger Duteilleul seine Ehefrau ermordet hat.«

»Haben Sie eigentlich die Initialen eingraviert?«

»Nein, meine Tochter. Die Gravuren macht sie. Am Wochenende geht sie mir immer ein bisschen zur Hand. Unter der Woche ist sie nicht hier. Sie hat sich in Malerei- und Zeichenseminare eingeschrieben«, erklärte er stolz.

»Gut, dann komme ich nächsten Samstag wieder.«

»Sehr gern, Monsieur …?«

»René Magritte.« Hätte er dem Juwelier einen Stromschlag verpasst, wäre die Reaktion nicht heftiger gewesen.

»WAS? Das kann doch nicht wahr sein! Sie sind der Maler?«

»Ja, stimmt genau«, erwiderte René erstaunt. Dass sein Bekanntheitsgrad langsam wuchs, wusste er zwar, war aber dennoch jedes Mal überrascht, wenn ihm Menschen begegneten, die ihn vom Hörensagen kannten.

»Oha! Das ist ja unglaublich!«, rief Monsieur Émile. »Ich bin ein großer Freund Ihrer Arbeiten! Bei einer Ausstellung in einer Galerie an der Place du Sablon habe ich eins Ihrer Gemälde gekauft. Das mit dem Titel *Scheherazade*. Ich musste dieses von Perlen umringte Gesicht einfach haben. Dass sich meine Tochter der Malerei zugewandt hat, ist übrigens Ihnen zu verdanken. Jedes Mal, wenn Sie Ihre Bilder ausstellen, kommen wir und schauen sie uns an. Um nichts in der Welt würden wir uns das entgehen lassen!«

»Oh!«, rief Magritte geschmeichelt.

»Hören Sie, kommen Sie doch nächsten Montag zu uns zum Essen. Da ist das Geschäft geschlossen. Ich lade Sie und Ihre Frau – ich sehe ja, dass Sie einen Ehering tragen – zum Abendessen ein. Und Martha werde ich damit überraschen. Sie wird es nicht fassen! Ihre Bewunderung für Sie ist immens!«

Gespannt auf eine Begegnung mit dieser charmanten Martha sagte René Magritte zu. Er sollte nicht enttäuscht werden …

47.

Mathilde, einige Monate zuvor …

Als Mathilde eine Kiste alter Fotografien einräumte, die ihr Chef auf dem Flohmarkt gekauft hatte, um sie in seinem Geschäft weiterzuverkaufen, stieß sie zufällig auf ein Bild des Klosters Très-Saint-Sauveur in Anderlecht, das sie als kleines Mädchen aufgenommen hatte. Das Kloster hatte mit der Rettung jüdischer Kinder vor der Gestapo Berühmtheit erlangt: Einer Schwester war es gelungen, Zeit zu gewinnen. Unter Mithilfe einiger Weggenossen, die sie mit einem Telefonkabel fesselten, damit man ihr keine Beihilfe unterstellen konnte, gelang es, die Mädchen rechtzeitig an einen sicheren Ort zu bringen.

Das Foto, das die vor dem Gebäude aufgereihten Nonnen zeigte, wühlte die junge Frau zutiefst auf. Nicht dass sie dort unglücklich gewesen wäre; im Gegenteil, die Schwestern waren streng, aber herzensgut. Allerdings nicht alle … Mathilde hatte dort gute und schlechte Momente erlebt; ruhige, aber auch stürmische Zeiten, weil die Mutter Oberin eine alte Hexe war, eine Prinzipienreiterin, in deren Augen jeder Ausdruck von Freude eine Sünde war. Zum Glück gab es Schwester Jeanne, die vom Alter her Mathildes Mutter hätte sein können. Sobald sich die Mutter Oberin in ihre Klosterzelle zurückzog, nahm Schwester Jeanne die kleine Mathilde auf den Schoß und erzählte ihr lustige Geschichten von Kaninchen, die auf den Wolken Rad fahren, und wenn sie die Wolken mit ihren Luftpumpen aufblasen, platzt manchmal eine, und dann regnet es …

Abends halfen die Kaninchen Mathilde beim Einschlafen. Doch so sehr sich Schwester Jeanne um sie bemühte, irgendwann wurde dem kleinen, von Kaninchen träumenden Mädchen bewusst, dass es keine Maman und keinen Papa hatte. Aber von irgendwoher kam sie doch?

Im Alter von fünf Jahren begann sie, Fragen zu stellen. Die Antworten waren immer gleich: »Du bist ein Kind Gottes, und Jesus ist in deinem Herzen.« Was nicht gerade befriedigend war … Wer war denn dieser Gott, den sie nie sah? Und dieser Jesus, der sich einfach Zutritt zu ihrem Herz verschafft hatte, ohne sie um Erlaubnis zu fragen? Wohlerzogen war das jedenfalls nicht.

Nach und nach versuchte Mathilde herauszufinden, wo sie wirklich herkam. Sie wollte keine Geschichten mehr hören! Auf den Wolken radelten schon lange keine Kaninchen mehr … Aber die Mutter Oberin – Verwahrerin aller Geheimnisse wie im Himmel so auf Erden – sagte kein Sterbenswörtchen. Zur Herkunft der kleinen Waisen hatte man laut Vorschrift zu schweigen, und daran hielt sie sich. Später begriff Mathilde, dass ihr Schweigen auf demselben Märchen beruhte, demzufolge die Erkenntnis schuld am Verlust des Paradieses war. Wäre Eva nicht der Versuchung erlegen, sich Wissen anzueignen, würden wir alle uns immer noch im Garten Eden befinden. Die Moral von der Geschichte lautete: Sei bloß nicht neugierig, wenn du glücklich sein willst! Was für ein schönes Motto, fröhlich und dumm durchs Leben zu gehen.

Plötzlich erschien ihr die Religion wie ein Mittel der Manipulation. Sie wurde misstrauisch und machte den Spruch »Weder Gott noch Meister« zu ihrer Devise.

Bis Mathilde volljährig wurde und das Kloster verlassen

konnte, hatte sie so gut wie nichts über ihre Vergangenheit erfahren, nur dass ihre Mutter sie verlassen und einer gewissen Schwester Louise anvertraut hatte. Die hatte das Haus Gottes Jahre später von heute auf morgen verlassen – war abgehauen. Sie würde in der Hölle schmoren, so viel war sicher.

Ex-Schwester Louise war also mit Mathildes Geheimnis verschwunden – wenn es denn eins gab. Das Einzige, was Mathilde noch hatte, war ihre kleine Strickjacke. Ihr Andenken.

Als sie dieses Gefängnis der Tugend verließ, das sie trotz allem nicht hassen konnte, denn immerhin hatte man sie dort aufgenommen, schwor sich Mathilde, diese Schwester Louise ausfindig zu machen. Aber wie? Eine Frau, die ins Kloster ging, ließ alles hinter sich und bekam einen neuen Vornamen, um sie auch wirklich zu diesem neuen Wesen zu machen, das sich ganz allein in den Dienst der Sache Gottes stellte.

Mathilde kam auf die Idee, ins Rathaus von Anderlecht zu gehen und dort in den Archiven zu suchen. Ein Hindernislauf. Sie brauchte Genehmigungen und was es sonst noch alles an verwaltungstechnischem Schwachsinn gab, mit dem sich die machtgierigen kleinen Beamten aufspielten.

Schließlich stieß sie auf eine Frau namens Nicki, die verständnisvoller war als die anderen und ziemlich witzig mit ihrem Wuschelkopf. *Krolle kop* hieß das hier. Hatte sie Mitleid mit Mathilde? Jedenfalls half sie ihr bei den Nachforschungen. Und fand die Adresse von Schwester Louise, deren wahrer Name Maria Martin war. Nach dem letzten Stand der Dinge wohnte sie in Namur, dieser hübschen kleinen Stadt an der Maas.

Nicki fragte Mathilde, wo sie zu erreichen sei, falls es Neuigkeiten gab. Mathilde nannte ihr die Adresse des Antiquitätenhändlers, Rue Blaes.

Sie hatte natürlich die Absicht, Schwester Louise einen Besuch abzustatten. Aber lebte sie überhaupt noch?

48.

Georgette hing an Renés Lippen! Wirklich, ihr Mann beherrschte die Kunst des Erzählens. Groß war natürlich Georgettes Überraschung, als die Szene kam, in der Monsieur Émile erfuhr, dass sein Lieblingsmaler und zugleich auch das Idol seiner Tochter leibhaftig vor ihm stand! Über den Mörder der beiden Frauen – also das, was sie beide ja eigentlich interessierte – hatte René allerdings nichts Überraschendes erfahren. Aber Roger Dutilleul war tatsächlich Kunde von Monsieur Émile und seiner Tochter gewesen, und da beide ihn öfter getroffen hatten, ließ sich vielleicht doch noch das eine oder andere herauskriegen. Manchmal wird ja die Relevanz eines scheinbar bedeutungslosen Details zunächst nicht erkannt.

»Er hat uns zum Abendessen eingeladen«, verkündete René.

»Na, das ist ja mal was! Wir werden beim Juwelier der Königin speisen!«

Ein Aspekt, der Magritte vollkommen egal war. Typisches Frauending, dachte er nur.

»Wenn das Carmen hört!«

»Was? Das sagst du ihr nicht! Davon muss diese Tratschtante nichts wissen.«

»Aber René, von Carmen haben wir die Information doch überhaupt erst bekommen. Da hat sie ja wohl das Recht, Bescheid zu wissen …«

»Sobald du ein Geheimnis erfährst, brennt es dir auf der Zunge.«

Georgette seufzte. Sie würde sowieso machen, was sie wollte.

»Und weißt du, was ihn außer meiner Malerei auch noch fasziniert?«, fragte Magritte.

»Pfeifen?«

»Ach, was, nein! Serienmörder!«

»Wie bitte?«

»Bei dem Thema kann ihm keiner das Wasser reichen.«

»Hm, das klingt aber suspekt … Äußerst befremdlich.«

»Na ja, wir sind Detektive.«

»Das ist nicht dasselbe«, entgegnete Georgette. »Was uns interessiert, ist Gerechtigkeit. Wir wollen die wirklichen Schuldigen finden.«

»Monsieur Émile scheint mir ein anständiger Mann zu sein«, stellte Magritte klar, dem die Vorstellung missfiel, dass ein Liebhaber seiner Gemälde nicht ganz koscher sein sollte.

»Trotzdem finde ich, dass die Faszination für Serienmörder etwas Ungesundes hat. Wahrscheinlich haben ihn seine Eltern nicht geliebt, als er klein war.«

»Jetzt hör aber auf, Georgette! Du weißt genau, dass mir die Psychoanalyse ein Gräuel ist, und diese Küchenpsychologie allemal. Vor meinen Augen findet nur die Philosophie Gnade, denn ihre Basis ist die Reflexion. Die Psychologie ist das Werkzeug von Leuten, die Hirnwäsche betreiben im Glauben, alles über andere zu wissen und mit den Schablonen ihrer Lehrbücher heruminterpretieren zu können. Die meisten von denen sind im Übrigen schlimmer dran als ihre eigenen Patienten. Die haben doch einen Dachschaden.«

»Da täuschst du dich. Wenn wir versuchen, herauszufinden, woher unsere Probleme kommen, kann das helfen, sie zu lösen.«

»Wenn ich eine Psychoanalyse gemacht hätte, wäre ich nicht Maler geworden. Das ist nichts für Künstler.«

»Vielleicht wärst du ja glücklicher!«

»Ich bin glücklich! Ich habe eine reizende Frau, die ich liebe, und ich liebe meinen Beruf, was will man denn mehr?«

»Da hast du recht«, beendete Georgette die Diskussion. Sie hasste solche Debatten, denn wenn sich im Dickschädel ihres Mannes eine Idee festgesetzt hatte, war es unmöglich, sie ihm wieder auszutreiben. »Also, wann sind wir denn bei deinem Juwelier eingeladen? Ich kann's kaum erwarten!«

»Montagabend. Seine Tochter Martha wird auch dabei sein. Sie hat meinetwegen Zeichenseminare belegt.«

»Ich dachte, Autodidakten wären dir lieber …«

»Ja, schon, aber jeder sucht seinen Weg, wie er kann. Sie war mit Dutilleul befreundet. Vielleicht hat sie ja etwas zu erzählen …«

»Und natürlich stellst du dir vor, dass sie sehr hübsch ist, diese Martha.«

»Natürlich! Ich möchte dich daran erinnern, dass sie für meine Bilder schwärmt. Das will etwas heißen.«

Das Telefon klingelte und ersparte dem Paar eine Eifersuchtsszene, die bei ihnen in der Regel als spielerische Frotzelei daherkam. Da Georgette es gewohnt war, sich zu Renés Entlastung um Post, Telefonate und Logistik zu kümmern, stand sie auf.

Nach einigen Sekunden hörte er einen Aufschrei, gefolgt von einem »Neiiiin! Das gibt's doch nicht!«, als wäre der Weltuntergang gekommen oder eine andere Neuigkeit des Jahrhunderts. Neugierig ging René hin. Seine Frau saß mit offenem Mund auf einem Stuhl, den Hörer noch in der Hand.

»Was ist denn los, mein Häschen?«

»Das ist … Das ist … Das war …«

»Die Königin von England?«

»Nein! Das rätst du nie!« Sie hob stumm die Hand.

»Der Papst?«

»Jacques Brel«, schoss es endlich aus ihr heraus.

»Hä?«

»Er hat in einer Gruppenausstellung deine Bilder gesehen und würde dich gern treffen. Er ist morgen ab 14 Uhr im *Café du Métropole*.«

»Soll das ein Witz sein?«

»Sehe ich so aus, als würde ich Spaß machen? Ich bin ganz durcheinander! Wenn ich das Carmen erzähle …«

»Musst du ja nicht, diese Hinterwäldlerin weiß sowieso nicht, wer das ist.«

Magritte konnte es nicht fassen. Er würde den Giganten Jacques Brel treffen! Georgette und er hatten ihn auf der Bühne gesehen. Es war einer der schönsten Momente ihres Lebens gewesen.

49.

Mathilde, einige Monate zuvor …

Mathilde hatte ihren freien Tag genutzt, um an der Gare du Midi den Zug nach Namur zu nehmen. Sie mochte diese überschaubare Stadt mit ihren alten Häusern, dem Gewittergrau ihrer Steine, dem Glockenturm und der Place du Marché, wo die Zeit stehengeblieben schien. Die von Gärten umgebene Zitadelle überragte Namur. Man fühlte sich dort so beschützt …

Schwester Louise, nunmehr Maria Martin, wohnte in der Rue de l'Ouvrage, gleich hinter der Kirche, die den Zusammenbruch des Dichters Baudelaire miterlebt hatte. Namur war der Schauplatz seines angekündigten Todes. Denn auf den Stufen der Barockkirche Saint-Loup erlitt er einen durch die Syphilis ausgelösten Schlaganfall.

Eine Strafe Gottes? Immerhin hatte er seinem Hass auf die Belgier in einem Pamphlet namens *Armes Belgien!* Ausdruck verliehen, einem wütenden Text, aus dem sein ganzer Unmut über die dort erfahrene Ablehnung sprach. Tatsächlich wird ja so manches Talent erst nach seinem Ableben erkannt … Die *Blumen des Bösen* hatten ihn besiegt. Die Poesie kann eine fleischfressende Pflanze sein, und wenn uns die Reime verschlingen, bleibt nur die Grausamkeit der Wörter. Man kann sich an einem Fragezeichen erhängen oder mit kleinen Schritten weitergehen und über Auslassungspunkte stolpern … Was bleibt von unseren Leidenschaften? Eine Erinnerung, Madame, eine Erinnerung.

Mathilde hatte sich nie verliebt. Sie hatte ihr Herz mit Stacheldraht umzäunt und weder den Schmerz noch das Glück je erlebt. Sie hätte lieben, sich am Duft der Weizenfelder berauschen können, einem ins Ohr geflüsterten »Ich liebe dich« und den süßen Liebkosungen beim Erwachen. Wenn sie doch nur … ja, wenn sie doch nur Eltern gehabt hätte, Menschen, die sich – ob gut oder schlecht – um sie gekümmert hätten. Wie überlebt man es, verlassen zu werden? Wie schafft man es, sich nicht abgelehnt zu fühlen? Wenn du von denen, die dich in die Welt setzen, gleich in den Müll geworfen wirst, willst du mit der Liebe nicht mehr Seilchen springen, sondern das Seil fest um deine Träume schnüren und sie ins Meer schmeißen.

Mathilde hatte lange gezögert. Weshalb sollte sie um jeden Preis einer Wahrheit auf den Grund gehen, die sie doch schon kannte? Denn wie herzlos musste man sein, sich das eigene Kind vom Hals zu schaffen, das geliebt unter jeder Brücke glücklicher leben würde als ungeliebt im Haus reicher Leute? Aber mit der Zeit hatte sie gelernt, ihren Groll und ihren Kummer abzuschütteln, und so beschloss sie, die Wahrheit herauszufinden. Als wäre es nicht mehr ihre eigene Geschichte, sondern die einer Romanheldin.

Sie hoffte inständig, dass Schwester Louise noch lebte. Sie erinnerte sich, dass diese Frau nach Rosen geduftet hatte. Sie hatte sich damals um die Pflege der Gärten gekümmert. Doch plötzlich schienen Bilder eines längst vergessenen Alptraums Mathilde einzuholen. Schwester Louise, die mit einem Rosenzweig ihren Rücken peitschte, weil sie im Refektorium Kekse aus der Dose gestohlen hatte. War das wirklich passiert, oder war es nur ein Traum?

Als Mathilde die Rue de l'Ouvrage Nummer 18 gefunden

hatte, klopfte sie an die hölzerne Tür. Und wartete. Die Glocken des Beffroi von Namur erinnerten wie ein Gebet, das Arm und Reich zusammenführt, an den steten Lauf der Zeit.

Nach einer Weile, die Mathilde sehr lang erschien, hörte sie endlich Schritte im Flur. Vor ihr stand eine alte, gebeugte Dame, die Mathilde an ihrem harten Blick, der dem scheuen Lächeln widersprach, sofort erkannte. Die Frau hielt die Klinke umklammert, als wartete sie darauf, die Tür wieder schließen zu können.

»Schwester Louise«, stammelte Mathilde.

»Schwester Louise ist tot.«

»Und Maria Martin?«

»Das bin ich.«

»Erkennen Sie mich nicht?«

Hinter ihren dicken, runden Brillengläsern fixierte die alte Frau ihr Gegenüber. Mathilde holte die kleine Stickjacke aus ihrer Tasche und zeigte sie ihr.

»Endlich!«, seufzte die Schwester. »Ich dachte, du würdest nicht mehr kommen. Und es wäre auch fast zu spät gewesen. Ich habe nicht mehr lange zu leben.«

50.

Jacques Brel saß an einem Tisch auf der Terrasse des *Hotel Métropole*, dem renommiertesten Ort von Brüssel, direkt an der Place de Brouckère.

Place de Brouckère, on voyait des vitrines
Avec des hommes, des femmes en crinoline
Place de Brouckère, on voyait l'omnibus
Avec des femmes, des messieurs en gibus … [18]

Das legendäre Jugendstil-Haus erinnerte an das Hotel aus dem Film *Tod in Venedig*.

C'était au temps où Bruxelles rêvait
C'était au temps du cinéma muet
C'était au temps où Bruxelles chantait
C'était au temps où Bruxelles bruxellait … [19]

---

18 Die 1. Strophe von Jacques Brels Chanson *Bruxelles*. Inhalt auf Deutsch: *Place de Brouckère, da sah man Schaufenster, darin Männer, Frauen in Krinolinen, Place de Brouckère, da sah man Omnibusse, darin Frauen, Herren mit Zylinder …*

19 Und so der Refrain: *Das war die Zeit, in der Brüssel träumte, das war die Zeit des Stummfilms, das war die Zeit, in der Brüssel sang, das war die Zeit, in der Brüssel brüsselte …*

René hatte Georgette vorgeschlagen, ihn zu begleiten. Sie hatte abgelehnt. »Ich wüsste gar nicht, was ich sagen sollte, weil er mich so beeindruckt! Ich würde ihn nur dumm angucken wie eine Teenagerin. Und du würdest mir hinterher eine Eifersuchtsszene machen!«

»Überhaupt nicht! Ich sehe doch besser aus als er!«

»René, du weißt doch, dass wir Frauen dem, was wir hören, mehr Bedeutung beimessen als dem, was wir sehen. Wenn Brel *Il pleut* singt, finde ich ihn sehr sinnlich.«

In Wahrheit hatte Georgette ihren Mann allein zu diesem Treffen[20] gehen lassen, weil sie spürte, dass Brel sich ein Gespräch unter vier Augen mit René wünschte und sich dabei wohler fühlen würde. Sie hatte Radio-Interviews mit ihm gehört, in denen er sagte: »Sobald eine Frau dabei ist, verstellen wir uns, weil wir anders wirken möchten.«

Viele hielten ihn für frauenfeindlich, aber das war er nicht. Jacques Brel hatte den Mut gehabt, zuzugeben, dass ihm Frauen ein Rätsel waren, aber er hatte nie gesagt, dass er sie nicht mochte. Und das Zitat »Ich liebe die Liebe zu sehr, um die Frauen sehr zu lieben« war in Georgettes Augen nichts anderes als eine Hymne auf die leidenschaftliche Liebe, *l'amour fou*. Brel war ein großer Romantiker.

Magritte, der seine Melone eigentlich nur für Fotos trug, hatte sie diesmal aufgesetzt. Als Hommage an diesen Mann, den er so bewunderte. Für Magritte kam kein anderer Sänger an Jacques Brel heran. Er liebte seine Bühnenauftritte, diese langen, Zärtlichkeit suchenden Arme, diesen kindlichen, verlorenen Blick, und wie er uns in die Rauchschwaden der Bars von Amsterdam entführte, der Nutten, der gestrandeten Seeleute

---

20 Soweit ich weiß, hat das Treffen zwischen Magritte und Brel nie stattgefunden, es hätte aber dazu kommen können …

und alten, schweigsamen Männer. Vor allem aber hatte Brels Stimme eine Kraft und zugleich eine Zerbrechlichkeit, die Magritte zutiefst berührte.

René hatte Erinnerungen ans *Métropole*. Dort hatte er sich damals mit Jeanne getroffen, der Frau, die sein Vater nach dem Tod der Mutter geheiratet hatte. Dem jungen Magritte war es nicht schwergefallen, sie zu bezirzen … Tat er es aus Rache an diesem flatterhaften Ehemann, der seine Frau nie respektiert hatte, oder waren ihm einfach die Regeln des Anstands egal? Er hatte sich die Frage nicht gestellt. Stand der Vater mit seinem Verhalten nicht selbst in krassem Gegensatz zu den Werten der Gesellschaft und der Familie? Und, na ja, Jeanne war eine reizvolle Frau mit Kurven.

Am Tisch des Großen Jacques angelangt, nahm Magritte seine Melone ab und begrüßte ihn. Brel schenkte ihm ein unglaubliches Lächeln. Dieser Mann, der die Sterne vom Himmel holte, war im Grunde ein sehr schüchterner Mensch und ein bescheidener Künstler. Wie alle Menschen, die Talent haben.

Jacques Brel bestellte, wie es sich hier gehörte, zwei Leffe. »Danke, dass Sie gekommen sind«, sagte er.

Der Mann, der Magritte die Ehre erwies, etwas Zeit mit ihm zu verbringen, bedankte sich für sein Kommen! Er konnte es nicht fassen.

Und als nächstes ließ Brel ihn wissen, was ihm an Renés Gemälden so gefiel: die Freiheit, mit der er alle Regeln vom Tisch wischte.[21]

»Ich spüre da eine Affinität. Wir haben viele Gemeinsamkeiten. Von mir wurde verlangt, meine Träume zu begraben, und so habe ich vier Jahre in der Kartonagenfabrik meines Va-

---

21 Die Dialoge basieren auf Äußerungen von Brel und Magritte. Allerdings nicht im gemeinsamen Gespräch.

ters gearbeitet. Ich habe in einem Interview gelesen, Sie hätten ebenfalls in einem der Betriebe Ihres Vaters mitgearbeitet, und dass Sie in der Schule rebellisch waren, genau wie ich. Dieses ›Ich mache, was ich will‹ habe ich in Ihren Gemälden gespürt. Genau das ist auch mein Motto. Und ich bin wie Sie begeistert vom Kino.«

»Ja, ich liebe das Kino«, erwiderte Magritte. »Ich habe im *Cinéma Pathé* sogar einen kleinen Filmprojektor gekauft, dazu unbelichtete Filmrollen. Es macht mir riesigen Spaß, darauf zu zeichnen und so etwas wie Zeichentrickfilme zu machen, die ich in meinem Keller Freunden und Kindern aus der Nachbarschaft vorführe.«

»Das Spielerische gefällt mir so an Ihnen. Und es macht Ihnen nicht nur Spaß, Welten zu erschaffen und Regeln umzustürzen, nein, Sie spielen auch gern mit denen, die zuschauen. Wir beide sind doch immer noch Kinder.«

»Ja«, stimmte Magritte ihm zu, »manchmal habe ich das Gefühl, dass ich mich noch in einem Zustand der Unschuld befinde wie ein kleines Kind, das in seinem Bettchen liegt und glaubt, es könnte den Vogel packen, der oben am Himmel vorbeifliegt.«

»Auf unsere Träume!«, rief Brel. »Die Träume sind doch das Einzige, was einem gelingt. Mit sechzehn, siebzehn ist ein Mann, sagen wir, fertig. Alle seine Träume sind jetzt in ihm. Er ist auf den Geschmack gekommen, und jetzt lebt er mit dem Wunsch, diese Träume zu verwirklichen. Kinder sind die letzten Poeten in einer Welt, die unbedingt erwachsen werden will.«

»Ich möchte Ihnen eine Frage stellen«, sagte Magritte, für den das Schreiben von Chansons einem Rätsel gleichkam. »Was bedeutet das Singen für Sie?«

»Es ist ein Akt der Liebe, ein Akt der Zärtlichkeit. Sehen Sie, die Entstehung eines Chansons ist ein Abenteuer. Es fängt mit einer noch unvollständigen Idee an. Monatelang wandert diese

Idee durch Ihren Kopf und reift heran. Und eines schönen Tages schreibt man sie dann auf. Wenn man sich etwas ausdenkt, wird man so eine Art Aspirintablette, die den Leuten hilft, Dinge zu vergessen, die sie zermürben. Künstler sein bedeutet für mich, anderer Leute Schmerzen zu haben. Und wie ist das für Sie, wenn Sie malen?«

»Genauso. Meine Ideen entstehen genauso. Es gibt Momente, in denen mir unvorhersehbare Bilder durch den Kopf gehen. Das sind die Vorlagen für Gemälde, wie ich sie gern male. Diese Bilder in meinem Kopf scheinen meine Ideen und Gefühle zu beherrschen, im Gutem wie im Schlechten, sie tun das vor allem dann, wenn sie die Gegenwart als Rätsel abbilden. Ich verstehe jedes meiner Gemälde als ein greifbares Zeichen von Gedankenfreiheit. Meine Malerei ist nur für Menschen, die in der Gegenwart leben, wirklich interessant. Freiheit ist keine Pflicht, sondern eine Möglichkeit.«

»Ihre Titel machen mich oft stutzig.«

»Die Titel sollen meine Gemälde ja nicht erklären, und umgekehrt sollen ja die Gemälde auch nicht die Titel erklären. Es gibt nur einen poetischen Zusammenhang.«

»Ich würde gern ein Bild von Ihnen kaufen. Und ich hätte auch gern eins von Delvaux. Diese Mädchen, die durch Bahnhöfe irren, und dieses Skelett im Gewächshaus sind so eigenartig … Sind Sie beide miteinander bekannt?«

»Flüchtig«, antwortete Magritte, der diesen »Ramschdekorateur«, wie er ihn nannte, nicht leiden konnte.

»Tja, da stehe ich nun und habe kein Zuhause, denn ich bin nun mal ein Nomade, auch wenn ich hin und wieder meine Frau und meine Töchter besuche. Ich hasse den Alltagstrott. Ich glaube, ein Mann ist und bleibt Nomade. Er ist dafür gemacht, herumzukommen und zu schauen, wie es auf der anderen Seite des Hügels aussieht. Und die Frau hindert ihn ihrem Wesen nach daran. Sie will, dass er ihr ein Ei legt. Der Mann, dieser Idiot, bleibt dann bei dem Ei. Er macht sich auf die Suche nach Stroh, um das Ei draufzulegen. Und eines Tages regnet es. Also baut er ein Dach. Dann kommt Wind auf, und er macht sich wieder auf die Suche nach Stroh, um Wände zu bauen. Und so bleibt er schließlich.«

»Ich gehe in meinem Wohnzimmer mit meinen Gemälden auf Reisen.«

»Jeder hat seine Methoden auszubrechen«, erwiderte Brel, »ganz egal wie. Es gibt Leute, die reisen, ohne sich jemals vom Fleck zu rühren. Man muss wissen, was man will und wovor man die Flucht ergreift. So wie früher als Kind …«

»Wahrscheinlich werde ich deshalb immer der kleine Junge bleiben, der mal in eine Posaune gekackt hat. Und wenn sich mir ein Hintern anbietet, dann trete ich halt zu!«

Brel brach in lautes Gelächter aus.

»Da hast du recht«, pflichtete er ihm bei, plötzlich per du. »Genau, erhebe Anspruch auf deinen Unfug, denn er gehört dir. Und lebe mit Vollgas. Man wird viel zu schnell alt! Die Vernunft kann warten, bis wir unter der Erde liegen. Vor dem Ernst der Dummen muss man doch die Flucht ergreifen. Bedachtsamkeit ist eine Behinderung. Ich hasse vernünftige, gestandene Männer.«

Er zündete sich eine Zigarette an und sagte: »Ich biete dir keine an, denn du rauchst ja Pfeife. Habe ich auch, als ich jung war.« Worauf er ein paar Zeilen seines Chansons *Le dernier repas* vor sich hin trällerte: »*Dans ma pipe, je brûlerai mes souvenirs d'enfance, mes rêves inachevés, mes restes d'espérance …*«[22]

»In der Pfeife zeigt sich mein Hang zum Fetischismus«, er-

22 Das letzte Mahl: »In meiner Pfeife verbrenne ich meine Kindheitserinnerungen, meine unfertigen Träume, meine Hoffnungsreste …«

widerte Magritte. »Ich will so sein wie die Detektive, die Helden meiner Kindheit. Ich habe sie immer bei mir.« Er nahm die Pfeife aus seiner Jackentasche. »Dabei vertrage ich's gar nicht. Die Friedenspfeife wäre nichts für mich«, bemerkte er amüsiert.

»Das hindert uns nicht daran, Indianer zu sein! Als ich klein war, hat man irgendwie vergessen, mir zu sagen, dass es den Wilden Westen gar nicht gibt … Also los, stoßen wir an auf das Wohl der Frauen – auf Mathilde, die wieder da ist, auf Madeleine und ihren Flieder, und auf Rosa und alle, die uns auf so herrliche Weise sterben lassen …«

Schweigend leerten die beiden ihre Biergläser. Es war, als wäre selbst auf der Place de Brouckère das Stimmengewirr verstummt. Um Brel und Magritte hatte sich eine Blase gebildet, deren Stille diesen Moment, in dem sich zwei Giganten für Kinder hielten, unvergesslich werden ließ.

Ce soir, j'attends Madeleine, j'ai apporté du lilas.[23]

Jacques Brels Chanson hallte in Magrittes Kopf wider, als wollte Madeleine ihm etwas sagen. So etwas gibt es, ein Raunen so leise wie ein zerreißender Brautschleier.

---

23 Aus *Madeleine*: »Heut' Abend wart' ich auf Madeleine, ich hab' ihr Flieder mitgebracht.«

51.

Mathilde, einige Monate zuvor …

Das Haus von Maria Martin war so spartanisch eingerichtet, dass man fast glauben musste, sie habe Sehnsucht nach ihrer Zeit im Kloster. Nur das absolut Notwendige, ein Bett, auf dem eine schäbige Decke lag, eine Anrichte, ein Tisch und darauf ein kleiner Fernseher. Mathilde vermutete, dass er der früheren Nonne nur dazu diente, sich sonntags die Messe anzuschauen. Man fragte sich, warum sie den Orden überhaupt verlassen hatte. An den Wänden hing nur ein einziges, gerahmtes Foto: Christus in seiner Märtyrerpose, von Plastikrosen umringt, die Maria Martin wohl zur Verzierung auf den Rahmen geklebt hatte.

Schwester Louise bot ihr Kaffee an.

»Ich habe sonst nichts, ich hatte nicht mit dir gerechnet …«

Mathilde lehnte ab. Dieser Ort war wenig vertrauenerweckend. Sie stellte sich eine schlampig gespülte Tasse vor, an deren Boden eingetrocknete Fliegen klebten, igitt!

Als sie sich gegenüber dem Bett, auf dem die Nonne Platz nahm, auf den einzigen Stuhl gesetzt hatte, kam sie gleich zur Sache.

»Ich bin gekommen, um zu hören, ob Sie noch eine Erinnerung haben, irgendeine Spur, die mir helfen könnte, meine Mutter wiederzufinden. Sie sind ja diejenige, die mich aufgenommen hat. Erinnern Sie sich an meine Mutter?«

»Warum hast du so lange gewartet, mein Kind? Warum bist du nicht früher zu mir gekommen?«

»Um ehrlich zu sein, war ich meinen Eltern sehr böse und habe alle Erinnerungen, auch die an das Waisenhaus, verdrängt, um mich nicht damit zu quälen. Ich wollte mit diesem Kapitel abschließen. Ich arbeite bei einem Antiquitätenhändler, und als ich dort Kisten ausgeräumt habe, bin ich über ein Foto des Klosters gestolpert. Das war wie ein Schock. Ich habe das als Zeichen gedeutet.«

»Woran erinnerst du dich?«

»Daran, wie ich angezogen war. An dieses Kleid mit Kirschen drauf, und an die blaue Jacke, von der ich immer gehofft habe, dass meine Mutter sie für mich gestrickt hat. Ich erinnere mich auch an Sie und daran, dass Sie nach Rosen gerochen haben …«

Schwester Louise wirkte irritiert. Wie hatte wohl ihr Leben ausgesehen? Warum hatte sie alles hinter sich gelassen, obwohl sie doch immer noch an Gott zu glauben schien.

»Ist das alles?«

»Ja«, log Mathilde, denn sie fragte sich, ob die peitschenden Rosenzweige auf ihrem Rücken und ihrem kleinen Mädchenbauch nicht ihrer Fantasie entsprungen waren.

Sie war sich nicht sicher, ob sie vielleicht irgendwo so etwas gelesen hatte. Phantasie und wirklich Erlebtes können sich zusammentun und in einem makabren Tanz um unsere Vergangenheit kreisen. Aber warum fühlte sich Mathilde dann beim Anblick dieses von Rosen umrahmten Christus so unwohl?

»Wie war meine Mutter? Und hat Sie Ihnen gesagt, warum Sie mich im Stich gelassen hat?«

»Sie hatte braunes, kurz geschnittenes Haar, und sie wirkte traurig. Ich glaube, dass sie dich schweren Herzens abgegeben hat, aber ich habe verstanden, dass sie keine andere Wahl hatte.«

»Man hat immer eine andere Wahl.«

»Manchmal werden wir von Kräften geleitet, die stärker sind als wir. Oder von Umständen, die wir nicht selbst gewählt haben.«

Mathilde hatte gelernt, dass solche Annahmen häufig dazu dienten, die eigenen Irrwege zu entschuldigen.

»Sie wird Ihnen doch ihren Namen oder ihre Adresse dagelassen haben?«

»Nein. Wenn verzweifelte Menschen zu uns kommen, sind wir für sie da. Das Haus Gottes ist keine Polizeistation. Sie hätte dich zurückholen können, wann immer sie wollte.«

»Und ist nie gekommen …«

»Doch, einmal. Sie hat mich gefragt, wie es dir geht.«

»Und sie wollte mich nicht sehen?«, fragte Mathilde mit erstickter Stimme.

»Ich glaube, sie hatte Angst, dass sie der Versuchung, dich wieder zu sich zu nehmen, nicht widerstehen würde. Aber sie konnte dich nicht mitnehmen, das sah man ihr an, sie war nur noch ein Schatten ihrer selbst. Ich glaube, dass sie drogenabhängig geworden war. Und ich habe verstanden, dass ihr Besuch eine Art Abschiedsbesuch war. Bevor sie ging, wollte sie sich versichern, dass du gut versorgt bist und man sich um dich kümmert. Und mein Gefühl war richtig. Einen Monat später haben wir in der Zeitung von ihrem Tod erfahren. Man hat sie leblos in der Gosse gefunden.«

»Was genau stand in der Zeitung?«

»Oh, nicht viel, nur das. Weißt du, für den Tod kleiner Leute interessiert sich kein Mensch. Aber wenn die Königin von Belgien auf die Straße geht, und ihr Hut sitzt schief, kommt sie damit hundertprozentig aufs Titelblatt einer Illustrierten.«

»Woher wussten Sie, dass es meine Mutter war? Sie kannten doch ihren Namen nicht.«

»Es gab ein kleines Foto von ihr, das wohl schon ein paar

Jahre alt war. Ein Passfoto oder so. Ich habe sie sofort erkannt. Sie hatte ein schönes Gesicht, das man nicht vergisst, und traurige Augen.«

»Erinnern Sie sich wirklich nicht an ihren Namen?«

»Nein, es tut mir leid. Das ist so lange her.«

»Und über meinen Vater hat sie natürlich nichts gesagt …«

»Nein. Sie hat mich nur gebeten, mich um dich zu kümmern. Ach ja, und sie hat darauf bestanden, dass du deine Puppe behalten durftest. Sie hat gesagt, ihr Name sei Nina. Das schien ihr wichtig zu sein.«

»Ach, ja? Und ich dachte immer, die Puppe wäre ein Geschenk der Schwestern gewesen!«, rief Mathilde.

»Nein, nein. Hast du sie denn noch?«

»Ja … Ich habe sie in eine Holztruhe getan. Ich hatte so oft den Wunsch, diese Puppe loszuwerden, weil sie ja ein Teil meiner Vergangenheit war und ich das Bedürfnis hatte, nicht mehr daran zu denken – wie sollte ich denn sonst einen Neuanfang schaffen? Aber ich habe es nicht über mich gebracht. Es ist schwierig, die Verbindung mit der eigenen Kindheit zu kappen, so düster sie auch war. Ein Spielzeug, ein rotes Bonbon in der Manteltasche …«

Und ein paar duftende Blütenblätter, hatte sie fast noch hinzugefügt. Warum hatte dieser altmodische Rosenduft so eine bittere Note?

»Dürfte ich Sie fragen, sofern es nicht indiskret ist, warum Sie das Kloster verlassen haben?«

»Schlafende Hunde soll man nicht wecken.«

Dies waren die letzten Worte der alten Frau. Sie stand auf und gab Mathilde damit zu verstehen, dass ihr Besuch beendet war.

Ehe sie ging, warf Mathilde einen letzten Blick auf das Foto von Christus, als könnte sie dort Antworten auf ihre Fragen finden. Doch das Foto blieb stumm. Und vom Anblick der Rosen wurde ihr schlecht.

Versteckt hinter vergilbten Gardinen schaute die ehemalige Nonne Mathilde nach. In ihren stahlgrauen Augen flackerten die Flammen der Hölle.

52.

Georgette hing an Renés Lippen, als er von seinem Gespräch mit Jacques Brel berichtete. In der Küche hatte er bei einer Tasse Kaffee alles erzählt und war voll des Lobes über diesen Mann, den er bewunderte. Georgette hatte Lust bekommen, noch einmal ein paar Brel-Chansons zu hören.

»Sehr gute Idee«, fand René und ging ins Wohnzimmer, um zu malen.

Das Ehepaar Magritte hatte sämtliche Platten von Brel.

Georgette legte ihr Lieblingschanson auf: *Amsterdam*. Dieses Lied wühlte sie jedes Mal regelrecht auf! In einer Zeitschrift hatte sie gelesen, dass Brel es anfangs gar nicht so mochte. Aber dann hatte das Publikum es begeistert aufgenommen.

»Dans le port d'Amsterdam y a des marins qui chantent les rêves qui les hantent …«[24]

Sie wäre so gern zu René gegangen, hätte ihn in den Arm genommen und mit ihm getanzt. Aber sie wollte ihn nicht stören, solange er malte. Und so begann sie, allein zu tanzen, in der Küche, die sich für einen Moment in die Tanzfläche des *Cinéma Bleu* verwandelte, von Karussellpferden umringt, die sich hoben und senkten.

Dann legte sie *Madeleine* auf.

---

24 »Im Hafen von Amsterdam singen Seeleute von den Träumen, die sie verfolgen …«

Ce soir, j'attends Madeleine
J'ai apporté du lilas
J'en apporte toutes les semaines
Madeleine elle aime bien ça …
Madeleine, c'est mon Noël
C'est mon Amérique à moi …
Mais, ce soir, j'attends Madeleine
On ira au cinéma
Je lui dirai des » je t'aime »
Madeleine, elle aime tant ça
Elle est tellement jolie
Elle est tellement tout ça
Elle est toute ma vie
Madeleine, que j'attends là …

Heut' Abend wart' ich auf Madeleine
Ich hab' ihr Flieder mitgebracht
Den bring' ich jede Woche mit
Madeleine, die liebt das so …
Madeleine ist mein Weihnachten
Sie ist mein Amerika
Aber heut' Abend wart' ich auf Madeleine
Dann gehen wir ins Kino
Dann sag' ich ihr ›Ich liebe dich‹
Madeleine, die liebt das so
Sie ist so hübsch
Sie ist all das so sehr
Sie ist mein ganzes Leben
Madeleine, auf die ich hier warte …

Plötzlich stürzte Georgette zu der Schublade, in der René die kopierten Briefe verwahrte, die der Mörder Madeleine und Rosa geschickt hatte. Sie las sie noch einmal. Der Brief an Madeleine Dutilleul lautete:

Ich beobachte dich schon eine Weile, doch ich fürchte, dass es bei meinen Liebeserklärungen bleiben wird, denn du bist ja verheiratet. Dabei würde ich dich so gern mitnehmen, weit weg, nach Amerika oder anderswohin. Du bist so hübsch, du bist mein ganzes Leben.

»Verdammt!«, schrie Georgette. »René, komm mal und schau dir das an!«

Magritte ließ den Pinsel fallen und kam in die Küche gerannt.

»Was ist denn, mein Mäuschen?«

»Guck mal!« Sie zeigte ihm den Brief.

»Ja … und?

»Der Mörder hat Brels Chanson benutzt. ›Heut Abend wart' ich auf Madeleine, ich hab' ihr Flieder mitgebracht …‹ Sie wurde tot gefunden, mit einem zerdrückten Fliederstrauß auf dem Bauch. ›Madeleine ist mein Weihnachten, sie ist mein Amerika … Dann gehen wir ins Kino …‹ Er hat ihr ein Rendezvous vor dem Kino vorgeschlagen. Und dann: ›Sie ist so hübsch, sie ist mein ganzes Leben …‹«

»Das ist ja völlig verrückt!«, rief René. »Auf dem Rückweg von meinem Treffen mit Brel ist mir genau dieses Lied nicht mehr aus dem Kopf gegangen, und ich habe mich gefragt warum.«

»Lass uns schauen, ob der Brief an Rosa auch von Brel inspiriert ist.«

Sie faltete den Brief auseinander und legte ihn auf den Tisch.

Ich möchte dich auf einen Spaziergang entführen und den Raben nachschauen, die mit unseren Träumen emporsteigen.

Treffen wir uns heute Abend um 20 Uhr unter den Arkaden im Parc du Cinquantenaire. Ich werde meiner Rosa einen Strauß Rosen bringen.

Sie hörten sich Brels Chanson *Rosa* an.

Rosa, Rosa, Rosam …
C'est le plus vieux tango du monde
C'est le tango du collège …

Rosa, Rosa, Rosam …
Das ist der älteste Tango der Welt
Das ist der Tango der Oberschule

»Weißt du noch, wie ich dir gesagt habe, dass jedes Detail seine Bedeutung hat? Die Rosen waren in Zeitungspapier eingewickelt, auf dem ein Tango tanzendes Paar abgebildet war! Und warte mal … Genau! Er schlägt ihr vor, den Raben nachzuschauen, und verabredet sich mit ihr unter den Arkaden! Auch das – wir haben es ja gerade gehört – kommt alles in dem Chanson vor.«

»Verflixt nochmal!«, rief Magritte. »Mein Häschen, du bist ein Genie!«

»Ich weiß«, erwiderte sie bescheiden.

»Also, das ist alles wahnsinnig interessant, aber was haben wir davon, zu wissen, dass Roger Dutilleul ein Jacques-Brel-Fan war?«

»Mach dich erst mal kundig, ob er das wirklich war.«

»Na ja, es könnte auch sein, dass ihn Brel-Chansons inspiriert haben, ohne dass er sie besonders mochte …«

»Unwahrscheinlich«, entgegnete Georgette. »Um solche Briefe zu schreiben, muss man die Texte schon sehr gut kennen, sonst kommt man nicht auf so kleine Details wie das Kino oder das Tango tanzende Paar.«

»Stimmt. Nehmen wir also mal an, wir finden heraus, dass er Brel-Fan war. Was würde das beweisen?«

»Denk doch mal nach, René, und zwar andersrum. Wenn er kein Brel-Fan war, ist die Wahrscheinlichkeit äußerst gering, dass er auf die Idee gekommen ist, sich beim Schreiben dieser Briefe von Brel-Chansons inspirieren zu lassen! Man könnte also vermuten, dass jemand anders die Briefe geschrieben hat. Ich habe doch schon gesagt, dass ich ihn nicht für den Mörder halte. Die Polizei ist auf dem Holzweg. Ist ja nicht das erste Mal.«

»Wenn wir jetzt anfangen, alle Brel-Fans unter die Lupe zu nehmen, sind wir am Sankt-Nimmerleinstag noch dran!«

»Bist du blöd? Wir müssen natürlich im Umfeld der Opfer ermitteln.«

»Und dass die Vornamen mit den Chanson-Titeln übereinstimmen – hältst du das für Zufall?«

»Ich weiß nicht. Madeleine und Rosa sind geläufige Namen. Aber wenn der Mörder noch unterwegs ist, was ich ja glaube … Erinnerst du dich an meinen Traum, in dem diese alte Frau aus dem Kleiderschrank gekommen ist und mir ›Sie ist wieder da …‹ zugeflüstert hat? Wenn ich an die anderen Chanson-Texte von Brel denke, würde ich jetzt nicht so gern Germaine oder Mathilde heißen!«

Mathilde …

53.

Mathilde, einige Monate zuvor …

Als Mathilde im Zug saß, der sie wieder nach Brüssel brachte, dachte sie über ihren Besuch bei Schwester Louise nach. Irgendwie war diese Frau undurchsichtig. Es roch unangenehm in ihrer Wohnung, irgendwie nach abgestandenem Wasser oder vergammelten Rosen. Natürlich hatte Mathilde keine herzliche Umarmung erwartet, aber doch wenigstens einen Anflug von Freundlichkeit. Immerhin hatte sich diese ehemalige Nonne jahrelang um sie und die anderen kleinen Mädchen gekümmert. Sie hätte irgendeine Form von Freude zeigen können. Aber da war nichts. Nur Kälte. Wahrscheinlich rief Mathilde unangenehme Erinnerungen in ihr wach, sie hatte das Kloster ja von heute auf morgen verlassen, und niemand wusste warum. Was war da passiert? Manche Verletzungen sind so schmerzhaft, dass es besser sein kann, sie nicht mehr aus der Versenkung zu holen.

Schlafende Hunde soll man nicht wecken …

Aber genau das hatte Mathilde vor, wenn sie sich auf die Suche nach ihren Wurzeln machte. Es sein zu lassen, wäre vielleicht vernünftiger gewesen. Trotzdem, sie musste wissen, was sie so viele Jahre lang unter Verschluss gehalten hatte, im Glauben, sie könnte weiterkommen, wenn sie ihrer Vergangenheit für immer den Rücken zukehrte. Pustekuchen! Durch das Foto, das sie im Laden entdeckt hatte, war ihr diese Vergangenheit regelrecht ins Gesicht gesprungen. Mathilde war mit einem Mal wie besessen davon. Als gäbe es ein schreckliches Geheimnis, das ihr keine Ruhe lassen würde, bis sie es aufgedeckt hätte. Und wenn dieses Geheimnis sie umbringen würde? Es hatte die Augen einer Giftschlange …

Wieder zu Hause ging sie sofort ins Schlafzimmer und öffnete die große, schwere Holztruhe, in der sie ihre Puppe hatte verschwinden lassen. Diese Puppe war eine Langzeitüberlebende! Wie oft war sie schon im Mülleimer gelandet, aus dem Mathilde sie jedes Mal schuldbewusst wieder herausgefischt hatte. So dornig sie auch sind, die Rosen der Kindheit schafft man sich nicht vom Hals.

Zwischen unwichtigen Dingen, von denen Mathilde sich nie hatte trennen können, fand sie Nina, begraben in ihrem Holzsarg. Die Puppe hatte traurige Perlmuttaugen, Haare aus gelber Wolle und ein Mündchen, das einmal rot gewesen war. Sie trug ein verwaschenes weißes Kleid, ähnlich wie das, was Mathilde selbst getragen hatte. Nina … Dann hatte also ihre Mutter der Puppe den Namen gegeben. Warum hatte sie ihn wohl gewählt?

Mathilde nahm die Puppe reumütig in den Arm. Sie war ihre Vertraute gewesen, hatte sie über jeden Kummer und über all die Nächte hinweggetröstet, in denen sie leise weinte, ohne genau zu wissen warum, aber wahrscheinlich deshalb, weil sie allein auf dieser Welt war … Wie konnte Mathilde die arme Puppe nur mit all ihren Erinnerungen in einer Truhe voller Krimskrams begraben!

Mathilde streichelte ihr übers Haar, nahm sie fest in den Arm und bat sie um Verzeihung.

Dann strich sie das Kleidchen glatt und machte sich daran, es ihr auszuziehen, damit sie es waschen konnte. Das hatte es wirklich nötig! Dabei fiel ihr am Bauch der Puppe eine Naht auf.

Diesem Detail hatte sie noch nie Aufmerksamkeit geschenkt. Es war ja eine aus Stoffresten genähte Puppe. Aber warum diese unbeholfene, dicke Naht mitten auf ihrem Bauch? Sie tastete die Stelle ab und bemerkte, dass darunter etwas knisterte. Mit einem Messerchen öffnete sie der Puppe vorsichtig den Bauch und entdeckte einen kleingefalteten Brief.

Mathilde begann zu zittern. Deine Mutter hat darauf bestanden, dass du deine Puppe behalten durftest, hallte es in ihrem Kopf wider. Sie hat gesagt, ihr Name sei Nina. Das schien ihr wichtig zu sein …

54.

René nutzte den Nachmittag, um Roger Dutilleuls Mutter noch einen kleinen Besuch abzustatten. Als Ginette ihm diesmal die Tür öffnete, war sie in eine schäbige malvenfarbene Stola gewickelt, das Haar zerzaust, an den Füßen goldene Halbschuhe.

Sie ließ ihn vor der Haustür stehen. »Ich hab' keine Zeit, ich warte auf Luis Mariano, der ist mein neuer Liebhaber.«

»So ein Glückspilz! Da möchte ich Sie keinesfalls bei Ihren Vorbereitungen stören …«

»Ich muss noch meine Lockenwickler eindrehen.«

»Tun Sie das, man wird sie nicht wiedererkennen! Ich habe nur eine kleine Frage, die Ihren Sohn betrifft.«

»Sind Sie Journalist?«, fragte sie, plötzlich misstrauisch.

»Nein, nein, seien Sie beruhigt.«

»Gut, dann beantworte ich Ihre Frage. Ich habe keine Kinder.«

»Doch, Sie haben mir von Ihrem Sohn Gérard erzählt, als wir uns das letzte Mal gesehen haben, erinnern Sie sich?«

Ihm war gerade noch eingefallen, dass sie bei seinem ersten Besuch aus Roger einen Gérard gemacht hatte.

»Nein, ich habe Sie noch nie gesehen. Ich erinnere mich nur an schöne junge Männer.«

»Danke!«

»Nichts für ungut.«

»Also, Sie haben jedenfalls sehr wohl einen Sohn, und der heißt Gérard«, insistierte Magritte.

»Ja, ja. Was hat er denn jetzt wieder angestellt, dieser *linkador*?«

»Nichts, nichts …«

Er ist tot, dachte er, aber da kümmerst du dich ja einen Dreck drum.

»Ah, umso besser! Den hab' ich vor die Tür gesetzt, weil er mir mein Geld geklaut hat. Den will ich nicht mehr sehen.«

Keine Sorge, wirst du auch nicht …

»Der ist ein Idiot. Ein Ebenbild seines Vaters. Was wollen Sie von mir? Ich bin Luis' Verlobte, und Sie wissen doch, die Korsen sind eifersüchtige Männer.«

Wie schade! Wo sie mich doch so zum Träumen bringt …

»Ich wollte nur wissen, ob Ihr Sohn Jacques Brel mag.«

»Das ist aber eine seltsame Frage!«

»Ist für eine Umfrage.«

»Ah! Wenn das so ist, wenn es eine seriöse Sache ist, kann ich Ihnen die Frage beantworten. Nein, er hört immer Annie Cordy. Die anderen mag er nicht. Er sagt, die macht gute Laune.«

»Da hat er recht, sie ist lustig. Also nie Brel, auch nicht heimlich, da sind Sie sich sicher?«

»Ist nicht sein Ding. Ist zu ernst für den. Gérard ist kein Intellektueller. Bei dem hängt ein Foto von Poulidor[25] überm Bett.«

»Gut, prima, danke. Dann halte ich Sie jetzt auch nicht länger auf.«

»Nein, weil heute ja unsere Verlobung ist. Luis wird mich seiner Familie vorstellen und mir einen Rubinring schenken. Ich werde Sie zur Hochzeit einladen!«

»Oh, das würde mich sehr freuen!«

---

25 Raymond Poulidor (1936–2019) war einer der populärsten französischen Radrennfahrer.

»Da müssen Sie sich aber ordentlich in Schale schmeißen, hm, *menneke*, da kommt die ganze Schickeria. Danach entführt mich Luis nach Mexiko in die Flitterwochen. Lass uns unter der Sonne Mexikos alles vergessen, hat er gesagt, wir wollen verrückt sein in den tropischen Rhythmen, und du wirst für immer mein Paradies des Herzens und der Liebe sein.«

»Was für ein Charmeur!«

»Ja, er ist ganz verrückt nach mir ... Also dann, *menneke*, ich verabschiede mich, muss noch meine falschen Wimpern ankleben und meinen goldenen String-Tanga wiederfinden, der zu den Sandaletten passt. Neulich habe ich eine meiner Socken im Kühlschrank und die andere in der Mehldose wiedergefunden.«

Bei dir werde ich nie im Leben auch nur eine Crêpe essen, dachte René.

»Hören Sie, das schreiben Sie aber nicht in Ihre Umfrage, oder?«

»Nein, nein, keine Sorge, auch ich bin manchmal zerstreut.« Aber nicht so ...

»Das meine ich doch nicht, ich rede von meiner Verlobung mit Luis Mariano. Das ist noch top secret. Darum habe ich Sie doch auch gefragt, ob Sie Journalist sind. Ich will nicht, dass da was an die Presse durchsickert. Luis will eine große Party schmeißen. Also dann, *salut en de kost, menneke.*«

Worauf sie ihm vor der Nase die Tür zuschlug und sich wieder in ihre Traumwelt zurückzog. Er hätte ihr gern noch gesagt: »Hey, Ginette, wusstest du, dass Luis schwul ist?«

Ach, René, du Rotzbengel, sei kein Spielverderber, dachte er. Lass den anderen doch ihre Träume. In der Realität ist das mit dem Glück oft eine Enttäuschung. In der Fantasie nie.

55.

Bestens gelaunt legte Georgette ihre Perlenkette an, um mit angemessenem Schmuck zur Essenseinladung beim Juwelier der Königin zu gehen. Sie hatte die Sache richtig eingeschätzt! Roger Dutilleul mochte Brel nicht oder machte sich wenigstens nichts aus ihm, er konnte also nicht der Verfasser der an die Opfer geschickten Briefe sein. »René! Zieh deinen schönen Sonntagsanzug an, der ist gebügelt!«

»Heute ist Montag …«

»Ja, und? Für den ist heute Sonntag. Er ist doch ein vornehmer Mann, der unsere Königin mit seinen schönsten Schmuckstücken ausstattet. Da dürfen wir uns nicht blamieren! Und Carmen kommt auch immer donnerstags, obwohl eigentlich Samstag Putztag ist.«

»Sie kommt vor allem, um sich einen schönen Lenz zu machen, diese faule Socke.«

»Und zieh die gepunktete Krawatte an«, fügte seine Frau hinzu, als hätte sie ihn nicht gehört. »Die gestreifte passt besser, wenn du dich mit deinen Freunden vergnügst.«

Georgette wusste, dass ihr Mann solche Anweisungen bezüglich seiner Garderobe hasste. Sie musste nur die gepunktete Krawatte verlangen, und schon machte er das Gegenteil. Und das wollte sie ja, denn sie fand die gestreifte schicker …

Als beide fertig waren, nahmen sie ein Taxi.

»Wenn man zu einer Einladung geht, ist das besser als die

Tram«, hatte Georgette verfügt. »Das ist eine Frage des Standings.«

Dieser ganze Hokuspokus war René schnurzegal, aber wenn er damit seine Frau zufrieden machte, warum nicht.

Monsieur Émile erwartete sie in seinem Haus an den Ufern der Étangs d'Ixelles, diesem bezaubernden, idyllischen Ort mitten in der Stadt, wo man sich auf dem Land glaubte. Mit all den kleinen Enten, die in Ufernähe herumplanschten.

»Hereinspaziert! Hereinspaziert! Meine Tochter macht sich gerade noch hübsch, sie wird gleich kommen. In ihrem Alter ist man ja gern fesch.«

»Nicht nur in ihrem Alter«, erwiderte René mit einem Blick auf seine Frau.

Monsieur Émile nahm Madame Magritte ihren grünen Mantel und Monsieur den Hut ab, dann bat er die beiden mit feierlicher Geste in seine »bescheidene Bleibe«, die eher an den Buckingham Palace erinnerte als an das Wohnzimmer von Tante Paulette.

»Wir haben unser Bestes gegeben – meine Tochter und ich sind schon seit Langem allein. Meine Frau ist nicht mehr da.«

»Oh, mein Beileid«, sagte Georgette, die mit ihrer Spontaneität oft ins Fettnäpfchen trat.

»Sie ist nicht verstorben«, erklärte der Juwelier. »Sie ist eines schönen Morgens einfach gegangen, und zwar mit einem Kommunisten! Stellen Sie sich das mal vor! Die Gattin des Juweliers und Hoflieferanten der Königin, mit einem Roten!«

Das fängt ja gut an, dachte Magritte, der früher selbst Mitglied der kommunistischen Partei gewesen war, weil er – auch wenn sein Erscheinungsbild das Gegenteil vermuten ließ – die Roten den Bourgeois vorzog. Er war das Paradebeispiel eines Trompe-l'Œil-Effekts, was er selbst ausgesprochen amüsant fand. Bourgeois zu sein, war für ihn keine Frage der äußeren Erscheinung, sondern der inneren Einstellung.

»Ich rufe Martha jetzt mal, ich weiß gar nicht, was sie noch so lange da oben treibt«, brummte Monsieur Émile und ging Richtung Treppe. »Marthaaaa!«

Das mit Blumenmotiven und Gold reich verzierte Porzellangeschirr schien Georgette zu faszinieren, es machte auch wirklich was her. Dieser Émile hatte schweres Geschütz aufgefahren, auch das Silberbesteck glänzte und funkelte nur so. Und wie sie die kleinen Teller auf die großen gestellt hatten. René konnte solche pompösen Arrangements nicht leiden, wobei es gleichzeitig auch ein bisschen altmodisch war, was ihn etwas gnädiger stimmte.

Man harrte der Prinzessin, die immer noch auf sich warten ließ. Wenn sie so viel Zeit darauf verwandte, sich schön zu machen, würde sich die Warterei hoffentlich lohnen.

»Schau mal, Schatz«, sagte Georgette und zeigte auf die Wand.

An einem ausgewählten Platz prangte Magrittes Gemälde *Scheherazade*.

Auf der knarrenden Treppe endlich Schritte. Das war Martha! Magritte hatte Mühe, sein Entsetzen zu verbergen, als er sie sah, während Georgette gerade noch einen Lachanfall unterdrücken konnte. Papas Prinzessin hatte sich in ein Kommunionskleid gezwängt, und eine riesige rote Schleife umringte ihre Taille, die nichts Wespenhaftes hatte, sondern eher an eine Planierraupe denken ließ. Die gleiche Schleife, Stichwort Weihnachtsgeschenk, prangte in ihrem Haar. Ganz ehrlich, sie war ausgesprochen hässlich. Sie trug eine Brille mit dicken Gläsern, dank derer sie Glubschaugen hatte, und ihre Nase sah aus wie ein Schweinerüssel.

Wenn man so unvorteilhaft aussieht, dachte Magritte, versucht man doch wenigstens, nicht aufzufallen.

»Ich freue mich seeehr!«, säuselte sie.

»Ich mich auch«, log Georgette.

Magritte begnügte sich damit, zur Begrüßung aufzustehen. Hilfe, jetzt das Küsschen!, dachte er. Neiiin, bitte nicht!

Monsieur Émile schenkte den Champagner – natürlich kein billiges Gesöff – in die Kristallschalen von Val Saint Lambert, in Belgien ein absolutes Muss. René stürzte sich drauf, er brauchte zur Stärkung dringend einen Drink. Er leerte sein Glas in einem Zug – unter dem entgeisterten Blick seiner Frau, die sich, als der Juwelier in Richtung Küche verschwand, zu ihrem Mann hinbeugte und ihm zuflüsterte: »René, ich schäme mich für dich! Du benimmst dich wie ein Elefant im Porzellanladen. Einen Champagner dieser Preisklasse muss man genießen. Und nicht runterkippen wie ein Bier in der Bahnhofskneipe!«

Der dicken Martha hatte es vor Bewunderung die Sprache verschlagen, und sie starrte Magritte so durchringend an, als wäre er mindestens die Venus von Botticelli. Er hatte das unangenehme Gefühl, dass ihre Augen an seinem Gesicht klebten wie Schmeißfliegen. Georgette, die das Unbehagen ihres Mannes spürte, fing an, Martha Fragen zu stellen, um von ihm abzulenken. »Und Sie studieren also Zeichnen und Malerei?«

»Ja ...«

»Und das macht Ihnen Spaß?«

»Ja ...«

Worauf ein langes Schweigen folgte, dem Monsieur Émile glücklicherweise ein Ende bereitete, als er mit einem Servierteller, auf dem Petit Fours angerichtet waren, aus der Küche zurückkam. Er ließ seine Gäste zugreifen, dann füllte er erneut die Gläser, um auf diesen unvergesslichen Moment anzustoßen. Worauf er dann in einen Ledersessel sank – offensichtlich sein angestammter Sitzplatz, denn er war abgenutzter als die anderen – und sich voll des Lobes über seine »kleine Perle« zeigte, die rein optisch eher Assoziationen an eine schleimige Auster weckte.

»Ihr Lehrer hält sie für hochbegabt! Sie hat schon gezeichnet, als sie noch ganz klein war.«

Wie jeder andere auch, dachte Magritte. Jedes Kind kritzelt los, wenn man ihm einen Stift in die Hand drückt. Und dann die Eltern, hingerissen von dem Gekrakel, als wäre ihr Sprössling ein zweiter Van Gogh.

»Hol doch mal deine Zeichnungen, Liebes, und zeig sie Monsieur Magritte.«

Die dicke Martha stieß einen Seufzer aus und hievte sich aus ihrem Sofa. Während der väterlichen Lobestiraden hatte sie ihren Gast unentwegt angestiert, ohne Georgette auch nur eines Blickes zu würdigen; anscheinend hatte Martha beschlossen, sie auf diese Weise wegzuzaubern. René tat so, als bemerkte er es nicht …

Mit einer Mappe unter dem Arm kam sie zurück. Ihr Paps hatte sich inzwischen in einen Schnellkochtopf verwandelt, der vor Freude bereits überschäumte. Als er ihre erste Zeichnung präsentierte, hatte seine Begeisterung den Höhepunkt erreicht.

Taugt nichts, dachte René.

Georgette, die ihren Mann kannte und fürchtete, dass er ins Fettnäpfchen treten würde, ergriff schnell das Wort. »Das ist sehr eigenwillig, oder, René?«

Das sagte sie immer, wenn ihr etwas nicht gefiel. Eine Formulierung, die ihr erlaubte, vage zu bleiben und dabei höflich zu sein. Die meisten Leute waren so überzeugt von ihrem Talent, dass sie es als Kompliment betrachteten.

»Ja, ich finde es auch einzigartig«, erwiderte Monsieur Émile. »Originalität und Individualität sind doch das, was den Künstler ausmacht. Nicht wahr, Monsieur Magritte?«

»Sicher …«

Nur dass es eben nicht reicht, eine Kaffeekanne auf eine Wolke zu setzen, damit es ein Meisterwerk wird, dachte der

Angesprochene. Da zählt auch das künstlerische Können, die Art und Weise, eben das kleine Etwas namens Talent. Und das hat diese wandelnde Schleife offenbar nicht.

Die anderen Zeichnungen waren vom gleichen Kaliber. Die Schleifenträgerin versuchte, Magritte zu imitieren, aber *Das Reich der Lichter* wurde zu einem Reich des Elends … Während ihr Vater die Kritzeleien des Wunderkinds Stück für Stück präsentierte und Georgette sich gezwungen sah, jedes Mal in Entzücken auszubrechen, starrte Martha unermüdlich ihr Idol an. Die schwarzen Schmeißfliegen-Augen, die an René klebten, begannen langsam, in seinem Kopf zu summen, und er hatte nur noch einen Wunsch: sich zu verdünnisieren! Aber er blieb höflich und dies aus mehreren Gründen: Erstens hatte er Hunger, zweitens hatte der Juwelier eins seiner Gemälde gekauft und Kunden hatte man dankbar zu sein, und drittens wollte er Martha in Sachen Roger noch ein paar Würmer aus ihrer dicken Nase ziehen.

»Sie sagen ja gar nichts, Monsieur Magritte! Gefallen Ihnen Marthas Zeichnungen nicht?«

»Äh, doch, doch …«

Dreckiger Lügner, jetzt sitzt du in der Falle!

»Mein Mann ist kein großer Redner«, eilte Georgette ihm zu Hilfe. »Wenn ihm etwas gefällt, dann schweigt er. Das ist seine Form der Anerkennung … Oder, René?«

»Genau.«

Wie gern hätte er gesagt, was ihm auf der Zunge brannte, und dieser jungen Dame den Rat gegeben, ihre Zeichenstifte gegen Stricknadeln einzutauschen. Wobei auch das ja ein gewisses Talent erforderte. Nichts garantierte, dass ihre Pullover nicht wie Putzlappen aussehen würden …

Das Essen war fertig und man ging zu Tisch. Themenwechsel, das Gespräch drehte sich nun um das Bild des Meisters: *Schehe-*

razade. Man wollte wissen, woher ihm all diese Ideen kamen! Eine abgedroschene Frage, die ihm jedes Mal gestellt wurde und auf die er am liebsten geantwortet hätte: »Aus meinem Arsch.« Aber auch hier hielt er den Mund. Mit den Jahren wird man höflicher, und er wünschte sich die Zeit zurück, in der er laut aussprach, was alle dachten.

»Rachel Baes[26], eine belgische Malerin, hat mich zu diesem Gemälde inspiriert«, erklärte Magritte. »Sie war mein Modell, und ich habe sie in einigen Amateurfilmen, die ich selbst gedreht habe, in Szene gesetzt. Die Augen und der Mund, den Sie hinter dem Perlengesicht sehen, sind von ihr. Sie ist Muse, aber auch Malerin. Wegen dieser Dualität wird sie auch als ›surrealistische Frau‹ bezeichnet.«

»Wie meine Tochter! Ich bin mir sicher, dass sie furchtbar gern für Sie Modell sitzen würde.«

Magritte hätte sich fast an seinem flämischen Rinderschmorbraten verschluckt. »Ich arbeite nicht mehr mit Modellen, weil ich mich malerisch nur noch mit Gegenständen beschäftige.«

Gerade noch die Kurve gekriegt!

»Schade«, murmelte Martha, deren Blick plötzlich eisig geworden war.

Magritte ertrug es nicht mehr, so angestarrt zu werden. Je länger sich die Mahlzeit hinzog, desto mehr hatte er das Gefühl, Gefangener dieser Blicke zu sein, die sich wie Spinnenbeine an

---

26 Rachel Baes war zufälligerweise meine Cousine väterlicherseits! Im Wohnzimmer meiner Eltern hing ein Stillleben von ihr. Weil sie es nicht berauschend fanden, verbrachte es einige Jahre im Keller, bis meine Mutter die Cousine im Fernsehen sah, in einer Kutsche in Brügge. Und plötzlich nahm das Gemälde wieder seinen Platz über der Anrichte ein.

seine Haut klammerten. Sie hatte den Blick einer Verrückten, fand er, und das ließ ihn schaudern.

»Wer ist diese Rachel Baes? Ist sie bekannt?«, fragte der Juwelier.

»Oh ja«, antwortete Georgette stolz. »Und ihr Vater ist auch ein bekannter Maler. Er heißt Émile, so wie sie, und beide wohnen in Ixelles, übrigens nicht weit von hier. Am Anfang hat Rachel Stillleben mit Blumen und Meerestieren gemalt. Das war nicht so mein Geschmack. Dann hat sie mit ihren geheimnisvollen und auch beängstigenden Bildern angefangen, auf denen merkwürdige Mädchen zu sehen sind …«

»Diese Periode mag ich sehr«, sagte Magritte, dem es besonders ihr Gemälde *La vie en rose* angetan hatte.

»Sie war die Geliebte des Schriftstellers Paul Léautaud und hat dann Robert Leurquin geheiratet. Irgendwann kam es zur Scheidung.«

»Eine sehr talentierte Malerin«, wiederholte Magritte, als wollte er ihnen zu verstehen geben, dass man so etwas nicht aus dem Stegreif wird. Die Gemälde von Rachel Baes, dachte er, sind wie die Welt eines Marcel Proust.

Aber die Mühe war vergeblich, Monsieur Émile entgegnete ihm, dass seine Tochter auf dem besten Weg sei, in die Fußstapfen dieser Rachel Baes zu treten und sie sogar zu übertreffen! Ah, diese verblendeten Eltern, die ihre Sprösslinge für Genies halten.

»Könntest du den Nachtisch holen, Liebes? Ich muss mit Monsieur Magritte sprechen.«

Auweia!

»Ich möchte Sie um einen Gefallen bitten. Wären Sie bereit, meiner Tochter Ihr Atelier zu zeigen? Es wäre eine große Ehre für Sie!«

»Mein Mann hat kein Atelier«, versuchte Georgette, ihrem Mann aus der Patsche zu helfen.

Monsieur Émile war keiner, der schnell aufgab. »Irgendwo wird er doch wohl malen?«

»Äh, ja, in unserem Wohnzimmer.«

»Nun, dann eben das Wohnzimmer«, schlussfolgerte Monsieur Émile.

Junge, jetzt steckst du in der Klemme, dachte René.

»Gut, dann soll sie diese Woche auf einen Kaffee vorbeikommen. Wir hätten uns sehr gern revanchiert und Sie beide zum Abendessen eingeladen, aber mein Mann bereitet gerade eine große Ausstellung in Paris vor. Das holen wir später nach.«

»Kein Problem, das verstehen wir doch«, erwiderte der Juwelier.

Das hatte Georgette gut hinbekommen. Die Aussicht, noch einen ganzen Abend mit diesem verzückten Gockel und seiner Göttin namens Tochter zu verbringen, die bestimmt mit einem Kirsch-Clafoutis bei ihnen aufkreuzen würde, überstieg einfach seine Kräfte. Magritte schenkte seiner Frau ein strahlendes Lächeln.

»Ach, übrigens«, fuhr sie fort, »was wissen Sie über Roger Dutilleul – wo er doch Ihr Kunde war?«

René hatte den Eindruck, dass sich Marthas Körperhaltung leicht veränderte, als seine Frau den Namen aussprach. Sich verkrampfte.

»Er war reizend. Und ein guter Kunde, der immer bar bezahlt hat. Sehr höflich, ein Mann mit äußerst gutem Auftreten. Meine Tochter mochte ihn übrigens sehr.«

»Ja …«, murmelte Martha.

»Kannten Sie ihn gut?«, fragte Magritte.

Wie gewohnt antwortete der Vater an ihrer Stelle. René verstand langsam, warum ihm die Frau weggelaufen war.

»Er ging manchmal ins Kino oder ins Restaurant mit ihr.«

Soso …

»Natürlich ohne Hintergedanken«, fügte Monsieur Émile hinzu.

Sichtlich verärgert über die Bemerkung ihres Vaters stand Martha auf. Und just in diesem Moment entdeckte Magritte – eingeklemmt zwischen ihren Brüsten – ein goldenes Herz. Ein Herz, in das ein M eingraviert war.

56.

Die Puppe Nina starrte Mathilde aus ihren kleinen Perlmuttaugen an, die in das Stoffgesicht eingenäht waren. Ob diese Knöpfe von einer Bluse ihrer Mutter stammten?

Mathildes Kehle war wie zugeschnürt. Sie betrachtete den auseinandergefalteten Brief, den ihre Puppe in all diesen Jahren wie ein Baby in ihrem Bauch aufbewahrt hatte.

Als Erstes las sie die Unterschrift:

Deine Maman, die dich liebt, da darfst du nie dran zweifeln. Ob du mir irgendwan verzeien kanst?

Nina

Deshalb hatte ihre Mutter der Puppe also den Namen Nina gegeben, ihren eigenen. So konnte sie ihrer Tochter auf ihre Weise weiterhin nah sein.

Mathilde wollte kein Mitleid mit ihr haben. Sie hatte das Gefühl, dass sie selbst sich als Mutter niemals von ihrem Kind getrennt, dass sie lieber mit ihm unter einer Brücke gelebt hätte, als es auszusetzen, nicht einmal auf der Treppe zum Palast eines Maharadschas! Aber vielleicht hatte Nina ja wirklich geglaubt, dass sie das Bestmögliche für ihre Tochter tat?

Mathilde nahm den Brief in die Hand und las:

Meine kleine Mathilde, ich hoffe das du diesen Brief eines Tages lesen wirst. Warscheinlich bin ich dann tot. Ich will das du weist das ich dich liebe. Ich habe alles getan um dich zu behalten, aber es get nicht mit meinem Beruf. Ich bringe dich lieber zu den Nonnen. Ich weis das sie für dich sorgen werden. Ich habe keine andere Wal. Ich hätte gern ein schönes Leben gehapt, mit einem Mann und mit Kindern. Aber ich habe keine Bildung. Ich wollte kein Kind. Mit 17 bin ich vergewaltigt worden … Dein Vater der viel älter ist als ich hätte das Geld gehapt für eine Abtreibung. Ich wollte das nicht. Wir haben uns nie widergesehn. Er hat mich fallen lassen. Er war verheiratet. Wollte keinen Ärger.

Mathilde hielt inne. Dann war sie also das Ergebnis einer Vergewaltigung! Ein alter Dreckskerl hatte ihre Mutter missbraucht, als sie noch ein junges Mädchen war. Und anschließend wollte er das Baby töten! Er hätte doch hinter dem Rücken seiner Frau für Ninas Unterhalt sorgen können, aber nein, er fand es besser, sie beide wie zwei Hündinnen am Straßenrand liegen zu lassen. Und dort, auf dem Straßenstrich, war ihre Mutter dann ja auch gelandet.

Auf sie war Mathilde jetzt nicht mehr böse, und wäre sie noch am Leben gewesen, hätte sie ihre Mutter in den Arm genommen. Was muss man für ein Mistkerl sein, um so etwas zu tun? Denn was ist schrecklicher als eine Vergewaltigung? Es ist ein unverzeihliches Verbrechen, das Kind in uns zu töten, diese Unschuld, ohne die wir nicht wachsen und reifen können. Und genauso schrecklich ist das Verbrechen, dann auch noch so zu tun, als wüsste man von nichts.

Plötzlich hatte Mathilde einen Brechreiz. Nicht wegen ihrer Mutter und den Dingen, die sie hatte ertragen müssen, nein, es war irgendwie verschwommener … Als hätte sich das Wort

Vergewaltigung mit dem Geruch der Rosen verknüpft … Und auf einmal sah sie Schwester Louise klar und deutlich vor sich, wie diese sich über Mathildes kleinen, nackten Körper beugte und ihn – ans Bett gefesselt – mit einem dornigen Zweig geißelte. Sie peitschte Mathildes Bauch, ihre Brust und ihr Geschlecht blutig, und dabei wiederholte sie wieder und wieder: »Böses Mädchen! Böses Mädchen! Für all deine Sünden wirst du büßen …«

Und über ihr neigte der ans Kreuz genagelte Christus scheinbar zufrieden den Kopf.

57.

Georgette hatte *Couques de Dinant* und Apfeltaschen gekauft, um Martha mit Kaffee und Kuchen zu empfangen. Sie mussten ihr Vertrauen gewinnen, damit sie mit allem rausrückte, was sie über Roger Dutilleul wusste. René hatte seiner Frau von dem goldenen Anhänger mit eingraviertem M erzählt, den er gesehen hatte, als Martha aufgestanden war. Das gleiche Herz wie das von Madeleine und Rosa. War da was zwischen den beiden gewesen? Seltsam … Rogers Frau und auch seine Geliebte waren ziemlich hübsch, warum hätte er also ein Auge auf Martha werfen sollen?

»Hast du gesehen, wie sie dich angestarrt hat?«, bemerkte Georgette.

»Ja, das wurde immer unangenehmer.«

»Diese junge Frau hat ein Problem, und zwar nicht nur mit ihrem Aussehen, das meiner Meinung nach lediglich eine Folgeerscheinung ist.«

»Ja, ich denke, das liegt auf der Hand«, stimmte René ihr zu. »Sie hat den Blick einer Verrückten … Als wäre sie nicht von dieser Welt. Ihre Blässe hat etwas von einem Leichnam.«

»Ja, und wie sie sich ausstaffiert hat, schlimmer als eine Kirmespuppe, lächerlich! Ich frage mich, in welcher Aufmachung sie heute kommt, um dich zu sehen – ich existiere ja für sie nicht. Sie will dich ganz für sich allein, du kleiner Glückspilz!«

Die Schicksalsstunde hatte geschlagen: Um Punkt 16 Uhr klingelte es.

Mit einer Packung Pralinen in der Hand stand Martha vor der Tür, diesmal in ein geblümtes Kleid gezwängt, in dem sie aussah wie eine Gänseblümchenwiese, nur dass man keinerlei Lust bekam, die Blütenblätter abzuzupfen. Um das Bild zu vervollständigen, hatte sie auch noch eine Blume im Haar drapiert. Welch schlichte Eleganz!

»Willkommen«, begrüßte Georgette die junge Frau und musste sich ein Lachen verkneifen.

Martha kam herein und überreichte René die Pralinen.

»Danke«, sagte Georgette, sie konnte einfach nicht anders. »René mag keine Schokolade, ich aber schon.«

Du bist doch ein kleines Biest, dachte Magritte.

Martha machte ein langes Gesicht.

»Kommen Sie«, schlug er vor. »Ich zeige Ihnen, wo ich male.«

Er führte sie ins Wohnzimmer zu seiner Staffelei, auf der absichtlich ein Aktbild seiner Frau mit dem Titel *Die Freiheit des Geistes* stand. Georgette hielt darauf eine Pfeife in der hohlen Hand.

»Ich dachte, Sie malen keine Menschen mehr, sondern nur noch Gegenstände!«

»Ja, abgesehen von meiner Frau, die ich sehr schön finde. Hier habe ich gerade den Himmel etwas überarbeitet. Himmel male ich sehr ungern, ich finde das so langweilig. Ansonsten sehen Sie hier auch mein letztes Bild, *Das Zimmer des Lauschens*.« Er zeigte auf ein Gemälde, auf dem ein riesiger grüner Apfel den gesamten Raum einnahm.

»Warum dieser Titel?«

»Wir werden uns unter allen Umständen weigern, etwas zu erklären, das sich jeder Erklärung entzieht.«

Stumm fixierte ihn Martha mit ihren durch die dicken Brillengläser vergrößerten Froschaugen. Mit Gänseblümchen kam sie da nicht weiter.

»Das ist surrealistisch«, sagte sie schließlich.

»Dieses Wort ist für mich sinnfrei. Ich habe weder Zeit noch Lust, den surrealistischen Künstler zu spielen. Denn vor mir liegt die riesige Aufgabe, mir Dinge auszudenken, die uns bezaubern und das wecken, was wir noch an instinktiver Freude in uns haben.«

Mit offenem Mund sah Martha ihn an.

»Wissen Sie, junge Frau, es reicht nicht, Lust aufs Malen zu haben, wozu man ja auch erst einmal die nötige Begabung braucht, was für alle Kunstformen gilt. Natürlich hat Talent etwas mit Arbeit zu tun. Aber es ist eben auch dieses absolute Mysterium, das man als eine ›Gabe‹ bezeichnet und das in keiner Schule gelehrt wird. Alles, was man tut, um zu gefallen oder zu missfallen, mit anderen Worten, um Aufmerksamkeit zu erregen, hat keinerlei künstlerischen Wert. Es geht nicht darum, andere mit irgendetwas in Erstaunen zu versetzen, sondern selbst darüber zu staunen, dass man erstaunt ist.«

»Der Kaffee ist fertig!«, verkündete Georgette, die mit einem Tablett ins Wohnzimmer kam.

»Kaffee trinke ich nie«, erklärte Martha, offenbar froh, dieser nervigen Frau, die ihr mit den Pralinen auf den Schlips getreten war, eine verdeckte Ohrfeige zu verpassen. Sie war überzeugt davon, dass es eine bewusste Gemeinheit gewesen war, und ging davon aus, dass Magritte sich auf die Pralinen stürzen würde, sobald sie gegangen wäre.

Sie selbst stürzte sich auch ohne Kaffee sofort auf die *Couques de Dinant*.

»Haben Sie sich gut mit Roger Dutilleul verstanden?«, fragte Magritte, der es plötzlich eilig hatte, zum eigentlichen Thema zu kommen, denn mit dieser wandelnden Blumenwiese über

Kunst zu reden war so, als würde man mit einem Bäcker über Klempnerarbeiten plaudern.

»Er war ein sehr netter Mann.«

»Haben Sie ihn sehr gemocht?«

»Er war ein Kunde des Juwelierladens und ein Freund meines Vaters … Warum diese Frage?«

»Weil Sie den gleichen Goldanhänger in Herzform mit einem eingravierten M tragen, den er seiner Frau und seiner Geliebten geschenkt hat.«

Martha wurde rot wie eine Tomate. Sie trennte sich nie von diesem Anhänger und trug ihn an einer langen Kette, damit er verborgen blieb. Also wirklich, dieser Magritte hatte Augen wie ein Luchs!

»Das ist ein Geschenk.«

»Daraus schließe ich, dass Sie seine Geliebte waren … und insofern eine Verdachtsperson sind. Ich möchte Sie daran erinnern, dass diese Frauen ermordet wurden. Eifersucht könnte das Motiv sein.«

»Die Polizei hat doch gesagt, dass er der Täter ist …«

»Was die Polizei gesagt hat, ist Unsinn«, schaltete sich Georgette ein. »Und wir helfen ihr dabei, den wahren Täter oder die wahre Täterin zu finden … Ich schwanke noch.«

»Das … Das war ich nicht! Ich habe Roger geliebt, aber er hat mich nicht beachtet. Er war nur nett zu mir, wenn mein Vater dabei war.«

»Aber er hat Sie doch ins Kino und ins Restaurant ausgeführt«, warf Georgette ein.

»Um meinem Vater eine Freude zu machen.«

»Und Sie«, sagte Magritte, »Sie waren in ihn verliebt, weil Sie ältere Männer mögen, habe ich recht?«

»Ja …«, gestand Martha. »Ich war verrückt nach ihm. Und ich wollte auch so ein Herz haben wie das, was er seiner Geliebten geschenkt hatte. Also habe ich meinen Namen eingraviert.«

»Ich muss Sie dennoch fragen, wo Sie waren, als Madeleine und Rosa ermordet wurden.«

»Warum? Sind Sie Polizist?«

»Ich bin nicht nur Maler. Ich bin auch Detektiv, und meine Frau ist meine Assistentin.«

»Ich war an beiden Abenden im Toone, dem Marionettentheater, Rue des Bouchers, mit meinem Vater«, murmelte sie. »Sie können ihn anrufen, wenn Sie mir nicht glauben.«

»Das wird nicht nötig sein.«

»Ich war eifersüchtig auf diese Frauen, aber ich hätte ihnen niemals etwas angetan.«

Manchmal ist die Wahrheit herzergreifend, und Georgette hätte Martha jetzt gern in den Arm genommen. Aber sie ließ es bleiben. Wenn sie in der Vergangenheit das eine oder andere Mal schwach geworden war, hatte sie es hinterher meistens bereut. Der erste Eindruck täuscht nie.

58.

Magritte nutzte die Sonne, um ein bisschen spazieren zu gehen, Richtung Les Marolles. Zwei als Frauen verkleidete Demonstranten liefen ihm mit einem Transparent über den Weg, auf dem »Gang der zornigen Alten« stand. Ein Stück weiter war ein mit Indianerfedern geschmückter Typ auf einem Fahrrad unterwegs, das mit allem möglichen Klimbim vollgehängt war. René liebte diese verrückte, spielerische Seite der Belgier und hätte sich um nichts in der Welt ein anderes Land als Heimat gewünscht. Was so weit ging, dass er sogar seinen wallonischen Akzent pflegte und das R genauso schön rollte wie in der Province de Hainaut, wo er geboren war.

Nach einem Bier im *Chez Willy*, dem legendären Flohmarkt-Café, das mit allem möglichen Trödel dekoriert war, ging er ins *Clef d'or*, um dort ein *stoemp* mit einer Scheibe Schinkenspeck zu essen. Dann spazierte er weiter zum Antiquitätenhändler in der Rue Blaes. Er hatte Lust, Madeleine wiederzusehen. Georgettes Ahnung, dass der Mörder noch frei herumlief, ließ ihm keine Ruhe. Und dann dieser Zufall, dass die Vornamen der Opfer mit den Liedern von Jacques Brel übereinstimmten – er fürchtete, Madeleine könnte in Gefahr sein. Hatte ihn nach seinem Treffen mit dem großartigen Jacques der Gedanke an sie nicht auf geradezu quälende Weise verfolgt?

Und wenn die Ermordung der beiden Frauen gar nichts mit Roger Dutilleul zu tun hatte? Wenn es die Tat eines verrückten Brel-Fans war, dem es Spaß machte, die Figuren aus seinen Liedern umzubringen, und der nun – so wahnwitzig es sein mochte – davon profitierte, dass Roger die getöteten Frauen gekannt hatte? Alles war möglich in dieser kaputten Welt.

René betrat den Laden und schaute sich nach Madeleine um. Er sah sie nirgendwo.

»Guten Tag, Monsieur René«, begrüßte ihn der Antiquitätenhändler. »Wir haben gerade eine frische Lieferung von Pendeluhren bekommen, und …«

»Ich komme nochmal vorbei, wollte jetzt nur kurz Mathilde sehen.«

»Ah«, sagte der Antiquitätenhändler enttäuscht. »Ich habe ihr geraten, ein bisschen frische Luft zu schnappen, ich finde, sie sieht etwas blass aus. Nicht dass sie noch krank wird! Gerade jetzt, wo die Japaner kommen … Gehen Sie ruhig durch, sie ist hinten im Hof.«

Tatsächlich fand Magritte die junge Frau dort. Sie hatte sich auf die Stufen gesetzt und schien wirklich nicht auf dem Damm zu sein.

»Guten Tag! Ihr Chef hat mir gesagt, dass Sie hier sind. So richtig in Form scheinen Sie aber nicht zu sein, oder?«

»Bin nur ein bisschen müde, kein Grund zur Sorge.«

»Doch, eben drum, ich war wirklich etwas in Sorge …«

Von seinen Befürchtungen im Zusammenhang mit den beiden Morden sagte er nichts, er wollte sie jetzt nicht auch noch beunruhigen.

»Und sonst, was gibt's Neues?«

»Oh, nichts, der übliche Alltagstrott. Und bei Ihnen?«

»Ich male … Ach ja, ich habe Jacques Brel getroffen.«

»WAS?«

Es war so, als hätte er ihr gerade den Schlüssel zum Paradies überreicht. Einen gläsernen Schlüssel, der jeden Moment zerbrechen konnte …

»Sie scheinen ihn ja zu mögen.«

»Mögen? Ich verehre ihn! Erzählen Sie …«

»Na ja, er ist ein bewundernswerter Mensch, sehr tiefsinnig und faszinierend. Extrem sensibel, und gleichzeitig strahlt er eine unglaubliche Energie aus. Er hat natürlich seine Grauzonen, so wie jeder von uns … Wir hatten ein sehr interessantes Gespräch, in dessen Verlauf ich zu der Gewissheit gelangt bin, dass ich auch mit Gefahren leben sollte, damit das Leben stärker meinen Gedanken und Gefühlen entspricht.«

»Hat er Ihnen Dinge anvertraut, die er in seinen Interviews noch nicht preisgegeben hat? Wussten Sie zum Beispiel, dass seine Eltern vor seiner Geburt und der Geburt seines Bruders ein Zwillingspaar verloren hatten? Er ist ein verträumtes Kind geblieben, das sich in seinem Erwachsenenleben langweilt, und er erzählt gern, dass er aus dem Koffer lebt … Sie werden sehen, eines Tages wird er aufhören zu singen – sobald er das Gefühl hat, nicht mehr aufrichtig zu sein.«

»Sie scheinen ihn gut zu kennen.«

»Ja. Ich habe sämtliche Interviews von ihm gehört oder gelesen, und ich kenne seine Chansons in- und auswendig. Er hat mir durch alle Stürme hindurchgeholfen.«

»Er bringt einen zum Nachdenken. Und wenn ich ihn auf der Bühne sehe, bekomme ich Gänsehaut«, vertraute Magritte ihr an. »Aber vor allem habe ich bei diesem Mann, der tausend Gesichter hat, tief in seinem Inneren eine unendliche Einsamkeit gespürt.«

»Steckt diese Einsamkeit nicht in uns allen? Und in seinem letzten Interview hat er gesagt: ›Ich habe festgestellt, dass ich weniger Mist baue, wenn ich meinen Füßen folge, als wenn die Füße meinem Kopf folgen.‹ Er hat recht, wir neigen dazu, uns viel zu viele Gedanken zu machen. Manchmal muss man seinem Instinkt folgen und handeln. ›Man stirbt nicht, wenn man auf die Schnauze fällt. Man stirbt nicht, wenn man gedemütigt wird. Man stirbt von einem Messer im Rücken‹«, sagte sie leise, fast wie im Selbstgespräch. »Das ist auch von Brel.«

Warum hallte dieser Satz wie ein seltsames Echo in ihm wider? Er spürte, dass sich Mathilde über irgendetwas Gedanken machte. Als nagte ein finsteres Geheimnis an ihr.

59.

Als René nach Hause kam, erzählte er von seinem Gespräch mit Mathilde. Er redete nicht so gern von ihr. Sie war Teil jenes heimlichen Gartens tief in seinem Inneren, dessen Zauberschlüssel er brauchte, um die Sterne am Nachthimmel weiterhin sehen zu können. Aber jetzt hatte er Angst um sie. Er spürte, dass sie in Gefahr war. Und Georgette würde wie immer Rat wissen. Seine wirren Gefühle für die junge Frau verbarg er natürlich vor ihr; zu seiner Rechtfertigung griff er auf einen Gedanken seines Freundes Scutenaire zurück: »Ich lüge für meine Wahrheit.«

»Was weißt du von ihr, René?«

Georgette kannte ihren Mann und seine Neigung, Feuer und Flamme zu sein. Im Gegensatz zu ihm war sie ein skeptischer Mensch und blieb lieber erst einmal misstrauisch. Womit sie recht hatte! Dieser klugen Erkenntnis waren allerdings viele Enttäuschungen vorausgegangen, Menschen, denen sie vertraut hatte, und die dann hinter ihrem Rücken über sie hergezogen waren. Meistens war Neid die Ursache. Es gab einen wallonischen Spruch, den Georgette oft aus dem Mund ihres Großvaters gehört hatte und der ihr besonders gefiel: »Wenn du mir in den Rücken fällst, kannst du mich gern auch noch am Arsch lecken.« Wie oft und wie gern wäre sie jedem zähnefletschenden Lächeln und jedem Idioten, dessen Leben nur aus Lästern bestand, mit diesem Spruch begegnet! Aber sie war höflich. Was ihr an ihrem Mann so gefallen hatte, war der böse Junge in ihm, der laut ausspricht, was jeder denkt, und einfach macht, was er will.

»René«, sagte sie, »informier' dich über sie. So kannst du sie am besten beschützen.«

»Da hast du nicht unrecht.«

»Ruf erst mal Jefke an, gib ihm ihren Namen und bitte ihn, Nachforschungen anzustellen.«

»Findest du nicht, das wäre ihr gegenüber ein bisschen übergriffig, mein Mäuschen?«

»Vergiss deine Skrupel. Ein Detektiv muss skrupellos sein, sonst ist er erledigt.«

Ich hätte das Gefühl, ihr unter den Rock zu schauen, dachte Magritte. Wobei ihm diese Vorstellung nicht unangenehm war …

Also rief er Jefke an, der ihm versprach, das Leben der Mathilde Willem unter die Lupe zu nehmen.

Was würde er herausfinden? Banale Dinge, hoffte René. Aber ihr Blick war so unergründlich, dass sie nicht in einem Haus ohne Türschlösser gelebt haben konnte. Und Georgette hatte recht, Menschen, deren Geheimnisse man kannte, waren leichter zu beschützen.

Noch am selben Abend erfuhr er, was Sache war. Jefke rief ihn an, er hatte seine Nase in die Archive gesteckt und einige Telefonate geführt; dafür waren Freunde ja da.

Und so berichtete er, dass Mathilde Waise war, aufgewachsen im Kloster Très-Saint-Sauveur in Anderlecht bei den »Nonnenfürzle«, wie René sie nannte und sarkastisch hinzufügte: »Wird ja wohl seinen Grund haben, dass ausgerechnet Leute, die im Schatten der Flügelhauben großgeworden sind, nie den Gottesdienst besuchen …«

»Was ist mit den Eltern?«, fragte Magritte.

»Da ist nichts in Erfahrung zu bringen. Unbekannt. Willem ist der Name der Mutter Oberin, die damals jedes Kind adoptiert hat, über dessen Familie es keine Informationen gab. Leider ist sie verstorben. Aber ich habe da etwas, das dich interessieren dürfte …«

Jefke liebte effektvolle Pausen. René gingen sie auf die Nerven. »Los, sag schon!«

»Okay, aber dafür lässt du mich nächstes Mal beim *vogelpik* gewinnen.«

»Beim nächsten *vogelpik* landet mein Wurfpfeil in deinem Auge, jetzt spuck's endlich aus!«, knurrte Magritte.

Weil Jefke die Ungeduld seines Freundes spürte, fuhr er lieber fort. Er hatte mit etwas Humor an die Sache herangehen wollen, zumal das, was jetzt kam, alles andere als lustig war.

»Eine Ordensschwester namens Louise hat sich in Sachen Erziehung um Mathilde gekümmert, und nicht nur um sie. Diese Nonne hatte mehrere Waisenkinder unter ihrer Fuchtel, so muss man das wohl nennen. Stell dir vor, sie wurde rausgeschmissen und man hat diese Braut Christi aus der Gemeinschaft ausgeschlossen, weil sie mit den Kindern Schweinereien angestellt hat. Sie vergnügte sich damit, die Mädchen mit Rosenzweigen auszupeitschen, um ihnen ihre Sünden auszutreiben. Und anschließend rieb sie ihren Intimbereich mit Pomade ein, um die Verletzungen zu versorgen …«

»Haben sie dir das im Kloster erzählt?«

»Natürlich nicht! Die werden doch nicht das Ansehen ihrer tugendhaften Religion beschmutzen. Nein, ich habe meine Kontakte … Und hör zu, das ist noch nicht alles!«

Wieder ließ Jefke Stille eintreten. Um seine Nerven im Zaum zu halten, fing René an, sich das Telefonkabel um die Hand zu wickeln.

»Zu den Mädchen, um die sich diese teuflische Schwester

gekümmert hat, gehörten auch Madeleine Dutilleul und Rosa Verbeek …«

»WAS?«

»Nicht zeitgleich, weil Madeleine älter war, aber beide waren Waisenkinder!«

»Das ist ja ein unglaublicher Zufall!«, rief Magritte aus.

»Ja und nein. In der Nachkriegszeit gab es viele Waisenkinder. Diese Ordensschwester Louise heißt Maria Martin und wohnt in Namur, hinter der Église Saint-Loup. Ich fahre da morgen mal hin. Kommst du mit?«

»Was denkst denn du!«

»Leider ist die Sache längst verjährt«, sagte Jefke bedauernd. »Nichtsdestotrotz juckt es mir in den Fingern, dieser Frau eine zu schmieren!«

Die Idee, eine perverse Nonne zu ohrfeigen, gefiel Magritte. Vor allem, wenn sie Mathilde wehgetan hatte.

Deshalb wirkte sie also immer so traurig.

60.

René und Jefke fuhren mit dem Polizeiwagen nach Namur. Magritte wollte, dass sein Freund Blaulicht und Martinshorn anschaltete wie im Kino, aber der weigerte sich, den Cowboy zu spielen, zumal ihm der Lärm in den Ohren wehtat.

»Glaubst du, die alte Schachtel ist da?«, fragte René.

»Ich habe sie gestern angerufen, um unseren Besuch anzukündigen.«

»Ach ja? Und du hast gesagt, dass du von der Polizei bist?«

»Ja. Und ich habe auch gemerkt, dass sie sich unwohl fühlte. Sie hat mich gefragt, warum ich denn mit ihr sprechen will. Ich habe ihr gesagt, dass sie das erfährt, wenn wir da sind.«

»Das macht dir Spaß, wenn die Leute Muffensausen kriegen, gib's zu«, amüsierte sich René. »Sonst wärst du nicht Polizist geworden …«

»Stimmt, ich habe nichts dagegen, verschrumpelte alte Hexen, die sich in ihrem Garten der Qualen sicher fühlen, mal ordentlich durchzurütteln.«

Jefke parkte den Wagen an der Place Saint-Aubain im alten Namur, in unmittelbarer Nähe zur Rue de l'Ouvrage, wo die gestürzte Nonne hauste. Tatsächlich entsprach ihre Bleibe genau dem, was René sich vorgestellt hatte, streng und wenig einladend mit ihrer Steinfassade, grau wie das Gefieder der Tauben.

Der Polizist klopfte an die Tür und wartete.

»Sie wird sich fragen, wer ich bin«, sagte Magritte.

»Mach dir keine Sorgen, ich habe ihr gesagt, dass du meine rechte Hand bist.«

»Mir fehlt die entsprechende Kostümierung.«

»Ich werde ihr erklären, dass du Praktikant bist. Okay, ein etwas alter Praktikant«, erwiderte Jefke lachend.

»Pass auf, was du sagst …«

Keine Schritte. Niemand kam, um ihnen die Tür zu öffnen.

»Wenn du mich fragst, ist sie taub wie ein Politiker«, spottete René.

Jefke klopfte noch einmal an die Tür. Minuten später war immer noch nichts passiert.

»Polizei!«, schrie er schließlich.

Keine Reaktion.

Worauf Jefke feststellte, dass die Haustür nicht abgeschlossen war.

Magritte folgte dem Polizisten in die Teufelsgrotte der Maria Martin. Was muss man für ein Schlangennest im Hirn haben, um seine kranken Begierden ausgerechnet im Namen eines wie auch immer gearteten Gottes zu befriedigen, der völlig entsetzt sein müsste, wenn es ihn denn gäbe!

Drinnen war es düster. Ein modriger Geruch nach abgestandenem Weihwasser lag in der Luft. Die Vorhänge waren zugezogen. Alles wirkte wie erstarrt, als hätte die Ex-Nonne überstürzt das Haus verlassen. In der Küche stand eine klebrige, halbgefüllte Kaffeetasse auf dem Tisch. Ein dreckiger Teller moderte in der Spüle vor sich hin, unaufhaltsam gepeinigt von den Tropfen eines undichten Wasserhahns. Im Wohnzimmer lag ein aufgeschlagenes Buch auf der Armlehne des Sessels. Nach dem Motto »Sage mir, was du liest, und ich sage dir, wer du bist« schaute sich René den Buchtitel an: *Vom Nachteil, geboren zu sein* von E. M. Cioran. Ein Satz war mit Bleistift unterstrichen: »Fehlte uns die Fähigkeit zu vergessen, so würde die

Vergangenheit auf unserer Gegenwart mit so schwerem Gewicht lasten, dass wir nicht die Kraft hätten, einem einzigen weiteren Augenblick entgegenzutreten, und noch weniger, in ihn einzutreten. Das Leben scheint nur den leichten Wesen erträglich, jenen eben, die sich nicht erinnern.«

Magritte fand Emile Ciorans Ideen interessant, in vielem aber auch anfechtbar. Dieser Autor, der ihm »bei guter Gesundheit« zu sein schien, hatte das Bedürfnis, dennoch krank zu wirken …

»Madame Martin?«, fragte Jefke in die Stille hinein. »Sind Sie da?«

Nichts. Von seinem Kreuz herab schien Christus sie auszulachen.

»Der hat mich schon immer genervt, mit seinem Lendenschurz«, bemerkte Jefke. »Da ist mir Buddha mit seiner fröhlichen Ausstrahlung lieber. Aber gut, vor einem Kerl, der Wasser in Wein verwandelt, kann man eigentlich nur Respekt haben.«

Magritte folgte seinem Freund, der nun die Treppe hochstieg. Oben stieß er die Tür zum Badezimmer auf. Ein Bidet und ein Waschbecken mit einem Stück Seife; auf dem Rand lag ein getrockneter Waschlappen. Die alte Nonne hatte sich also seit dem gestrigen Tag anscheinend noch nicht gewaschen. Kein Wunder, dass es hier nach Herver Käse riecht, dachte Magritte.

Auch im Schlafzimmer war niemand. Das Bett war nicht gemacht, dabei vermutete René, dass sie, was das betraf, doch wohl eher Methoden wie im Militärcamp praktizierte.

»Verstehe ich nicht«, nörgelte Jefke. »Ich habe ihr doch gesagt, dass wir um Punkt 16 Uhr kommen.«

»Die hatte Angst vor der Polizei und hat sich verdünnisiert.«

»Warum hätte sie das tun sollen? Sie wusste doch nicht den Grund meines Kommens.«

»Aber sie weiß, was sie getan hat. Wenn du lange genug lügst, kann es passieren, dass du deine schändlichen Taten irgendwann für Auswüchse deiner eigenen Fantasie hältst. Die Zeit ist ein Radiergummi. Aber wenn dir irgendwann doch jemand auf die Schliche kommt, stehst du plötzlich vor einem Spiegel. Und du weißt, dass dieser Spiegel unerbittlich ist, dass ihm nichts entgeht, schon gar nicht die Wahrheit.«

»Mist, ich hätte sie nicht vorwarnen dürfen«, sagte Jefke. »Aber ich hatte keine Lust, die ganze Strecke zu fahren und dann womöglich vor verschlossener Tür zu stehen.«

»Aber von Mathilde hast du ihr nichts gesagt?«, fragte René beunruhigt.

»Nein, bei Verdächtigen sage ich am Telefon nur das Nötigste. Mit denen rede ich lieber von Angesicht zu Angesicht. Ihre Reaktionen verraten oft das, was sie verheimlichen.«

»Da hast du recht«, stimmte René ihm zu.

»Gut, dann warten wir jetzt auch nicht auf die alte Schrulle. Zumal wir ja gar nicht wissen, ob sie zurückkommt. Wahrscheinlich ist sie unterwegs nach Rom, zum Papst, damit er ihr seinen Segen gibt …«

Nicht alles, was in Magritte vorging, hatte er seinem Freund verraten. Was, wenn auch Mathilde in der Zwischenzeit hier gewesen war? Nicht nur, um die Hintergründe ihrer Herkunft zu erfahren, sondern auch, um die frühere Ordensschwester wissen zu lassen, dass sie ihre Misshandlungen nicht vergessen hatte? Vielleicht hatte die alte Nonne daraufhin beschlossen, Mathilde zu töten, damit sie nicht gegen sie aussagen konnte. Auch wenn die Sache verjährt war, drohten immer noch Enthüllungen seitens der Presse … Und überhaupt, war es nicht denkbar, dass die Nonne die anderen beiden misshandelten Mädchen, Madeleine und Rosa, aus genau diesen Gründen umgebracht hatte? Und dann Roger Dutilleul mit vorgehaltener Waffe gezwungen hatte, sich aufzuhängen, weil sie fürchtete, dass seine Frau und seine Geliebte sich ihm anvertraut hatten?

Nonnen waren oft umfassend gebildet – dass sie Cioran las, war der Beweis –, und so erschien es Magritte auch nicht abwegig, dass sie Jacques Brel zitiert hatte, auch wenn der ein Gottesleugner war. Sicher, sie hatte immer noch ein Kruzifix an der Wand, aber eben auch einen Dachschaden und einen kleinen Luzifer, der unter ihren Röcken zugange war.

»Warte«, sage René, »ich will noch eine Sache überprüfen …«

Er öffnete sämtliche Schubladen der Kommode in der Hoffnung, dort blaue Umschläge zu finden. Sie waren alle leer! Ansonsten standen in dem Zimmer nur noch das Bett und ein kleiner, einfacher Tisch, auf dem die Bibel lag. Ja, ja, auch der Teufel liest Psalme …

Gerade als sie das Haus verließen, kam ihnen der Briefträger entgegengeradelt. Er stieg ab, wühlte in seiner Umhängetasche und fingerte eine Arzneipackung heraus.

»Keiner da«, sagte Jefke.

»Kann nicht sein! Madame Martin verlässt nie das Haus. Die lebt seit Jahren so zurückgezogen, als würde sie das Kloster vermissen! Wenn sie was braucht, bringe ich's ihr vorbei. Hier, das sind ihre Schlaftabletten.«

»Na, wenn's Ihnen Spaß macht, an ihre Tür zu klopfen«, spöttelte Jefke. »Jedem sein Zeitvertreib. Also dann, schönen Tag noch.«

Magritte musste an Tay Garnetts Verfilmung von *Wenn der Postmann zweimal klingelt* mit der wunderbaren Lana Turner denken und sagte sich, dass es doch häufig die Frau war, die den Mann zum Mord anstachelte.

61.

René Magrittes Angst um Mathilde wuchs. Wohin war die teuflische Nonne verschwunden? Je länger er darüber nachdachte, desto mehr traute er ihr das Morden zu. Immerhin hatte diese der Verdammnis anheimgefallene Frau keine Skrupel gehabt, all die Mädchen zu missbrauchen. Jetzt galt es, keine Zeit zu verlieren! Er musste Mathilde warnen.

René setzte seinen Hut auf und verließ das Haus. Georgette war beim Friseur. Diese Besuche dienten in erster Linie dazu, sich über den Stadtteil-Tratsch auf dem Laufenden zu halten.

René nahm die Tram und stieg an der Gare du Midi aus, im Grunde nur, um unter dem Konterfei von Tim und Struppi – ihr Verlag war ganz in der Nähe – ein bisschen den Duft der Côte-d'Or-Schokolade[27] zu genießen, der von der ebenfalls nahegelegenen Fabrik herüberwehte. Dann überquerte er den Boulevard und ging zu Fuß weiter zur Rue Blaes. Mathildes Chef stand allein hinter dem Ladentisch.

»Kommen Sie wegen der Pendeluhren oder um Mathilde zu sehen?«, fragte er in sarkastischem Ton.

»Beides«, log Magritte.

»Also, in Sachen Pendeluhren kann ich Ihnen weiterhelfen,

---

27 2017 wurde die belgische Côte d'Or an eine Schweizer Unternehmensgruppe verkauft – seitdem müssen die Brüsseler auf den Schokoladenduft ihrer Kindheit verzichten.

aber meine Angestellte habe ich seit zwei Tagen nicht mehr gesehen! Ich habe versucht, sie anzurufen, sie geht nicht ran. Ehrlich gesagt bin ich etwas beunruhigt. Bestimmt ist sie unpässlich. Wenn sie ernsthaft krank wäre, hätte mich aber einer der Nachbarn benachrichtigt. Also, soll ich Ihnen die Uhren zeigen, die neu reingekommen sind?«

Jetzt war Magritte in der Klemme! Er wollte natürlich nicht, dass der Antiquitätenhändler ihn verdächtigte, mit seinem Personal anzubändeln.

»Also, ich suche eine Uhr im Empire-Stil. Ich habe die Idee, diese Uhr auf einer Waage zu malen[28] …«

Er rechnete fest damit, dass der Händler nichts dergleichen auf Lager hatte und er schnell wieder gehen könnte. Falsch gedacht!

»Ah, da habe ich genau das, was Sie brauchen, mein Lieber!«, schwadronierte der Geschäftsinhaber mit einem Lächeln, das Magritte an den Schlitz eines Sparschweins erinnerte.

Er dachte an Georgette, die sich ihm gegenüber bestimmt den Hinweis erlauben würde, dass sie – so sehr ihr diese Uhren gefielen – kaum noch wusste, wohin damit … Er könnte argumentieren, dass er vorhatte, die Uhr zu malen. Das hatte er bei dem Gemälde *Die durchbohrte Zeit* schon einmal gemacht, da sah man eine Lokomotive aus einem Kamin schießen, und darüber, auf dem Kaminsims, stand eine Uhr. Zu diesem Bild hatte ihn die Inneneinrichtung seines englischen Mäzens Edward James inspiriert.

Neben Tomatensauce und guten Spionageromanen wusste René Magritte den Empire-Stil sehr zu schätzen, und so sprang ihm tatsächlich eine Pendeluhr ins Auge. Allerdings war sie ziemlich teuer. Aber gut, er hatte vor Kurzem ein Bild verkauft,

---

28 Das Projekt »Pendeluhr auf einer Waage« wurde nie umgesetzt.

wieder an diesen Londoner Mäzen, und konnte es sich erlauben.

»Können Sie die für mich aufbewahren?«, fragte er den Antiquitätenhändler. »Ich hole sie morgen ab.«

»Kein Problem, dann schlägt sie erst mal ohne Sie weiter die Zeit tot.«

Neben der Ladentür fiel Renés Blick auf eine Kiste mit der Aufschrift »Cocoline«, die ihn an seine Kindheit erinnerte. Sein Vater, der tausend Berufe ausgeübt hatte, Händler, Versicherungsagent, Schneider et cetera, hatte auch eine Zeitlang Seife und eine Margarine namens »Cocoline« verkauft, deren Logo auf exotische Inseln anspielte. René hatte damals aus diesen Kisten kleine Theaterbühnen gebaut und sich für seine Brüder und seine Freunde Geschichten ausgedacht. Keine transusigen Erzählungen, nein, Abenteuer von Ganoven oder maskierten Helden wie Fantômas und Zigomar, in deren Haut er auch im wahren Leben schlüpfte, wenn er auf Dächer stieg, um von dort aus entsetzte Passanten mit Dreck zu bewerfen! Es hatte ihn schon immer zu den Schlitzohren und Schlawinern hingezogen, Rebellen wie er, die sich Autoritäten widersetzten; nur dass jetzt das bourgeoise Auftreten seine Maske war, sodass ihm niemand misstraute …

Das mit der Cocoline-Margarine war noch in Châtelet gewesen. Dann waren sie umgezogen – was bei den Magrittes laufend geschah – und wohnten nun im Herzen von Brüssel, wo es sein Vater mit der Herstellung von Konserven und pornografischen Bildern versuchte … Ob Letzteres eine Inspirationsquelle für Magritte war, der sich malerisch lange mit Frauenakten beschäftigte und dessen erste Plakate vor der Syphilis warnten?

Jedenfalls war Renés Vater wie der Springteufel aus der Kiste plötzlich wieder präsent. Léopold Magritte mit seinem Zylinder, den er vor allem sonntags trug, und seinem krausen Schnurrbart machte etwas her und hatte ein großes Mundwerk. Er galt als Egozentriker, Tyrann und Genießer. Und hatte als Kirchenfeind auch kein Problem damit, seine Familie im Stich zu lassen und sich anderweitig umzuschauen. Wahrscheinlich hatte René seine anarchistischen Neigungen von ihm. Und auch sein Verhältnis zum Geld, das seiner Meinung nach nicht dazu diente, es zu horten, sondern zu leben. Zwei Mal in seinem Leben war Vater Léopold richtig zu Geld gekommen und hatte es mit seinen Pferderennen und seinen Geliebten in Saus und Braus auf den Kopf gehauen. In seiner Spielsucht setzte er oft auf den falschen Gaul. Für René war es ein Glück, dass Georgette sich klug um ihre Finanzen kümmerte – ohne ihren Mann an die Kandare zu nehmen.

Léopold war aber nicht nur dieser Schürzenjäger und Spieler, der auf die anderen herabsah. Ein »guter Vater« im klassischen Sinne war er sicherlich nicht, aber er hatte auch positive Eigenschaften und liebte seine Söhne. René erinnerte sich daran, wie er einmal einen kleinen, kitschigen Farbdruck – eine Szene, in der Pferde aus einem brennenden Stall fliehen – mit Ölfarben auf ein großes Bettlaken übertragen hatte, dazu ermuntert durch seinen Vater.

Von ihm hatte René auch seine Vorliebe für Prostituierte, jedenfalls bis zu dem Tag, an dem ihn eine »schwere Krankheit der Liebe« erwischte, die ihm ordentlich Angst einjagte!

Léopold Magritte starb in finanziellem Ruin an einem Herzinfarkt. Und Jeanne, seine zweite Ehefrau, die der junge René einst umgarnt hatte, verbrachte den Rest ihres Lebens in einer Dachkammer. Traurig zwar, aber immerhin hatten sie gut gelebt!

Magritte nahm die Cocoline-Kiste und bat den Antiquitätenhändler, sie mit der Uhr für ihn zur Seite zu legen.

»Die kriegen Sie von mir geschenkt«, erwiderte der Mann und tat wie ihm geheißen.

Für ihn bedeutete sie nichts. Für Magritte waren all seine Kindheitsträume darin verwahrt, weshalb sie einen sehr viel größeren Wert hatte als die Uhr, die nur an der Zeit nagte. Diese Kiste war sein *Rosebud,* das letzte Wort von Orson Welles in seiner Rolle als Medienmagnat in *Citizen Kane. Rosebud,* die Aufschrift auf dem Schlitten seiner Kindheit ... Auch wenn man den nostalgischen Blick auf die Vergangenheit nicht mag, Erinnerungen haben die illusorische Kraft, die Zeit anzuhalten.

62.

Vor Angst krampfte sich ihm der Magen zusammen. Auf dem Weg zu Mathilde stellte er sich tausend Dinge vor. Würde er noch rechtzeitig kommen, um sie zu retten? Er hatte sie liebgewonnen, was er Georgette verschwieg, und die Vorstellung, dass ihr das Gleiche zustoßen könnte wie den beiden anderen Frauen, war ihm unerträglich. Die rausgeflogene Nonne, dieses Miststück, hatte auch in ihrem Alter noch genug Energie, um zu töten. Hass verschwindet nicht, wenn die Falten kommen; wie jeder weiß, wird er immer schlimmer.

Er dachte an die Duschszene in *Psycho*, dem Film von Alfred Hitchcock, der bei ihm immer »Hichcok« hieß. Magritte verunstaltete gern die Namen von Menschen oder Dingen, die ihm nicht sympathisch waren. In seinen Augen war Hichkoc ein »sehr talentierter Idiot«, was der Film *Psycho* seiner Meinung nach bewies, denn er hatte ihm »zwei oder drei außergewöhnliche Sekunden« geschenkt. Er warf dem Meister der Spannung vor, dass er der Versuchung erlegen war, dem Geschmack eines »seriösen« Publikums entgegenzukommen, das vom Kino Karikaturen verlangt, die dann als Ausdruck einer profunden Reflexion betrachtet werden. Dasselbe Publikum, das sich schulterzuckend die ersten Filme von Charlie Chaplin oder Fantômas anschaut. Und dann glaubt, am intellektuellen Leben teilzunehmen, wenn es dem Gerede der Kinospezialisten lauscht.

Er war da nicht zimperlich, und das wusste er. Er fand vor

allem, dass nichts in dem Film *Psycho* die Szene rechtfertigte, in der man einen fast nackten Mann mit einer Frau im Négligé im Bett liegen sah, einfach nur, um dieses Bild zu zeigen.

René hoffte, dass die Nonne Mathilde nicht mit einem Küchenmesser in der Hand überraschen würde, um ihr damit die Kehle durchzuschneiden oder ihr die Klinge ins Herz zu rammen. Ob sie auch dieses Mal wieder mit einer makabren Inszenierung aufwarten würde? Waren diese Verbrechen vielleicht eine Opfergabe an Gott, damit er ihr half, für ihre Sünden zu büßen? Aber welchen Sinn ergab es, dafür die Poesie eines Jacques Brel zu benutzen, der so gern seinen Spott über die Kirche ausgoss, auch wenn er durchaus mit Pfarrern befreundet war? Nach ihrem Ausschluss aus der Ordensgemeinschaft hatte Schwester Louise den Sänger vielleicht als doppeltes Instrument der Rache empfunden …

War diese Nonne mit ihrem von Dornen umrankten Herz dem Teufel nicht näher als dem lieben Gott?

Jacques Brels Stimme hallte durch Magrittes Kopf: »*Un jour, un jour le Diable vint sur terre, un jour le Diable vint sur terre pour surveiller ses intérêts, il a tout vu le Diable, il a tout entendu et après avoir tout vu, après avoir tout entendu, il est retourné chez lui, là-bas.*«[29]

Magritte legte noch einen Schritt zu. Er hoffte, dass er nicht zu spät kam. Das würde er nicht verkraften. Nun war er leider alles andere als sportlich und absolut kein Langstreckenläufer, ausgerechnet er, der die meiste Zeit malend auf einem Stuhl vor

---

29 Jacques Brel, *Der Teufel*: »Eines Tages, eines Tages kam der Teufel auf die Erde, um in seinen Angelegenheiten nach dem Rechten zu sehen, er hat alles gesehen, der Teufel, er hat alles gehört, und nachdem er alles gesehen und alles gehört hat, ist er wieder zurück nach Hause gegangen.«

seiner Staffelei saß, neben ihm die friedlich schlummernde Jackie. In diesem Moment hätte er gern Flügel gehabt wie die Tauben auf seinen Gemälden, deren Körper aus Himmel und Wolken bestanden.

Endlich erreichte er Mathildes Wohnhaus. Die Vorhänge waren immer noch zugezogen; wahrscheinlich eine Gewohnheit, denn so war es beim ersten Mal auch schon gewesen.

Der Himmel war bleiern, und bei ihrem Nachbarn im ersten Stock sah man Licht. Wahrscheinlich das bläuliche Schimmern des Fernsehers, vor dem er seine Tage verbrachte.

Das ganze Haus wirkte still und karg; es erinnerte ihn an das Haus, das er in seinem Gemälde *Die Stimme des Blutes* in einen Baum eingeschlossen hatte.

Plötzlich erschien vor seinem inneren Auge das Bild eines Kleides ohne Körper darin, das auf einem Holzboden kniete.[30]

Mit klopfendem Herzen pochte er an die Tür.

---

30 Später würde er daraus eine Gouache machen (1959–1960).

63.

Wie ein schmachtender Verehrer stand Magritte einen Moment lang vor Mathildes Tür. Fehlte nur der Blumenstrauß – dann hätte es eine Szene aus dem Film *Auf Freiersfüßen* von Pierre Étaix sein können, den er so mochte. Besonders die Geschichte um ein ausländisches junges Mädchen, das von einer bourgeoisen Familie nach Frankreich eingeladen wird, um Französisch zu lernen. In einer Szene hält sie ein Buch mit dem Titel *Das Buch liegt auf dem Tisch* in der Hand und liest darin. Etwas weiter steht ein leerer Tisch. Der französische Familienvater kommt herein, und sie sagt zu ihm: »Das Buch liegt auf dem Tisch.« Der Mann blickt zum Tisch und macht ein verdattertes Gesicht. Magritte sah darin eine Anspielung auf *Dies ist keine Pfeife*. Wo auch immer er gerade war, zu jeder Tages- und Nachtzeit und selbst mitten in einem Wolkenbruch konnte er nicht verhindern, dass die Fantasie mit ihm durchging.

Er klopfte noch einmal. Wartete ein wenig, dann rief er: »Mathiiilde!«

Eine Etage höher tauchte ein Kopf in dem halbgeöffneten Fenster auf: ein alter, wohlbeleibter Mann mit zerzaustem Haar, der vermutlich vor dem Fernseher eingeschlafen war.

»Jetzt brüllen Sie doch nicht so, *meneer*, die ist nicht da.«

»Nein? Weil ihr Chef mir gesagt hat, dass er sie seit zwei Tagen nicht mehr gesehen hat. Er denkt, dass sie krank ist, und macht sich Sorgen. Ich bin ein Freund …«

»Das würde mich aber wundern.«

»Warum?«, fragte Magritte.

»Weil ich noch nie gesehen habe, dass mal jemand zu ihr kommt. Sie sind der Erste. Die hat keine Freunde. Genauso wie meine Mutter. Die sagte immer: ›Keine Freunde, kein Ärger‹.«

»Das hat Logik«, spöttelte René.

»Und wer sind Sie?«

»Ihr Cousin. Ich kam gerade vorbei ... Ich wohne in Knokke-le-Zoute und ...«

»Knoke-le-Zoute!«, rief der alte Mann, als wäre es das Ende der Welt.

Er schien sein Wohnzimmer nicht gerade oft zu verlassen. Höchstens, um an der Ecke einkaufen zu gehen, wenn überhaupt ... Magritte vermutete, dass er sich alles liefern ließ.

»Kommen Sie hoch, Sie trinken doch sicher ein Gläschen mit mir?«

»Also, ich ...«

»Na los, kommt ja nicht oft vor, dass ich hier jemanden vor der Haustür stehen sehe.«

Magritte nahm die Einladung schließlich an. Vielleicht würde er ja etwas Interessantes über Mathilde erfahren.

»Zur mir geht's hintenrum.«

Während René um das Haus ging, wollte er den Moment nutzen, um einen Blick ins Erdgeschoss zu werfen. Aber die Vorhänge waren zugezogen, man konnte nichts sehen. Warum lebte sie so, ganz ohne Tageslicht? Dabei war es noch nicht spät, erst mitten am Nachmittag.

In der ersten Etage angelangt, klopfte er an die wurmstichige Holztür, an der das Schild »Hausieren verboten« hing. Der Alte machte ihm sofort auf und wies ihn an, seine Schuhe auf der Fußmatte aus Kunstrasen abzutreten.

Es roch nach angebranntem Fett, und René wurde sofort etwas übel. Jetzt wusste er, dass er nicht hätte hochkommen sollen. Dieser Typ hatte die Visage eines Serienmörders.

Hör auf, René, dachte er. Irgendwann siehst du überall Serienmörder!

Elegant stellte sich sein Gastgeber vor: »*Dag meneer,* ich bin Robert, aber alle nennen mich Bébert. Und wer bist du?«

»Nick. Nick Carter.«

»Das ist aber ein seltsamer Name! Kein Belgier?«, fragte er enttäuscht.

»Mein Großvater war Amerikaner.«

»Ah, ein Ami.«

»Ja, also, meine Mutter war Belgierin«, fügte Magritte schnell hinzu. »Sie ist in Charleroi zur Welt gekommen.«

»Ahhhh!«, sagte der andere, erleichtert, dass er es nicht mit einem Ausländer zu tun hatte. »Komm rein und setz' dich, ich hol' ein Bier. Ich hab' Maes da«, verkündete er, als wäre es Champagner und kein Allerweltsbier.

René nahm auf einem Sessel Platz, der nach Katzenurin roch, von einer Katze war allerdings nichts zu sehen. War der Alte inkontinent? Die Inneneinrichtung stammte aus einer anderen Epoche: eine scheußliche, nikotingelbe Tapete mit großen braunen Blumen und ein Lüster, dessen Behang unter Schichten von Spinnweben und Dreck schon lange nicht mehr funkelte. An den Wänden hing nur ein einziges Foto, das eine alte, griesgrämige Frau mit einer solchen Hexenvisage zeigte, dass einem angst und bange werden konnte.

»Meine Mutter«, erklärte Bébert. »Die ist eine Heilige.«

»Das sieht man!«

»Die ist jeden Tag zur Messe gegangen. Ist dann dort an einer Hostie erstickt, zack, und das war's.«

»Zur Messe gehen ist gefährlich«, feixte René.

»Deshalb mag ich auch keinen Wein. *Awell*, Prost!«, rief der Fettsack und stieß sein Glas gegen das von René.

Endlich hatte Bébert mal jemanden zum Anstoßen, ein Geschenk des Himmels! Dieser *meneer*, der aussah wie ein Bourgeois, hatte bestimmt Kohle. So was konnte er riechen. Dem hätte er gern die Taschenuhr geklaut ... Tja, geübter Blick, Überbleibsel seiner Jugend. Stehlen ist wie Radfahren, das verlernt man nicht. Eingefroren in ihrem Bilderrahmen fixierte ihn die Maman mit bösem Blick und erinnerte ihn daran, dass sie ihn auch im Jenseits überwachte. Wenn er genug gebechert hatte, konnte er in ihren kohlschwarzen Augen manchmal sogar die Flammen des Höllenfeuers flackern sehen.

64.

Georgettes Besuch bei Michel, genannt Mimiche, ihrem Damenfriseur, war keine verlorene Zeit gewesen. Er war einer dieser modernen »Haargestalter« (so stand es auf seinem Schaufenster), bei denen du hässlicher rauskommst, als du reingegangen bist, die aber große Überredungskünstler sind und so felsenfest behaupten, aus dir einen Star zu machen, dass du dran glaubst. Jedenfalls so lange, bis du wieder zu Hause bist …

Georgette hatte den Salon mit einem imposanten Bienenkorb auf dem Kopf verlassen, bei dessen Anblick Marie-Antoinette vor Neid erblasst wäre. Überzeugt davon, dass sie, wenn schon kein Filmstar, so doch immerhin eine Königin war, würde sie spätestens von der Guillotine ihres Nachbarn, der ein Banause war und nichts von Mode verstand, enthauptet werden. Während Mimiche mit dem Kamm letzte Hand an sein Meisterwerk legte, hatte er ihr versichert, dass sie überwältigend aussehe und noch dazu glatte zehn Jahre jünger.

Georgette hatte es eilig, sich ihrem Mann zu zeigen, und hoffte, dass er im Angesicht der Ikone, die seine Frau nun war, in Ohnmacht fallen würde. Er würde sie bestimmt nicht enttäuschen!

Doch fürs Erste ging sie stolz die Straße entlang und hatte das Gefühl, plötzlich eine Dame der Hautevolee zu sein. Keine Diva, nein, mehr als das, eine Muse, der alle Frauen dieser Welt nacheifern würden. Sie würde eine neue Mode lancieren, den honig- und insektenfreien Bienenkorb.

Noch unterwegs begegnete ihr der Briefträger Ferdinand, der in die Pedale trat, was die Beine hergaben; man hätte glauben können, dass er die Spitzengruppe der Tour de France anführte. Als er sie sah, bremste er so abrupt, dass er fast über den Lenker geflogen wäre.

»Ich … ich habe Sie gesucht«, röchelte er wie ein Mann, der mit dem Tode ringt. »Ich habe ein Geschenk für Carmen.«

Er wühlte in seiner Umhängetasche und holte eine kleine, goldene Schachtel hervor.

»Was ist das?«, fragte Georgette, neugierig wie alle Frauen.

»Ein Verlobungsring.«

»Oooh! Den müssen Sie ihr aber selbst geben! Doch nicht ich!«

»Ich traue mich nicht. Ich möchte lieber, dass Sie meine Botin sind …«

Ferdinand ließ ihr keine Wahl. Schon hatte er ihr das Schmuckkästchen in die Hand gedrückt, stieg er wieder auf sein Fahrrad und sauste davon Richtung Wolkenkuckucksheim, das Herz voller Hoffnung.

Georgette seufzte. Sie kannte Carmen. Ein Ring, selbst einer mit Klunkern, konnte nicht bewirken, dass sie schwach wurde. Da gehörte schon noch das Kabriolett dazu.

Zu Hause angelangt, stieß sie das weiße Gatter auf und sah, dass ihr Nachbar gerade die Hecke schnitt.

Als er sie sah, prustete er los. Was für ein Vollidiot, dachte Georgette.

»Was haben Sie denn da für ein Gebirge auf dem Kopf? Sieht ja fast aus wie ein Mont Blanc. Sie wissen doch, diese Maronentorte. Nur dass Ihr Mont Blanc nicht so appetitlich aussieht.«

Worauf er einen Lachkrampf bekam, der Georgette ungeheuer nervte, und sich wieder entfernte. Dieser Pavian hatte nicht die geringste Ahnung von der Friseurkunst, ja von Kunst überhaupt! Da wohnte er neben dem größten Maler seiner Epoche und glaubte, dass der zum Zeitvertreib an irgendwelchen Bildchen rumpinselte oder wie er das nannte. Am Anfang, kurz nach ihrem Einzug, war Georgette so naiv gewesen, ihn zum Kaffee einzuladen. Und als er Renés Gemälde sah, sagte er doch tatsächlich: »Meine Frau malt auch. Aber besser als diese Ausmalbilder. Sie malt schöne Schiffe, kommen Sie ruhig mal vorbei und schauen sich das an. Meine Frau kann Ihnen auch Stunden geben, wenn Sie wollen …« Und als wäre das nicht genug, fügte er noch hinzu: »Und die Bildchen verkaufen sich?«

»Natürlich«, hatte Georgette stolz geantwortet. »Und zwar zu hohen Preisen! René hat ein Publikum von Kunstkennern, er malt nicht für Touristen!«

Peng! Das hatte gesessen.

Worauf es sich der Nachbar nicht nehmen ließ, noch einen draufzulegen mit der Äußerung, dass schlechter Geschmack eben angeboren sei. Was Magritte an die feinsinnigen Betrachtungen seiner Putzfrau erinnert hatte. Er war kommentarlos aufgestanden, kurz darauf hörte man die Haustür knallen. Anschließend erlebte Georgette einen Moment großer Einsamkeit mit diesem schwadronierenden Arschloch. Sie wartete ungeduldig darauf, dass er seinen Kaffee austrank, und bot ihm auch keine zweite Tasse an, sonst hätte sie womöglich in der Küche eine Prise Rattengift hineingerührt. Davon abgehalten hatte sie weniger die Idee, einen Volltrottel zu töten, als der Gedanke ans Gefängnis. Bei diesem Treffen hatte man es dann auch bewenden lassen.

Seitdem begnügte sie sich damit, ihn vermeintlich nicht zu sehen, wenn sie das Haus verließ oder heimkam. Leider hing er

Sommer wie Winter ständig in seinem Gärtchen herum, die Gartenschere in der Hand, die Bierflasche in der Tasche, weil er wahrscheinlich die imaginären Schiffsreisen satt hatte, die seine Frau ihm mit ihren albernen Gemälden anbot.

Georgette öffnete die Tür und rief nach René. Keine Antwort. Jackie kam hingegen angeschossen und sprang bellend an ihrem Rock hoch. Sie war nicht gern allein und äußerte ihre Unzufriedenheit allzu oft, indem sie auf die Sofakissen pinkelte. Ah, Georgette wünschte sich, ihr Mann wäre da, um sie aufzumuntern. Jedenfalls hatte sie – mal abgesehen davon, dass Mimiche sie besser und für weniger Geld aufgemuntert hatte als jeder Psychologe – bei ihm nicht ihre Zeit vergeudet.

Sie hatte nämlich erfahren, dass Rosa, das zweite Opfer, eine seiner treusten Kundinnen gewesen war. Bei ihrem letzten Besuch hatte Rosa vorgehabt, sich von ihrem Liebhaber zu trennen, nachdem sie ein schreckliches Geheimnis erfahren hatte, das sie ihm aber nicht verraten wollte – obwohl dieser Mozart unter den Friseuren weiß Gott geschickt darin war, anderen die Würmer aus der Nase zu ziehen.

»Ich weiß nur«, hatte Mimiche ihr anvertraut, »dass es etwas mit ihrer Vergangenheit zu tun hatte.«

Unmittelbar danach war Rosa ermordet worden.

Oft werden weibliche Beschäftigungen als belanglos betrachtet, dabei lassen sich beim Lackieren von Fingernägeln manchmal die größten Schlaufüchse in die Falle locken.

65.

Der Uringeruch wurde immer unangenehmer, und René war drauf und dran, von seinem Vorhaben abzulassen, hier mehr zu erfahren über die »Nachbarin von untenrum«, wie Bébert Mathilde nannte. Es würde nicht leicht sein, sich diesen Quälgeist wieder vom Hals zu schaffen. Er würde René nicht mehr aus den Klauen lassen, denn er nutzte diesen seltenen Besuch, um seine Einsamkeit zu vergessen und vor allem dem Tête-à-Tête mit seiner reizenden Mutter ein Ende zu bereiten, die auf dem Foto übrigens Ähnlichkeit mit der blutrünstigen Inhaberin der berühmten »Auberge Rouge« hatte. Magritte konnte sich gut vorstellen, wie sie ihren Gästen die Kehle durchschnitt, um sie auszuplündern und dann in Scheiben geschnitten im Ofen verschwinden zu lassen. Die makabre Geschichte dieser gastfreundlichen Herberge in der Ardèche, wo immer die ganze Familie mit angepackt hatte, um die Gäste loszuwerden[31], legte die Vermutung nahe, dass kriminelle Neigungen erblich waren.

Zwei Biere später hatte René, der kein Gewohnheitstrinker

---

31 Die Auberge Rouge von Peyrebeille gab es wirklich, diese makabre Geschichte ist authentisch. Claude Autant-Lara hat mit Fernandel und Françoise Rosay einen Film daraus gemacht. Vor Jahren war diese blutrünstige Herberge noch zu besichtigen – sie wurde von den Nachfahren weiter betrieben, die einem ganz schön Angst einjagten!

war, angefangen, sich ein bisschen gehen zu lassen und auf diese Weise – so hoffte er – sein Unbehagen loszuwerden. Das Gegenteil war der Fall, er begann, heftig zu schwitzen.

Er fand, dass es Zeit wurde, nicht mehr um den heißen Brei herumzureden und mit den Höflichkeitsfloskeln aufzuhören. Allerdings wusste Magritte, dass er, wenn er direkt ans Eingemachte ging, weniger Informationen aus dem Dicken rausquetschen würde als mit einer behutsameren Vorgehensweise. Das hatte Georgette ihm beigebracht.

Er hatte den Löwen, der in ihm schlummerte, bändigen müssen, aber er wusste, dass er immer noch in ihm lauerte und zu den aberwitzigsten Verrücktheiten fähig war. Diesen Löwen konnte man auf seinem Gemälde *Heimweh* sehen, wo sich ein Mann ganz in Schwarz mit angelegten Flügeln auf die Brüstung einer Brücke stützt.

Er fand, dass er jetzt genügend Zeit mit diesem komischen Kauz verbracht hatte, um zum Kern der Sache zu kommen. »Sie haben mir vorhin gesagt, dass Mathilde nicht zu Hause ist.«

»Hör zu, Nick Carter, du kannst mich duzen, *menneke*, jetzt, wo wir zusammen unsere Runde Bier getrunken haben.«

»Entschuldigen Sie, aber ich tue mich mit dem Duzen schwer«, log René. Leute, die ihm sympathisch waren, duzte er durchaus, aber alle anderen siezte er, wodurch seiner Ansicht nach eine unsichtbare, unüberwindbare Barriere entstand. Vor Dumpfbacken schützt man sich eben, so gut man kann.

»Ach, stimmt, ich vergaß, Monsieur ist ja Amerikaner und kommt aus Knokke-le-Zoute.«

»Man kennt sich schließlich nicht, bloß weil man gemeinsam Bier trinkt.«

»Alles Schnickschnack, wobei mich bei Ausländern eh nichts mehr wundert«, befand Bébert mit einem komplizenhaften Blick auf das Portrait der alten Ziege namens Mutter, die bestimmt Rassistin war. »Wer Cowboy-Blut in den Adern hat, ist halt kein echter Sohn von Manneken Pis«, fügte er hinzu.

Um den Stacheldraht, der sich plötzlich zwischen ihnen auftat, wieder zu kappen und zu erreichen, dass der Fettsack ihm vertrauliche Dinge über seine Nachbarin erzählte, brachte Magritte etwas auf den Tisch, worin sich alle Belgier einig waren: die Nordsee.

»Also, geboren bin ich ja in Knokke«, log er, »und ich nehme mal an, Sie lieben das Meer …«

»Ich? Da war ich noch nie. Ist auch nicht nötig. Man sieht's ja im Fernsehen – ohne den Wind und den Regen, und vor allem ohne die Touristen.«

Peng, ein Schlag ins Wasser!

»Sie meinten ja vorhin«, setzte René das Gespräch dennoch fort, »dass Mathilde nicht da ist. Wissen Sie, wo sie hingegangen ist?«

»Ich weiß nur, dass sie vorgestern Abend mit einem Koffer das Haus verlassen hat. Da wird sie bestimmt nicht losmarschiert sein, um im Süßwarenladen an der Ecke *cuberdons* zu kaufen, oder?«

»Vielleicht ist sie ja ein Schleckermaul …«

»Nein, die isst nichts. Das weiß ich, weil ich sie zum Abendessen eingeladen habe, als sie hier eingezogen ist, und da hat sie keinen Bissen gegessen. Sie hat mir gesagt, als sie jünger war, sei sie magersüchtig gewesen. Und ich stehe doch auf schöne, dralle Milchkühe …«

Upps, das Gespräch driftete ab. Es juckte Magritte, ihm zu sagen, dass man bei dem Uringeruch aber auch ausgehungert sein musste, um etwas runterzukriegen, aber dann fuhr er doch lieber mit seinen Fragen zu Mathilde fort. »Was wissen Sie von ihr?«

»Ist das ein Verhör?«

»Nein, nein, ich mache mir nur Sorgen um meine Cousine.«

»Kannst du auch. Die Frau hat einen an der Waffel, wenn du meine Meinung hören willst. Die lebt im Dunkeln, bei der sind die Vorhänge immer zugezogen, auch wenn sie nicht auf der Arbeit ist. Als sie eingezogen ist, hat sie mir von ihrem Liebsten erzählt, und ich hab' kapiert, dass ich bei der keine Chance habe.«

Kein Wunder, wer will denn so einen Irren wie dich?

»Aber ich hab' nochmal ein bisschen nachgehorcht, wollte wissen, ob das was Dauerhaftes ist. Weißt du, *menneke,* wenn die erst mal drei oder vier Jahre verheiratet sind, fangen sie an, sich zu langweilen, und dann fallen sie dir wie die Fliegen in die Arme. Sobald die nicht mehr verliebt sind, geht nämlich das Theater los, dann gibt's Zinnober und Mordio.«

René gefiel der zielsichere Sinn für Poesie, mit dem Bébert von der Liebe sprach ...

»Na ja«, fuhr der Tresendichter fort, »die schien echt verknallt zu sein. Ich weiß nicht, wer der ist, aber er scheint sich verdammt gut anzustellen, weil ihre Augen gefunkelt haben wie frisch gezapftes Bier.«

»Haben Sie ihn schon mal gesehen?«

»Nein, noch nie! Ist schon komisch. Dabei habe ich am Anfang ziemlich auf der Lauer gelegen, hab' mich hinter meinen Vorhängen versteckt wie ein Leuchtturmwärter, mit dem Licht der Straßenlaterne da draußen. Da war nix! Sie ist immer allein gekommen und allein gegangen. Dann hatte ich die Faxen dicke. Bis vorgestern dachte ich ja noch, ich hätte eine Chance. Normalerweise macht sie keinen Krach, aber wie sie da die Tür zugeknallt hat, als sie gegangen ist, müssen die sich gestritten haben. Ich hab' gehofft, ihn dann draußen zu sehen, mit Sack und Pack, ja denkste! Ob sie ihn eingesperrt hat? Bei den Frauen muss man mit allem rechnen.«

»Sie sehen zu viele Kriminalfilme.«

»Nein, ich sehe nur Comedy-Shows.«

Hätte ich mir denken können, dachte René.

»Vielleicht treffen sie sich ja auch bei ihm«, mutmaßte er dann, ein bisschen enttäuscht, dass seine Mathilde offenbar ihr Herz vergeben hatte.

»Nein, nein, sie hat mir gesagt, dass er bei ihr wohnt, sie hat sogar darauf hingewiesen, dass er Lärm nicht leiden kann. Da konnte ich sie beruhigen, ich mach' nicht jeden Abend Party. Manchmal klopft sie mit dem Besenstiel an die Decke, weil mein Fernseher zu laut ist …«

»Wenn sie das Haus mit ihrem Koffer verlassen hat und allein war, wie Sie behaupten, muss ihr Liebster noch unten sein …«

»Ja, das wird wohl so sein.«

»Dann kommt sie auch zurück«, schlussfolgerte René, der darauf brannte, diesen mysteriösen Verlobten zu treffen.

Und ihm – warum nicht – bei der Gelegenheit die Fresse zu polieren? Man ändert sich nicht. Böse Jungs haben immer die Steinschleuder in der Hosentasche, auch wenn sie gut sitzende Anzüge tragen.

66.

René war erleichtert, als er Béberts stinkende Wohnung verlassen hatte und vor allem dem teuflischen Blick seiner für immer und ewig an die Wand genagelten Mutter entkommen war.

Im Erdgeschoss war es stockduster. Normal, es war ja auch spät. Er hoffte, dass Georgette sich keine Sorgen machte.

Er nahm wieder die Tram. Zu Hause angekommen hätte er fast einen Lachanfall bekommen, als er die Frisur seiner Frau sah. Wobei ihm aus Sorge um Mathilde eigentlich nicht nach Lachen zumute war.

»Junge, Junge, du siehst ja aus wie Madame Pompadour! Was hast du denn da für einen Eiffelturm auf dem Kopf, mein Häschen?«

»Ich war beim Friseur.«

»Na, das hat sich ja gelohnt! Und wahrscheinlich hast du Unsummen für dieses Wunderwerk gezahlt …«

»Er macht mir immer einen guten Preis, weil ich eine treue Kundin bin«, behauptete Georgette.

»Ich finde, dafür dass er meine Frau so zugerichtet hat, müsste eigentlich er bezahlen.«

»Gefällt es dir nicht?«

»Doch, doch, wenn du dich damit auf der Kirmes in die Geisterbahn stellst, hast du bestimmt einen Bombenerfolg!«

»Pfff … Von der Friseurkunst verstehst du nichts. Das ist topmodisch, und ich bin diejenige, die diese Mode jetzt in Brüssel einführt. Das hat Mimiche mir versichert. Ab morgen wollen alle Frauen die gleiche Hochfrisur haben.«

»Aha. Na, wenn Mimiche das gesagt hat!«, lästerte René, der keine Gelegenheit ausließ, sich über diesen Friseur lustig zu machen, der sonntags gern in einem rot-weiß karierten Vichykleid durch Les Marolles radelte und sich dabei für Brigitte Bardot hielt. Nur dass er die Waden eines Fußballers hatte.

Georgette verschwand beleidigt Richtung Küche. René, der ihr hinterherging, holte Jackie mit ins Boot: »Hast du gesehen, Loulou, wie unausstehlich dein Frauchen ist? Sie verträgt einfach keine Kritik.«

Worauf Georgette mit heller Stimme antwortete: »Mein Frauchen ist die Schönste im ganzen Land, und du hast von Mode keine Ahnung, du mit deiner alten Melone, in die ich bald mal reinpinkeln werde, verlass dich drauf.«

Manchmal unterhielten sich Georgette und René so, mit dazwischengeschaltetem Hund, vor allem, wenn sie sich uneins waren. Weil sie verstanden hatten, dass Humor die beste Methode war, mit Konflikten umzugehen, hielt ihre Ehe schon seit so vielen Jahren.

Georgette stellte zwei Tassen auf den Resopaltisch, an dem sie sich schließlich im Duft eines aufmunternden Milchkaffees wiederfanden.

René erzählte von seinem Besuch bei Bébert, dem Prachtkerl, diesem geborenen Frauenhelden, diesem Inbegriff der Eleganz. Er berichtete seiner Frau, dass Mathilde mit einem Mann liiert war, den kein Mensch jemals gesehen hatte, und dass sie mit einem Koffer aus dem Haus gegangen war.

»Bist du dir da sicher? Ich meine, dass sie wirklich gegangen ist?«, fragte Georgette.

»Na ja, das hat Bébert mir so erzählt. Er hat sie mit dem Koffer gehen sehen.«

»Der spioniert ihr wohl den ganzen Tag hinterher, was?«

»Nein, aber sie hat die Tür laut hinter sich zugeknallt.«

»Vielleicht hat sie das extra getan, damit er sie hören konnte. Und später den Koffer womöglich im Garten vergraben …«

»Klingt ein bisschen verrückt«, entgegnete René.

»Aber möglich ist es.«

»Ja«, räumte er ein.

»Du solltest morgen mal schauen, ob um das Haus herum irgendwo Erde aufgewühlt wurde.«

Also wirklich, dachte Magritte, Frauen sind im Vergleich zu Männern oft ganz schön wirr im Kopf. Warum hätte Mathilde das tun sollen? Er vermutete eher, dass sie für ein paar Tage verreist war. Vielleicht war sie bedroht worden und hatte Angst bekommen. Oder die Nonne hatte sie irgendwohin gelockt. So wie sie es schon mit den anderen Opfern getan hatte, um sie umzubringen. René war beunruhigt. Ob Mathilde ihrem Freund von ihrer Vergangenheit erzählt hatte? War ihm bewusst, in welcher Gefahr sie schwebte?

Magritte musste unbedingt noch einmal zu Mathildes Haus gehen und es schaffen, mit dem Mann zu sprechen, der ihr Herz erobert hatte. Morgen Abend. Damit der Idiot von oben nichts mitbekam.

Georgette erzählte ihm nun, was sie bei ihrem geliebten Friseur über Rosa erfahren hatte.

»Was kann das sein? Was kann sie über Roger Dutilleul erfahren haben, dass sie ihn deshalb verlassen wollte?«, fragte sich René.

»Etwas, das mit seiner Vergangenheit zusammenhing«, vermutete Georgette. »Wenn eine Frau so weit kommt, dass sie einen Mann sitzen lassen will, muss er meiner Meinung nach jemanden umgebracht haben. Bei uns muss schon allerhand passieren, ehe wir uns davonmachen – außer wir langweilen uns.«

»Und du langweilst dich nicht mit mir, mein Mäuschen?«

»Dann wäre ich längst weg!«, versicherte ihm Georgette, die böse Jungs schon immer den Bankern vorgezogen hatte.

Sie schenkte ihm ein verführerisches Lächeln, löste den Bienenkorb, und ihr Haar ergoss sich wie ein Wasserfall über ihre Schultern. Als wäre jede einzelne Locke eine Liebeserklärung.

67.

Magritte wartete, bis es Abend wurde, ehe er zu Mathilde ging. Er wollte keinesfalls wieder die Aufmerksamkeit dieses dicken Spießers auf sich lenken. Ob sie inzwischen wieder zu Hause war? Er fragte sich, wie dieser Mann wohl war, an den sie ihr Herz verloren hatte. So oder so konnte er ihn nicht leiden.

In der Hoffnung, dass Bébert ihn nicht hören würde, klopfte er an ihre Tür. Bläuliches Licht sickerte durch die zugezogenen Vorhänge der ersten Etage, was darauf hindeutete, dass Bébert mit Bier abgefüllt vor dem Fernseher seinen Rausch ausschlief. Umso besser!

Er klopfte noch einmal. Nichts. Schließlich ging er ums Haus herum. Die Türen dieser Bruchbude waren so marode, dass ein Schulterstoß reichte, um hineinzugelangen. Er fand sich in der Küche wieder und bemühte sich, leise zu sein, um Mathilde nicht zu erschrecken oder gar zu wecken, falls sie schlief. Er wollte nur wissen, ob es ihr gut ging, und wünschte sich sehr, dass er sie schlummernd in ihrem Bett vorfinden würde, am liebsten ohne den Verlobten an ihrer Seite.

Sein Blick fiel auf eine Kerze, die neben einer Streichholzschachtel auf dem Tisch stand. Das gefiel ihm als Lösung besser als die Taschenlampe, die er mitgenommen hatte. Eine Kerze war dezenter. Dachböden und andere Schlupfwinkel hatte er schon immer gern im Kerzenlicht durchstöbert. Es hatte etwas Geheimnisvolles, das ihn faszinierte.

Sein Blick fiel auf etwas, auf das er nicht gefasst war: An den Wänden hingen riesige Portraits von Jacques Brel! Natürlich, Mathilde hatte ja mit ihm über Brel gesprochen: Ich habe sämtliche Interviews mit ihm gehört und gelesen, und ich kenne seine Chansons in- und auswendig, hatte sie gesagt. Er hat mir durch alle Stürme geholfen. Dass ihre Liebe so weit ging, täglich mit ihm zu frühstücken, hatte sich René allerdings nicht vorgestellt.

Noch viel größer war seine Überraschung, als er ins Wohnzimmer kam: In einem Sessel sah er den Schatten eines Mannes, der womöglich eingenickt war, denn er rührte sich nicht, als Magritte mit seiner Kerze in der Hand etwas verlegen auf ihn zuging.

»Entschuldigung«, stammelte er. Etwas anderes fiel ihm nicht ein. »Ich bin kein Einbrecher, ich wollte nur wissen, ob es Mathilde gutgeht, weil sie sich nicht gemeldet hat … Ich weiß, das ist ungehörig von mir«, fuhr er fort, während er weiter auf den Mann zuging, »und ich möchte mich dafür entschuldigen. Sie sind sicher ihr Verlobter?«

Der Mann reagierte nicht. Wartete er noch auf den geeigneten Moment, um dem Eindringling an die Gurgel zu springen? Magritte bekam Angst und hätte gern schnellstens das Weite gesucht, aber er war wie erstarrt. Er kannte diesen panischen Zustand, der ihn lähmte, anstatt ihm Beine zu machen. Wie oft hatte er schon davon geträumt, dass er einem Monster in die Falle gegangen war, das ihn mit einem riesigen Messer bedrohte! Und er stand einfach nur da, vor Schreck erstarrt …

Um sich zu rechtfertigen und das Schweigen zu brechen, das ihm die Luft zum Atmen nahm, redete er weiter. Er hatte diesbezüglich schon seit langem ein Problem, das ihn nervös machte. Wenn er gestresst war, hatte er das Gefühl zu ersticken. Die Operationen hatten nicht viel gebracht.

»Wissen Sie, ich habe mit Mathilde überhaupt nichts Böses

im Sinn, ich wollte nur wissen, ob es ihr gutgeht. Sie sagen ja gar nichts … Ich kann verstehen, dass Sie verärgert sind! Es ist wirklich sehr ungehobelt von mir, einfach in Ihre Wohnung einzudringen, das tut mir sehr leid. Hören Sie?«

Womöglich war der Mann stocktaub … Sonst würde er doch irgendwie auf seinen seltsamen Besucher reagieren. Oder schlief er womöglich tief und fest? Und wenn er tot war?

Magritte lief es eiskalt den Rücken hinunter. Das Muffensausen, vor einem Toten zu stehen, war schlimmer als die Angst vor einem Fausthieb. Er holte tief Luft und versuchte, an etwas anderes zu denken, an die Malbücher, die er als Kind so liebte, oder an Filochard, eine der Figuren aus den Pieds-Nickelés-Comics. Diese Strategie funktionierte manchmal. Tatsächlich schaffte er es, sich dem unbekannten Mann weiter zu nähern und ihm die Kerze vors Gesicht zu halten.

68.

Georgette strickte und ließ dabei im Radio eine Seifenoper laufen. Stricken wirkte beruhigend auf sie. Angst um ihren Mann hatte sie zwar nicht, aber diese Geschichte bereitete ihr doch Sorgen. Zu viel undurchsichtiges Gelände … Sie kannte mal einen Polizeikommissar namens Léon, der im Büro heimlich strickte – das half ihm, seine Fälle aufzudröseln. Der Mann strickte Mäntel für seinen Hund. Georgette strickte Westen für sich, denn René konnte Strickpullover nicht leiden, und was Jackie betraf – völlig ausgeschlossen! Sie hätte alles zerfetzt.

Die amourösen Verwicklungen zwischen Rebecca und Raoul im Radio erinnerten sie an den Moment, als sie ihrer Putzfrau das Geschenk des Briefträgers überreicht hatte. Carmen hatte die kleine Schachtel geöffnet und den Ring sofort im Licht der Stehlampe begutachtet. Mit herablassender Kennermiene hatte sie dann verkündet: »Das ist *vlek*! Der Stein ist nicht echt.« Und nach kurzer Pause hinzugefügt: »Was bildet sich dieser *snul* mit seinem Drahtesel eigentlich ein? Dass er mich mit seinen falschen Klunkern rumkriegen kann? Der Mann, der mir einen Diamanten schenkt, bekommt meine Hand. Wenn überhaupt! Die andere verwahre ich mir sowieso für meine Liebhaber.«

Den Verlobungsring stopfte sie in der Absicht, ihn weiterzuverkaufen, dennoch in ihre Tasche. Kleinvieh macht auch Mist.

Georgette würde den Briefträger also wieder belügen müssen: »Sie kennen doch Carmen, die ist eben sehr schüchtern …«

Plötzlich klingelte das Telefon, und sie stand fluchend auf. »Verdammt, nie hat man seine Ruhe!« Es war Jefke.

»Georgetteke, ich muss mit René sprechen …«

»Der ist nicht da.«

»*Potferdek*, es ist dringend.«

»Vielleicht kann ich dir ja helfen … Du weißt doch, dass ich auf dem Laufenden bin, was den Fall Dutilleul betrifft.«

»Ja, ich weiß. Du hilfst ihm dabei, seinen Kriminalroman zu schreiben.«

Darauf ging Georgette nicht weiter ein; sie ahnte, dass ihr Mann ihm diesen Unfug erzählt hatte, um seine Beteiligung an den Ermittlungen zu rechtfertigen.

»*Zeg*, es gibt da eine Sache, die mir vor Ort entgangen ist«, fuhr Jefke fort. »Als René und ich Schwester Louises Haus verlassen haben, ist uns ein Briefträger entgegengekommen, dem wir gesagt haben, dass sie nicht da ist. Daraufhin meinte er, sie würde nie das Haus verlassen. Einkäufe würde er für sie erledigen. Mein Instinkt sagt mir, dass irgendwas in dem Haus nicht ganz koscher war. Da lag alles so rum, als hätte sie plötzlich die Flucht ergriffen. Und im Kloster geht's ja ein bisschen so zu wie in der Armee, da kriegt man Disziplin beigebracht. Sie wäre niemals gegangen, ohne vorher ihre Sachen wegzuräumen. Ihre Tasse stand noch auf dem Tisch, und da war sogar noch Kaffee drin. Und ihr Bett war nicht gemacht.«

»Na ja, auch gute Angewohnheiten gehen manchmal verloren«, erwiderte Georgette, die einen pedantischen Ordnungssinn entwickelt hatte – René zuliebe, der nicht gern Dinge herumliegen sah.

Sie träumte davon, ihre Aufräumreflexe hin und wieder mal ausschalten und ein unkonventionelles Künstlerleben genießen zu können. Wobei von den Schriftstellerfreunden ihres Mannes die meisten gestanden hatten, dass sie immer erst aufräumten oder sogar putzten, bevor sie sich an den Schreibtisch setzten. So viel zu den Künstlerklischees.

»Ich fahre heute Abend nochmal hin. Das lässt mir keine Ruhe. Ich glaube, wir haben das Haus nicht gründlich genug durchsucht. Wir waren weder auf dem Speicher noch im Keller. Ich gebe zu, dass ich nicht so scharf drauf bin, allein hinzufahren.«

»Ich begleite dich«, verkündete Georgette.

»Nein, kommt nicht infrage! Wenn dir was passiert, bringt René mich um.«

»Mir passiert nichts. Du glaubst wohl, ich wäre eine schwache Frau!«

»Nichts läge mir ferner! Aber es lässt sich doch nicht abstreiten, dass Männer mehr Muskeln haben und …«

»Dafür beißen wir, reißen Haare aus und treten in die Weichteile. Hol mich ab, ich warte.«

Sie legte den Hörer auf. Zeit zu widersprechen blieb ihm nicht.

Georgette räumte ihre Stricksachen weg und schaltete das Radio aus. Letzten Endes war es ihr doch wurst, ob Rebecca Raoul heiraten würde oder nicht. Spannendere Dinge warteten auf sie.

Für René schrieb sie eine lakonische Notiz:

Ich bin weg. Mit Jefke.
Dicker Kuss
Deine Georgette
PS. Jackie hat schon gefressen.

Sie lächelte, als sie alles noch einmal las. Ein kurzer Text, der sich so verstehen ließ, dass sie mit ihrem Liebhaber durchgebrannt war. Ihr Mann würde nicht darauf reinfallen, dafür kannte er sie zu gut. Und mal ehrlich, Jefke war jetzt auch nicht Belmondo!

69.

Der Mann, der in Mathildes Wohnzimmer saß, war … Jacques Brel! Oder zumindest sein Doppelgänger in Form einer Schaufensterpuppe, die eine Maske des Sängers im Gesicht trug. René hatte die gleiche schon mal im Palais des Cotillons gesehen, dem Kostümgeschäft in der Rue du Lombard. Dort deckten sich die Transvestiten mit Boas und Pailletten ein. Ziemlich seltsam, mit so einer Puppe in der Wohnung zu leben. Im Kerzenlicht sah sie ein bisschen gruselig aus. Als Magritte sich mit der Kerze in der ausgestreckten Hand im Kreis drehte, um die Wände zu betrachten, sah er, dass sie auch hier mit Jacques-Brel-Fotos bedeckt waren, darunter Ausschnitte aus Illustrierten. Brel mit seiner Zigarette und seinen Manschettenknöpfen, Brel in Schweiß gebadet vor seinem Mikrofon, die langen Arme ausgebreitet, als wollte er die ganze Welt umarmen. Brel mit Gitarre in der Zeit, als er einen Schnurrbart hatte, der ihm zwar nicht stand, ihm aber einen Hauch von belgischem Latin Lover verlieh. Brel als Kind neben seinem Bruder Pierre. Brel im Urlaub in Knokke-le-Zoute – da hätten er und Magritte sich über den Weg laufen können! Und das schönste Foto von allen, Brel in Montmartre, wie er in seinem beigen Mantel die Stufen hochsteigt, die Hände in die Ärmel geschoben, auf der Suche nach den unerreichbaren Sternen. Paris war nicht zimperlich mit ihm umgegangen. Doch zu guter Letzt hatte man dort das ungeheure Talent dieses außergewöhnlichen Künstlers erkannt.

Ein Detail fiel Magritte plötzlich auf. Es gab nicht ein einziges Foto, das Brel mit seiner Frau Miche und seinen Töchtern zeigte. Oder überhaupt mit jemand anderem. Auf allen Fotos war er allein.

René näherte sich dem Regal, in dem nichts als Bücher über den Sänger standen. Neben dem Fenster eine Vitrine, voll mit Schallplatten von ihm. Und auf dem Plattenspieler, der auf einem Bistrotisch stand, lag die Single seines Chansons *Mathilde*.

Er ging durch den Flur, weiter bis zur ersten Tür. Badezimmer. Auch hier alle Wände gespickt mit Fotos von Brel, auch auf ihnen Brel immer allein. Die Tiefe seines Blickes verwirrte René. Er wirkte fast wie gefangen an diesem Ort. Gefangener einer wahnsinnigen Liebe. Gefängnisse dieser Art sind die schlimmsten, weil sich ihre Gitterstäbe nicht zersägen lassen, denn sie sind unsichtbar.

Wie sollte ein anderer Mann in diesem dem Sänger geweihten Tempel seinen Platz finden?

René hätte sich niemals vorstellen können, dass Mathilde, diese vielleicht etwas verschlossene, aber so hübsche junge Frau, heimlich in Jacques Brel verliebt war. Junge Mädchen waren manchmal geradezu hysterisch, wenn es um ihr Idol ging, das war ihm schon oft aufgefallen. Bei den Jungs gab es das seltener. Aber Mathilde war kein junges Mädchen mehr … Musste sie die fehlende Liebe in ihrer Kindheit mit dieser Leidenschaft für einen außergewöhnlichen Mann kompensieren? Oder mit einer Gier nach den Träumen, die ihr diese gestörte Nonne geraubt hatte? Als René ihr das Tränen-Bild geschenkt hatte, konnte er etwas von ihrer Sensibilität erahnen. In diesem Moment hatte sie den Schleier zumindest ein bisschen gelüftet. Er ahnte, dass sich noch einiges mehr dahinter verbarg.

Durch den Spalt unter der nächsten Tür drang ein schmaler Lichtstreifen. René öffnete sie vorsichtig, und sein erster Blick fiel auf ein Bett, das mit zerfetzten Rosen bedeckt war …

70.

Georgette fiel auf, dass sich Jefke nicht an die Regeln der Straßenverkehrsordnung hielt. »Du bist gerade bei Gelb über die Ampel gefahren«, sagte sie missbilligend. Sie fand, dass er als Gesetzeshüter mit gutem Beispiel vorangehen sollte.

»Ich bin farbenblind. Und überhaupt, welcher Bulle verpasst einem Kollegen denn ein Knöllchen, hm?«

»Es gibt Moralisten!«

»Nicht in Namur. Namur ist die Stadt der *lumçons,* verstehst du? Ich hab' hier noch nie einen gesehen, der sich totgeschuftet hat. Den transusigen Ruf haben die nicht von ungefähr!«

Georgette ließ es dabei bewenden und bestaunte lieber das Wunderross Bayar, das von den Haimonskindern geritten über die Maas zu fliegen schien – unterhalb der Zitadelle, wo sie sich als Kind manchmal mit ihrem Onkel die Motocross-Rennen angeschaut hatte.

Jefke parkte den Polizeiwagen auf einem für Lieferanten reservierten Platz, weil es ein Notfall war und weil hier, wie er nochmals betonte, niemand einem Vorgesetzten ein blaues Auge verpassen würde. Als müsste er es sich selbst einreden. Sein Dienstabzeichen ließ er auf dem Armaturenbrett liegen, damit gleich klar war, mit wem man es hier zu tun hatte.

Georgette protestierte nicht. Sie schauderte, als sie den Wohnsitz der Nonne sah, der jeden Macher von Horrorfilmen begeistert hätte. Die Außenhaut des Hauses so grau wie die eines Sterbenden, kleine, finstere Fenster, die an ausgetrocknete Münder erinnerten, und ein Dach, das wie ein bleierner Mantel über allem lag. Keine einzige Blume, die diese Mumienkammer etwas freundlicher gestaltet hätte.

Jefke klopfte an die Tür. Kurz darauf klopfte er noch einmal, diesmal fester, und rief: »Polizei, machen Sie auf!« Nichts. Damit hatte er gerechnet.

»Warte hier, bin sofort wieder da.«

Tatsächlich rückte er kurz darauf mit einem Brecheisen an, das er aus dem Auto geholt hatte, und machte sich daran, die Tür gewaltsam zu öffnen.

»Das ist ein Gesetzesbruch, du hast doch gar keine Vollmacht!«

»Wenn wir auf die behördlichen Genehmigungen warten müssten, würden die meisten Fälle nie gelöst. Sei nicht päpstlicher als der Papst – dein Mann würde mir nicht widersprechen.«

Halt die Klappe, ermahnte sich Georgette, du hast in der Tat keinen Engel geheiratet …

Sie gingen durch einen finsteren Flur und fanden sich in der schmucklosen Küche wieder, an deren Zustand sich seit dem letzten Besuch nichts verändert hatte. Sogar die halbvolle Kaffeetasse stand überraschenderweise noch auf dem Tisch, was für Jefkes Idee eines überstürzten Aufbruchs sprach. Kleines Detail: Eine dünne Schimmelschicht hatte sich über das Gebräu gelegt.

Sie gingen weiter ins Wohnzimmer, wo das auf dem Sessel liegende Buch immer noch geöffnet war. Georgette betrachtete den Einband und sagte: »Cioran! Mein Mann findet, dass er ein langweiliger Autor und ein Besserwisser ist.«

»Keine Ahnung, ich lese ja nicht. Nur die Bücher meiner Mutter, um ihr eine Freude zu machen. Und auch die von meinem Vater. Da kommt schon was zusammen.«

»So ein Pech! Du liest nicht gern und deine Eltern sind Schriftsteller.«

»Mhm. Ist aus deren Sicht auch dumm gelaufen, aber weißt du, solange man sich gern hat …«

»Das ist so, als hätte ein Friseur einen glatzköpfigen Sohn«, redete Georgette weiter; sie hatte das Gefühl, reden zu müssen, um nicht in Panik zu geraten.

Etwas Brauchbares teilte ihr dieser Ort allerdings nicht mit. Sie spürte nur schlechte Schwingungen und hatte das Gefühl, dass ihr ein Phantom seinen übelriechenden Atem ins Genick pustete. Georgettes Angst erreichte ihren Höhepunkt, als ihr der Blick von Christus in seinem mit Plastikrosen umrankten Rahmen begegnete. Dabei trug sie das kleine Kreuz, das ihr die Großmutter zur Kommunion geschenkt hatte, immer um den Hals. In ihren Augen war Jesus eigentlich ein wohlwollender Mensch. Aber der hier … Ob es daran lag, dass er mit dem Teufel verkehrt und es nicht geschafft hatte, ihm Engelsflügel wachsen zu lassen?

Als sich Georgette dem Portrait näherte, sah sie, woher ihr Unbehagen kam: Eine Spinne hatte ihr Netz um Jesus gesponnen und ein rundes weißes Ei gelegt, das wie ein totes Auge an seiner Dornenkrone klebte.

Ganz auf das Bild konzentriert hatte sie gar nicht gemerkt, dass Jefke verschwunden war.

Plötzlich hörte sie einen Schrei, der aus dem Keller kam. Wie erstarrt stand sie vor Jesus am Kreuz und flehte ihn an, dem Freund ihres Mannes nichts zustoßen zu lassen. Aber Wunder gibt es nur in der Bibel …

71.

René entdeckte Mathilde in einem Schaukelstuhl in der Nähe des Bettes. Sie wiegte ein Baby in ihren Armen, von dem er nur die groben Umrisse sah, weil es in eine Decke gewickelt war. Mit ihrer sanften Stimme sang sie ihm ein Kinderlied vor:

»Komm, gehen wir im Wald spazieren, solang' er nicht da ist, der Wolf …«

Mathilde schien Magrittes Anwesenheit nicht zu bemerken und sang weiter, das Baby fest an sich gedrückt:

»Denn wenn er noch da wär', der Wolf,
dann würd' er uns sicher fressen …«

»Mathilde, ich bin's, René Magritte«, sagte er mit ruhiger Stimme. »Ich war beim Antiquitätenhändler. Er versucht schon seit zwei Tagen, Sie zu erreichen. Ich habe mir Sorgen gemacht. Ich hoffe, Sie nehmen es mir nicht übel, dass ich wie ein Einbrecher hereingekommen bin …«

Sie sang weiter, schien ihn weder zu hören noch seine Anwesenheit überhaupt zu bemerken.

»Doch weil er nicht da ist, der Wolf,
kann er uns auch nicht fressen …«

»Ich wusste nicht, dass Sie ein Kind haben. Wie heißt es denn?«

»Es ist ein Mädchen. Nina. Wie meine Maman … Sag dem Monsieur guten Tag, Nina!«

Sie zog einen Zipfel der Decke zurück, und Magritte entdeckte eine Stoffpuppe ohne Augen. Zwei Löcher starrten ihn an.

Mathilde griff nach der Hand ihres Besuchers und legte die beiden Perlmuttknöpfe hinein, die sie offenbar herausgerissen hatte. Warum wollte sie, dass ihre Puppe blind war? Damit sie die Abscheulichkeiten dieser Welt nicht sah: die Reißzähne des Wolfs, die Rosendornen, die ihre Spuren des Unglücks auf der Haut hinterlassen und das Herz angreifen, bis es zerreißt.

Damit ihre Puppe bei ihr war, hinter der Wand, die sie hochgezogen hatte, um sich vor der menschlichen Grausamkeit zu schützen. Bei ihr in dieser blauen Blase, wo nichts mehr sie erreichen konnte.

Nicht einmal der Tod, den Jacques Brel besang.

La mort m'attend comme Carabosse
A l'incendie de nos noces
Pour mieux rire du temps qui passe
Mais qu'y a-t-il derrière la porte[32]

---

32 Aus Brels Chanson *Der Tod*: Der Tod erwartet mich wie Karabossa, im Feuer unserer Vermählung, um besser zu lachen über die schwindende Zeit, doch was ist hinter der Tür.

72.

Georgette stieg in den Keller hinab, wo sie Jefke fand, der regungslos auf ein Szenario wie aus einem Horrorfilm starrte. Dabei hatte er weiß Gott schon Leichen gesehen, das war schließlich sein Beruf.

Auf dem gestampften Lehmboden lag die Nonne inmitten von Rosen am Stiel, das erstarrte Gesicht schmerzverzerrt, die Arme ausgestreckt wie Jesus am Kreuz. Ohne Hände.

Plötzlich bewegten sich ihre Lippen … Georgette schrie auf! Eine Küchenschabe kam aus Schwester Louises ausgetrocknetem Mund gekrochen, krabbelte ihr über die Wange und verschwand in ihrem Ohr.

»Wir hauen ab«, verfügte Jefke. »Ich informiere die Polizei von Namur.«

Georgette ließ sich nicht lange bitten. Es gibt Alpträume, die sich in unser Gedächtnis einbrennen, unauslöschlicher als jedes Tattoo. Bilder vom Schlimmsten, was in der kranken Menschheit lauert.

Um das »Höllenhaus« zu verlassen, wie Georgette es jetzt nannte, nahmen sie, ohne nachzudenken, wieder den Weg durch die Küche, gingen dann aber durch den Garten.

Dort stolperte Georgette über einen Haufen frischer Erde.

»Jefke, komm mal mit deiner Taschenlampe, hier ist irgendwas.«

Als er das Licht auf die Stelle richtete, sahen sie, dass ein viereckiges Stück Erde umgegraben worden war. Jefke ließ den Lichtkegel umherschweifen und entdeckte einen Geräteschuppen. Dort fand er einen Spaten. Er musste nicht lange graben, bis ein dumpfes Geräusch zu hören war.

Einige Minuten später zog er einen Koffer aus der Erde.

Georgette erinnerte sich daran, was ihr Mann nach seinem Besuch bei Mathildes Nachbarn erzählt hatte.

Und wenn sie die Tür extra zugeknallt hat, damit er sie hören konnte? Später hat sie den Koffer womöglich im Garten vergraben …

Nur dass dies nicht ihr eigener Garten war, sondern der von Schwester Louise. Vielleicht täuschte sie sich. Bisher war ja noch nicht gesagt, dass es der Koffer der jungen Frau war.

»Mach mir mal Licht mit der Taschenlampe«, sagte Jefke.

Der Koffer ließ sich mühelos öffnen, er war nicht abgeschlossen.

Darin lag eine Waffe, ein großes Messer, an dem getrocknetes Blut klebte, und … die abgehackten Hände von Schwester Louise.

Dazu eine kleine Notiz: *Nonne, hör auf zu beten und geh zurück in die Hölle …*

73.

Während Mathilde, die Puppe fest an sich gedrückt, ihr Kinderlied weitersang, fiel Renés Blick auf ein schwarzes Notizbuch, das auf dem Nachttisch lag.

»Darf ich?«, fragte er neugierig, während er schon auf das Bett zuging.

»Wo bist du, Wolf? Was machst du, Wolf? Hörst du, Wolf? Ich ziehe mein Hemd an …«

Er nahm das Notizbuch, setzte sich aufs Bett und begann zu lesen. Er war unsichtbar geworden. In Mathildes Welt gab es nur noch sie und ihre Puppe. Und natürlich die große Liebe ihres Lebens, Jacques Brel, an dessen Seite sie nun wieder war.

Während René sich anschickte, die Büchse der Pandora zu öffnen …

Ich werde immer das kleine Mädchen sein, verloren in seiner Strickjacke, die ihm noch viel zu groß war, und dem weißen Kleid mit den Kirschen drauf, in die es nie hineinbeißen würde.

Ein kleines Mädchen, verloren in einer gnadenlosen Welt, in den Händen einer Hexe, deren Lächeln an die Grinse-Katze aus Alice im Wunderland erinnerte. Ein falsches Lächeln mit gefletschten Zähnen, die nach deinem Herz schnappen, um es zu zerreißen. Auch wenn meine Mutter keine andere Wahl hatte und ich ihr verziehen habe, wäre ich lieber an ihrer Seite gestorben, als das erleben zu müssen, was mir mit dieser unseligen Nonne geschehen ist, die ich bis in alle Ewigkeit hassen werde. Wie hätte meine Mutter wissen sollen, dass sie mich dem bösen Wolf zum Fraß vorwarf, als sie mich den redlichen Nonnen anvertraute, diesen Freundinnen unseres barmherzigen lieben Gottes. ... Er hat uns alle reingelegt.

Ich habe aufgehört, an ihn zu glauben, weil er mich nie erhört hat. Wie oft habe ich ihn angefleht, mir zu helfen! Was ich erlebt habe, war die Hölle und nicht das Paradies.

Wirklich verantwortlich für mein Unglück und das meiner Mutter ist dieser Vater, der uns ohne jede Reue im Stich gelassen und fröhlich mit seiner Frau und seiner Geliebten weitergelebt hat.

Ich wollte ihn für seine Verbrechen büßen lassen, denn anderer Leute Glück zu zerstören, ist ein Verbrechen. Ich wollte, dass er den Kummer spürt, geliebte Menschen zu verlieren. Der Tod allein wäre für ihn ein Geschenk ohne Tränen gewesen.

Als ich wusste, wer er war, habe ich begonnen, ihn zu beobachten, und mir überlegt, in welche Falle ich seine Frau locken könnte. Madeleine ... So heißt ein Chanson meines Liebsten. Der einzige Mensch, den ich in diesem Leben jemals geliebt habe: Jacques Brel. Er ist mein Gott, er hat mich so oft gerettet. Die gleiche Falle habe ich dann auch der Geliebten gestellt, Rosa, rosa, rosam ... Was war das für ein Genuss, mitzuerleben, wie naiv und begeistert sich beide in die Arme eines imaginären Verehrers geworfen haben. An der Nase herumgeführt durch falsche Liebesschwüre in himmelblauen Briefumschlägen. Was für dumme Gänse! Zu wissen, dass er nicht nur als Ehemann, sondern auch als Geliebter betrogen worden war, hat mir große Freude gemacht.

Eine Kleinigkeit war dann noch zu regeln. Ich habe dem Mann, der mich im Bauch meiner Mutter vergessen und sie in der Gosse zurückgelassen hat, einen Besuch abgestattet. Ich habe ihm gesagt – hübsch verpackt wie ein blutgetränktes Geschenk –, wer ich war und was ich getan habe. Mit der Waffe, die ich in der Schublade des Antiquitätenhändlers gefunden hatte, habe ich ihn bedroht. Und ihn gezwungen, sich aufzuhängen. In seinem Abschiedsbrief hat er etwas von Schuldgefühlen geschrieben und dass er lieber in den Tod gehen würde.

Ich werde nie vergessen, wie hinterfotzig er mich angefleht hat, dieser Heuchler, und mich seine »liebe kleine Tochter« genannt hat. Ich war für ihn doch nur ein Haufen Dreck, den er sich vom Hals geschafft hat, um seine Ruhe zu haben. Das ganze Gesäusel, die perfiden Versprechungen – alles nur, um sein Leben zu retten.

Vor meinem Abgang von diesem verlotterten Planeten hatte ich jetzt nur noch eine Aufgabe zu erledigen: Die Schwester des Teufels bestrafen und ihr die Hände wegnehmen, mit denen sie uns alle für unsere vermeintlichen Sünden gepeinigt hat. Was weiß man als Kind schon von den Erfindungen, mit denen die Religion Menschen in Angst und Schrecken hält? Man weiß ja nicht einmal, was der Tod eigentlich ist …

Großartiger Jacques, breite deine Arme aus, jetzt ist deine Mathilde wieder da …

74.

Mathilde wurde mitsamt ihrer Puppe in eine geschlossene Anstalt eingewiesen. Sie sprach nicht mehr. Sang nur noch ihr immergleiches Kinderlied.

Um mit dem Mordfall abzuschließen, gingen sie ins *Ancienne Belgique* zu einem Konzert von Brel, der sie in den Konzertsaal eingeladen hatte.

René mit Melone und seiner schönen gestreiften Krawatte. Georgette mit Glockenhut und ihrem Kleid aus Brüsseler Spitze.

Jackie wartete nur darauf, dass sie gingen. Sie hatte vor, sich auf das Sofa vor der Staffelei zu fläzen – und sollten die beiden nicht heimkommen, ehe sich die Mondsichel am Himmel zeigte wie auf den Gemälden des Herrchens, würde sie natürlich aufs Kissen pinkeln, da konnten sie sich drauf verlassen!

Magritte und Georgette nahmen die Tram 33; sie hatten vor, nach dem Konzert noch bei Eugène Pommes frites zu essen.

Als Brel auf die Bühne trat, begann Georgettes Herz zu klopfen wie damals das Herz des zwölfjährigen Mädchens, als sie im *Cinéma Bleu* dem Mann ihres Lebens begegnet war. Solche Gefühlsregungen lassen die Zeit vergessen und führen uns wieder zu den wesentlichen Dingen: der Zerbrechlichkeit, die uns zu Menschen macht.

Der wunderbare Jacques breitete weit die Arme aus, genauso wie damals die kleine Taube ihre Flügel ausgebreitet hatte, als René und Georgette sie verletzt im Garten fanden. Sie hatte sich an das Fenster gedrückt, als wollte sie die beiden um Hilfe bitten. Liebevoll hatten sie das Täubchen gepflegt und es auf den Namen Isabelle getauft. Es ging ihr besser. Bald würde sie wieder davonfliegen! Doch dann mussten sie mitansehen, wie die kleine Taube in sich zusammensank und Blut aus ihrem Schnabel sickerte.

Sie starb in ihren Händen. Der Kummer war groß, und sie beerdigten das Täubchen in ihrem Garten, in die Blütenblätter weißer Rosen gebettet und in eins von Georgettes Kopftüchern gehüllt.

Nun war sie davongeflogen, weit über die Wolken hinaus an einen Ort, wo es weder Hass noch Wut noch Kummer gibt. Oder sind die Wolken von den Tränen derer durchtränkt, die uns bereits verlassen haben? Um uns daran zu erinnern, dass sie auf uns achtgeben und auf uns warten.

Als Brel sein Chanson *Mathilde* sang, musste René eine Träne trocknen. Er griff in seine Hosentasche und nahm die kleinen Perlmuttknöpfe heraus, die er verwahren würde wie einen Schatz, um nie zu vergessen, dass man das Wesentliche nur mit Kinderaugen sieht.

Ma mére, voici le temps venu
D'aller prier pour mon salut
Mathilde est revenue
Amis, ne comptez plus sur moi
Je crache au ciel encore une fois
Ma belle Mathilde, puisque te v'là, te v'là![33]

---

33 Mutter, die Zeit ist gekommen, zu beten für mein Seelenheil, Mathilde ist wieder da, Freunde, rechnet nicht mehr mit mir, ich pfeif' auf den Himmel, jetzt und hier, meine schöne Mathilde, da bist du ja, da bist du ja!

Anmerkung der Autorin

René Magritte begleitet mich schon seit langem. Begeistert von seiner Malerei und der von ihm erschaffenen eigenartigen Welt hatte ich vor Jahren das Glück, seiner Frau Georgette zu begegnen und sie im Brüsseler Stadtteil Schaerbeek in ihrem Haus besuchen zu dürfen; jenem Haus in der Rue des Mimosas, von dem ich in diesem Roman erzähle. Er selbst hatte sich leider bereits verabschiedet, um das Rätsel der Welt zu erkunden, das ihn so begeistert hat.

Manche stellen sich ihn als braven Spießer vor, dessen Gemälde seinem Erscheinungsbild widersprachen. Lassen Sie sich da mal nicht täuschen!

Als Ergebnis langer Recherchen ist dieses Buch entstanden, das gespickt ist mit wahren Geschichten, was die realen Personen betrifft. Und es spiegelt genau das wider, was Magritte und mich verbindet: unsere Heimat Belgien. René Magrittes Reflexionen über das Leben und die Malerei stammen alle von ihm. Der Rest ist meiner Fantasie entsprungen – auch die Begegnung mit Brel, meinem Lieblingssänger, die durchaus stattgefunden haben könnte, denn sie verkehrten in denselben Bars und Restaurants. Und alles, was Brel sagt, stammt von ihm.

Magritte war ein begeisterter Fan von Detektivgeschichten. Georgette und er liebten sich ihr Leben lang.

Eine kleine Anekdote für alle, die wie ich an Zeichen glauben: Als ich Jacques Brel in einer Live-Übertragung sein Chanson

Les Bonbons singen hörte und im Lied die Stelle kam, wo er über Germaine spricht, verwandelte die niederländische Untertitelung den Namen in … Nadine!

Und noch ein Zeichen voller Poesie: Während ich an diesem Roman schrieb, kam eine kleine Taube, die wir immer mit Futter versorgten, an mein Fenster. Sie sah mich so traurig an, dass ich wusste: Sie hat irgendetwas. Tatsächlich hatte der Kater von nebenan, der ein wahrer Killer ist, sie verletzt. Wir haben sie behandelt und gepflegt. Es ging ihr besser, aber am Ende ist sie doch gestorben. Ich war sehr traurig! Wir haben sie in die Blütenblätter eines weißen Rosenstrauchs gebettet und im Garten beerdigt. Als ich einige Zeit später draußen am Tisch saß und das Wort »Ende« in den Computer tippte, landete just in diesem Moment ein weißes Blütenblatt auf meiner Tastatur …

Danksagung

Besonderer Dank gilt meinem Freund, dem Anwalt und Schriftsteller Alain Berenboom, wie auch Charly Herscovici und Michel Draguet, die im Herzen Brüssels auf Magritte und sein Museum aufpassen – danke dafür, dass sie mir ermöglicht haben, mit ihm durch meine Romanabenteuer zu reisen.

Danke auch an die Fondation Brel, die damit einverstanden war, dass ich über meinen Lieblingssänger schreibe.

Ein Dankeschön an meinen Verleger Glenn Tavennec und meinen Agenten und Freund Patrick Leimgruber, die mir zwei wertvolle Ratgeber waren.

Dank an meine tolle Lektorin Nathalie Théry für ihre Sensibilität und Kompetenz.

Dank an Gérard Collard, ohne den Sie mich heute nicht mehr lesen würden.

Dank an meinen Freund André Stas, meinen Dédé, der seine Erinnerungen an die Surrealisten und Freunde von Magritte mit mir geteilt hat.

Dank an meinen Freund Jean Marchetti für seine blauen Wolken.

Dank an meinen Freund Lou Deprijck, der im Café *Chez René* an der Place de Lessines, wo er geboren wurde, auf Magrittes Wohl anstößt und dazu beiträgt, die Erinnerung an ihn wachzuhalten. Läuft bei dem!

Dank an meine Freundin, die Richterin Anne Gruwez, für

ihre wertvollen juristischen Ratschläge und an meinen Freund Arnaud Debrée für seine Kenntnisse im Bereich des Films.

Dank an meinen Chilleke, den Wächter über meine Texte.

Dank an meinen Freund Sergio Vanderspiegel, diesen wertvollen Kontroll-Leser, der Augen hat wie ein Luchs.

Und schließlich Dank an meinen Kerl, der mein Liebster ist und mein erster Leser, für seine Geduld und weil er kocht, bügelt, sich um den Papierkram kümmert und alles tut, damit ich in Ruhe schreiben kann!

Wie alle Bücher, die ich geschrieben habe, widme ich auch dieses meinen Söhnen, die ich mehr liebe als alles auf der Welt.

Und meinem kleinen Hund Léon – meiner Jackie –, der sich, wenn ich schreibe, unter meinen Röcken versteckt und mich warm hält.